望まぬ不死の冒険者 twelfth 12

丘野 優／Illustration じゃいあん

――闇夜の戦闘。

「……あなたがリーダーっぽいですね」

「……ちゃんと働いてね。
期待してる」

twelfth

12 望まぬ不死の冒険者

The Unwanted Immortal Adventurer

著 丘野 優 Yu Okano

イラスト じゃいあん Jaian

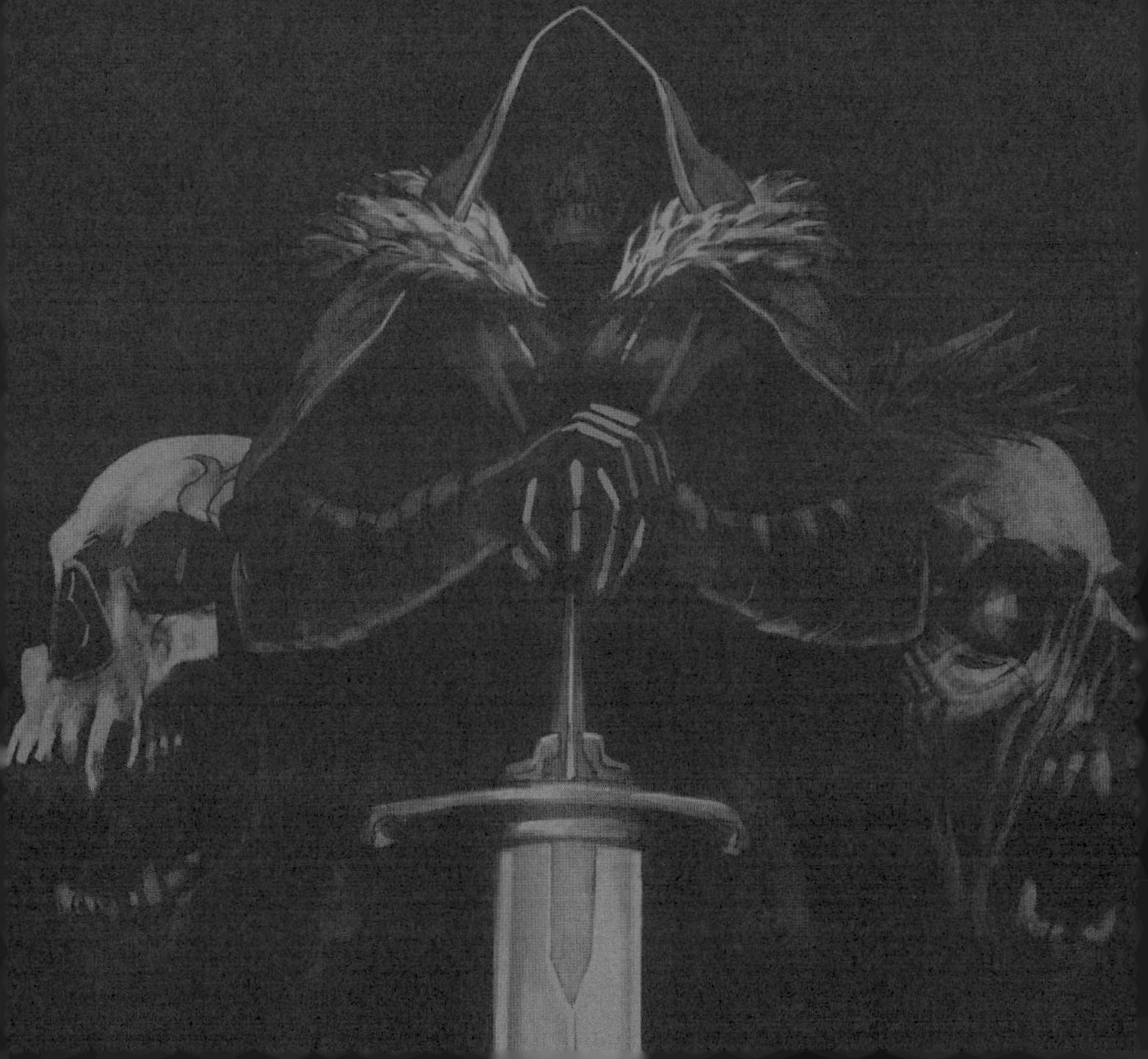

登場人物紹介
Character

シェイラ・イバルス

冒険者組合《ギルド》受付嬢。レントの秘密を知る人物。

ロレーヌ・ヴィヴィエ

学者兼銀級冒険者。不死者《アンデッド》となったレントを補佐する。

レント・ファイナ

神銀級《ミスリル》を目指す冒険者。迷宮の“龍”に喰われ不死者《アンデッド》となる。

エーデル

小鼠《プチ・スリ》と呼ばれる魔物。孤児院の地下でレントの血を吸ったことにより眷属化した。

アリゼ

孤児院で暮らす少女。将来の夢は冒険者。レントとロレーヌの弟子となった。

リナ・ルパージュ

屍食鬼《グール》となったレントを助け街へ引き入れた駆け出し冒険者。レントの眷属となる。

ウルフ・ヘルマン

マルト冒険者組合長《ギルドマスター》。レントを冒険者組合《ギルド》職員に誘う。

イザーク・ハルト

ラトゥール家に仕えており、《タラスクの沼》を攻略するほどの実力を持つ。

ラウラ・ラトゥール

ラトゥール家当主。魔道具の蒐集を趣味とする。《竜血花》の定期採取をレントへ依頼。

ニヴ・マリス

金級冒険者であり、吸血鬼狩り《ヴァンパイア・ハンター》。現在、白金級《プラチナ》に最も近いと評価されている。

ガルブ・ファイナ

レントの大叔母にして、薬師の師匠であり、魔術師。

カピタン

ハトハラーの村の狩人頭。高度な《気》の使い手。

ヴィルフリート・リュッカー

大剣を武器とする神銀級《ミスリル》冒険者。幼少のレントと再会を約束する。

ジンリン

冒険者になる夢を持つレントの幼馴染み。狼に襲われ命を落とす。

ミュリアス・ライザ

ロベリア教の聖女。神霊の加護を受けており、聖気を操る特異能力者。治癒と浄化に特化した能力を持つ。

あらすじ

“龍”に喰われ、不死者《アンデッド》となった万年銅級冒険者・レント。魔物の特性である存在進化を用いて、屍食鬼《グール》への進化を果たす。リナの助けを得て都市マルトに住むロレーヌの家へと転がり込んだレントは、名前を偽り、再び神銀級《ミスリル》冒険者を目指すことに。王都で総冒険者組合長《グランドギルドマスター》ジャン・ゼーベックと合流したレントはマルトへの帰還を目指す。一方マルトでは、鍛錬をするもいまいち自信の持てないリナが、イザークの勧めにより一人で依頼を受けようとしていた……。

CONTENTS

第一章　増える聖者とマルトへの帰還

エルザの言葉にやはり、と思った俺とロレーヌである。

俺とロレーヌ、それにエルザとリリアンで共通することといったらそれくらいしかないからな。

では、そんなエルザの言葉になんと答えるべきかが一応問題となるが、理由がそれなら普通に話してしまっても問題ない。

聖気を持っている、ということはそんなに重大な秘密というわけではないからだ。

もちろん、聖気持ちというのはレアであり、街を適当に歩いていればいくらでもぶつかる、なんてものではない。

けれど、元々何の変哲もない低級冒険者であった俺が、きわめて弱いにしろ聖気の加護を持っていたことから考えても、大したことない奴《やつ》がそれを持っている、なんてことは割とあり得ることだということが分かる。

じゃあ、なぜエルザ相手に微妙な受け答えをしていたかといえば、俺は自分が魔物であることを見抜かれることを恐れていたからだ。

その可能性もないではなかった。

同じ魔物であるから声が聞こえるのだ、という可能性も。

メル僧侶はポチを魔物であると思っていたようだしな。

だが、そうではなかったようだし、素直に話して問題ない、というわけだ。

一人の冒険者として、切り札となり得る力については可能な限り隠しておきたいというのもあるが、マルトでは結構知っている者はいたからな。

それは元々、大した力ではなく、切り札なんかになり得ないから普通に俺が言っていたからなのだが……まぁそれはいいか。

「あぁ。確かに俺も聖気を持っている。昔、故郷の見捨てられた祠《ほこら》を修理したときに気まぐれか、そこに宿っていたらしい神霊に加護を与えられてな。大した力じゃなかったが」

今は十分に戦闘にも使えるくらいになっているが、そこまで話す必要はないだろう。

「そういうことでしたか……。私とリリアンの場合は、このポチさんに授けられたんですよ。今のメルを見ていればなんとなく予想はついたでしょうが」

俺が聖気を持っていることにエルザはさして驚いていない。

これは、別にそれを持っているからといって悪い、という力ではないためだ。

魔物であることが露見する場合とはぜんぜん違うのである。

それがばれたら即、討伐であるからな……。

「確かになんとなくそうなんじゃないかと……だが、どうしてエルザとリリアンにだけ加護を授けて、メルは今だったんだ？　そもそも聖気ってのはそんなにほいほいくれるものなのか……？」

まさにほいほいもらった俺やロレーヌであるが、それはそれである。

ポチはエルザに言われてやったように見えたし、それが本当ならエルザは好きな人物に聖気の加護を与えようと思えば与えられる、ということになる。

これは大変な話だ。

少なくともそんな存在がいる、ということは聞いたことがない。

しかし、そんな俺の推測はすぐに覆されることになった。

「いいえ。ポチさんは元々、メルに聖気を授けるつもりだったんですよ。私とリリアンの方がおまけというか……先んじて私たちに聖気を授け、会話出来るようになったら、メルを守るように、と言われまして。どういうことなのかと当時は不思議に思っていましたが……私やリリアンが聖気を使い出してからすぐに、様々な宗教団体から勧誘が来て、なるほどと思いました。レントさんもそのようなことは？」

「いや、俺はあまりなかったな。住んでいた場所がよかったんだろうが」

つまり、聖気使いは別に魔物のように差別されたり狩猟されたりはしないわけだが、どんな宗教団体も欲しがっている存在であり、したがってどこにも属していない聖気使いが現れたら勧誘員が群がってくる、というわけだな。

俺の場合は力がものすごく弱かったし、普通に人に話していたといっても、水の浄化をしているときなどに尋ねられたら答えるくらいで、俺が聖気を持っていると広まっていたわけでもなかったからな。

そもそも俺はソロでやっていたので、話すような友達がいなかったという寂しい事実もないではないが。

ただ、普通、聖気が使えると露見すると、そうなってしまうということだ。

マルトはあまり宗教団体の活動が盛んではなかった、というのも大きいだろう。

せいぜい東天教が少し頑張ってるかな、というくらいだったし。

辺境ということもあり、宗教よりまずは自分の腕を磨け的な志向の強い土地でもあった。

しかし、ここ王都は違うわけだ。

ロベリア教の押しの強さもそうだったし、東天教ですらもマルトとは比べものにならないくらいにぐいぐい来るからな。

聖気持ちなんて吹聴《ふいちょう》したら勧誘員があほみたいに押し寄せるだろう。

「私とリリアンのときはかなりのものでしたよ。しかし、ここは東天教の孤児院ですからね。当時の孤児院長が守ってくれて……ただ、結局いつまでも守りきるのは難しいから、と自分で信仰を決め、何かしらの宗教団体に属した方がいい、とは言われました。それで私もリリアンも、東天教に……」

冒険者であれば世界を転々と旅をし、そういった煩わしいものから逃れることが出来る。

しかし、エルザにしろリリアンにしろ、この孤児院とか、そういったつながりを大事にするタイプなのだろう。

振り切ってどこかに、なんていうのは無理だとその孤児院長は見抜いていたのかもしれない。

そもそも二人ともポチにメルを守るように言われているわけで、ここと距離をとることは出来ないだろうしな。

そうなると、東天教に属する、というのが最善だったのだろうな。

東天教は元々、穏やかな教義の宗教であるし、そういう意味でも悪くない。

まぁ、ロベリア教みたいなのが悪いってわけでもないのだが、上昇志向というか、教義を広める使命感みたいなのが強いのが多いというか。

若干怖いところがあるからな……。

「メルもいずれは、とは思っていたのです。元々、彼女に与えられるべき加護ですから。実際、ポチさんは私とリリアンに聖気を授けてからしばらくして、メルにもそうしようとしていました。しかし、私たちはそれを止めたのです。理由は……先ほど言ったような勧誘の多さ、その危険を感じたのと、メル自身が、いずれこの孤児院の院長になりたいと言っていたもので……そういったことを考えると、今しばらく待った方がいいと思ったからです。せめて、私やリリアンが、メルやこの孤児院を守れるくらいに強くなってからだと。ポチさんは少し考えていましたが、最後には受け入れてくれました」

◆◇◆◇◆

「……聞いてもいいことか分からんが、なぜ、ポチはメルに加護を？　エルザやリリアンに先んじて聖気の加護を与え、守らせようとするとは何か重大な理由があるように思えるのだが……。加護とは、本来そういうものだというしな」

俺やロレーヌのように気まぐれで加護を与えられる場合も少なくないが、そもそも神々や神霊がなぜ、人に加護を与えるかというと、その人物が神々や世界にとって重要な役割を果たすからだ、と言われている。

実際、神話や物語にまで残っているような聖気使いは何かしらの大業を成し遂げ、歴史に名を残しており、加護を与えた神から直接その役割を説明されている描写もある。

まぁ、あくまで昔の話であるから、どこまで本当なのかと言われると微妙なところだが、それでもそういう話が残るくらいには真実にかすっているだろう。

そういうことから考えると、メルにも何らかの役割があるのではないか、という推測が成り立つ。

俺やロレーヌのように、何となくやった善行で加護をもらえた、という感じでもなさそうだからだ。

そもそも、ポチは神獣である、ということで、そうであるなら言っては悪いがこんな寂れた孤児院におらずとも、どこか適当な教会とかに行けば下にも置かない扱いを受けるだろうことは想像に難くない。

にもかかわらず、メルのそばにずっと居続けるというのは……。

何かがある、と思ってもそれほどおかしい話ではないだろう。

これにエルザは少し悩んで、

「詳しいことは私にも分かりません。ポチさんに尋ねても答えてはくれませんからね。きっと神々や神霊、神獣の世界にも何かルールがあるのでしょう。神々は人の世に極端な干渉は出来ない、と言われておりますから。だからこそ、人に加護を与え、預言を下し、宗教を興させて影響を及ぼそうとしているのだと……。最後の一つは人間のエゴも入っているような気もしますが」

まず、そう言った。

だいぶ皮肉の利いた発言で、仮にも東天教の僧正であるのにいいのか、と思うが、そもそも彼女が東天教に入った目的を考えると、心のそこから宗教に心酔している、というわけでもないだろうし、あり得ることかとも思う。全く信じていないというわけでもないだろうとは思うが。

エルザは続ける。

「ただ、メルに関わることですからね。私もそれなりの地位にいるわけですし、活用出来るものは活用して、色々と調べたり考えたりはしてきました。その結果分かったことは……これからこの世界は激動の時代に入るのではないか、ということです」

「それは……一体どういう？」

聞き捨てならない話に、ロレーヌは身を乗り出す。

「メルのように特別な加護を授かったと考えられる人物が、多数出現しているようなのです。もちろん、宗教によって、もしくは国や組織によってその存在は秘匿されていることが大半ですが……それでもある程度の耳を持つ者のところには漏れ聞こえるものがあるというもの。加護を持つ存在というのは我々宗教団体にとって非常に重要であり、数少ないことは事実ですが、それでも今までおおむね、平均的に同じくらいの数を維持してきました。しかし……近年、その数は少しずつ、増えていっているのです。無視出来ない増加率ですし、先ほどお話ししたように、通常の聖気持ちとは一線を画する強力な使い手も複数出現しております」

聖気使いが増えている、か。

俺やロレーヌもその増えたうちに入るよな。

神々の加護を与えるハードルが下がっている？

なぜか、と言えば、何かが起こるからだということか。

神々がそうまでして対処しなければならないと考えるほどの何かが。

怖い話だな。

「……強力な使い手、と言うがどの程度の力の持ち主のことを言っているのかな？」

ロレーヌが尋ねるとエルザは答える。

「そうですね。私などはだいたい、その気になれば一つの街を覆う程度の術を使うことが出来ます。普段であれば、それが聖気持ちとして最上位に位置する力量ということになりましょう。ですが、今出現している者たちは……もっとも強力な者で、ヤーランで言うなら、中規模領地一つを覆えるほどの力を持っていることがあるようです。規模の違いが、分かりますでしょう？」

街一つと領地一つでは全く大きさが違う。

街一つでも覆える力を持つというのがそもそも衝撃的だが……リリアンも元は同じだけの力を持っていた、ということだろうか。

比較対象として俺はどんなもんか、と言えば……まぁ、せいぜい、家一つくらいかな。頑張ってそんなものだ。強くなったといっても大したことないとは言わないでほしい。化け物がこの世界には多すぎるのだ。

ロレーヌは魔力はともかく、聖気に関しては俺よりも少ないからな。

部屋一つ、くらいが限界だろう。

ただ少しずつ伸びていってはいるらしいから、いずれ抜かれないかと不安でしょうがないが……

そのときはそのときかな。

「それは……もはや兵器だな。治癒系の聖気であればそれだけで他国に攻め入るのに十分な理由になりそうだ」

「そうですね……数万の兵士たちの傷を延々と癒し、一人の死者も出さずに攻撃し続ける、なんてことも可能になってしまうかもしれません。どの程度力が続くのか、範囲が広いだけで効果は薄まるのか、など色々な懸念はありますが……間違いなく驚異的です。そんな者がいるとなれば、どこの国でも組織でも、欲しがることでしょう」

本当に恐ろしい話だな。

俺も頑張ればいずれはそれくらいの力を手に入れられるだろうか？

……無理そうだな。

聖気は残念ながら伸ばそうと思って伸ばせる力ではない。

気や魔力は今のこの体なら頑張れば何となるのだが……。

まぁ、強くなるには、出来ることから頑張っていくしかないか。

「メルも……それくらいの力を？」

「おそらくは。加護を与えられた直後はさほどでもないようですが、徐々にその力は強くなっていくようです。といっても、さすがに何の努力もなく、というわけにはいきませんけどね。メルはこれから修行しなければなりません。その力を制御し、正しく扱うために。そうしなければ、彼女自身が危険ですから」

◆◇◆◇◆

「話は分かったが……なぜ俺たちにそんな話を？」

俺がそう尋ねると、エルザは言う。

「聖気を使える者は皆、何かしらの使命を背負っているもの。それが大きいことか小さいことかはともかくとして。しかし、どう生きるか、何のために行動するかは人それぞれ自由です」

いかに神々といえど、人の自由意志に介入することは容易ではない。

神々には確かに見えている。

人の行く末、運命、絡み合う糸、進むべき道、使命。

そういうものが。

ただし、それは神々とて簡単にいじくることは出来ない。

俺たち人間が、複雑に結ばれた糸を解くのに難儀するようにだ。

大きすぎる手は、固く結ばれた細い糸を思うように扱うのに向かないというわけだな。

だからこそ、俺たちは自由なのだ……と、言う者もいる。

全く反対の考えの者もいる。

何が正しいのかは、それこそ神のみぞ知るという奴だ。

エルザが何を言いたいのか、続きを待っていると、彼女は言う。

「私は、私の力をメルを守るために使います。そしてこの孤児院のために。余裕があれば、東天教のためにも。レントさん、貴方《あなた》の力を……もしも、あいているときがあれば、私たちに貸してはいただけませんか？」

「なんだ、つまりこれは……遠回りな勧誘だったのか？」

言ってみれば、エルザの話はそんなことだろうと思った。

「そうですね。否定はしませんが、強引にどうしろというわけでも、望まないことをさせたいわけでもありません。何も起こらなければいいのですが……きっとこの先何かが、起こる。そのときに余裕があれば、で構いません。私たちに力を貸してほしいのです」

「さっき言ってた、激動の時代に入ったら、ということか？」

「そういうことですね。もちろん、何もなければそれが一番なのですが……そうなるとは思えないのです」

かなり抽象的な話だが、エルザはそのときが来ることを確信しているようだ。

よくある話だ、と切り捨てることは出来る。

これから、世の終わりがやってきますと。

そのときのために功徳を積み、次の世で幸福を得るのですと。

そんな話に聞こえなくもない。

しかし、エルザはそういうもののために、というより、メルやこの孤児院という具体的なものを守ろうとしている。

不安をあおって帰属させようとする宗教的な勧誘、というのとは違う。

「……なぜ、俺に頼むんだ？」

「それはレントさんが聖気を使えるからです……あぁ、レントさんだけに、というわけではないのですよ。聖気を使える方を見つけたら、やはり勧誘はしています。東天教としても、一人のエルザとしても。ですが、ここに連れてきたのはお二人がリリアンと知り合いで、信用出来ると思ったからです。ここまで説明した上での勧誘はまず、していませんが……」

つまりは普段の勧誘活動の延長で、多少信用して深く話してくれた、ということかな。

それで極端に恩を感じる必要もないだろうが、中々におもしろそうな情報だったのは確かだ。

そんな時代が来るというのなら、そのときはきっと冒険者の稼ぎ時である。

それに、強力な聖気使いの存在……魔物である俺には有用な情報だ。

俺や俺の眷属《けんぞく》に聖気は効きはしないが、イザークやラウラたちはそうではないだろうし、注意喚起しておくくらいのことは出来る。

まぁ、彼らは俺が言うまでもなく知っているんじゃないか、という気がしないでもないが……。

そういう諸々《もろもろ》を考えると、まぁ、少しくらいは恩に思ってもいいのかもしれないな。

ロレーヌと顔を見合わせ、なんとなくの相談を視線だけで終えると、俺は言う。

「……話は分かった。確約は出来ないが、余裕があれば、ということでいいのならそのときは言ってくれ。それでも構わないか？」

「もちろん、構いません！　無理を言っていることは分かっています。ただ、メルとこの孤児院のために出来ることをしておきたいのです……」

エルザはそう言って頭を下げたのだった。

◆◇◆◇◆

それから俺たちはしばらく雑談をして、孤児院を後にすることになった。

メルはポチとしきりに話して楽しそうだった。

子供たちの前でも普通に話していて、

「ポチさんは喋《しゃべ》るんですよ！」

と力説し、子供たちにおかしなものを見るような目で見られていた。

それが心外だったのか、

「しょ、証拠を見せましょう！　ポチさん、三回回ってわんと言いなさい！」

と指示を出していたが、ポチはメルをしらーっとした目で見て、遠くの方へ歩いていき、どかっとそこに座って寝てしまった。

子供たちの視線の冷たさが増した気がした。

メルはポチのところへ走っていき、その体を大げさに揺すりながら、

「ポチさん！　どうして、どうしてなんですか!?　聞こえてるでしょう!?　私の声が！　なのになんで無視するんですか!?」

「……――わふぅ《めんどぃ》」

そんな会話が後ろから聞こえてきたが、俺たちはまぁ、これなら何かがばれることもなかろうと、そのまま孤児院を出ていったのだった。

寺院までとことこと歩いていると、

「……あっ！　エルザ様！　エルザ様がいたぞー!!」

という一人の東天教の僧侶の声が響いた。

見れば、こちらを指さしている僧侶がいる。

「うがっ！　ま、まずい……どこかに隠れる場所は……!?」

エルザがあからさまにきょろきょろと周囲を見回してそんなことを言うが、残念ながらすでに遅かった。

気づけば周囲は東天教の僧侶に包囲されていて、どこにも逃げる場所は存在しなくなっていた。

エルザはその腕を東天教の僧侶にがっちりとホールドされると、

「さぁっ、エルザさま。お家に帰りますよ」

と言われて引きずられていく。

「ま、まだっ！　まだ私にはやることがっ！」

もう用事は全部終わっただろ、と思って俺とロレーヌがその様子を見ていると、一人の僧侶がこちらに駆け寄ってきて、

「……本日はエルザさまにお付き合いくださり、まことにありがとうございます。大変でしたでしょう？　何かありましたらぜひ、大寺院においでください。今回のお礼とお詫《わ》びは、しっかりとさせていただきますので……では」

深く頭を下げてそんなことを言い、エルザ包囲網の中へと加わっていった。

「……この街の上層部というのはああいうのしかいないのかな」

俺がエルザを見送りながら、誰とは言わないがどこかの裏組織の長《おさ》とかを思い浮かべつつ、そうぽつりとつぶやくと、

「どんなところだろうと、上の方というのはあの程度だぞ。あまり期待するな」

とロレーヌが世知辛い意見を言ったのだった。

◆◇◆◇◆

ふっと、目が覚めた。

宿に戻り、明日のために今日は眠りにくいこの体でとれるだけの睡眠をとり、そしてすっきりと目覚めてマルトに戻ろうと思っていたのに。

外を見ればまだ夜中だった。
王都と言えど、深夜は静かで暗い。
人の気配はなく、たまに見えるのは酔っぱらいだけだ。
そんな王都の街を魔道具の明かりがぼんやりと照らすが、光よりも闇がずっと多い。
どこまでも深い暗闇……。
俺にとっては暖かなその中へと飛び込んだ。

◆◇◆◇◆

不死であるこの身は、どれだけの暗闇であっても遠くまで見通すことが出来る。
まるで昼と変わらずに見える。
それは、この体が夜に生きる者のものだからだろうか。
歩く若い娘をとらえて、血をすするための……。
分からない。
俺の吸血衝動は、ロレーヌの血をもらっているからか、ひどく弱い。
人を喰《く》らうことでしか生きられないものとは思えないほどに。
いや、本当は違うのだろうか。
俺は少なくとも、ニヴの判別によれば、吸血鬼《ヴァンパイア》ではない。

では何だというのか。

人の血を吸うことに快楽を見いだす体を持った俺は、一体どんな魔物だと……。

分からない。

分からないことが恐ろしい。

思えば、遠くまで来たものだ。

マルトでいずれ屍《しかばね》を晒《さら》して死ぬしかないとどこかで思っていたのに、なぜか王都まで来て、士族や裏組織の長、それに東天教の僧正、などという、以前ならとてもではないが足下にすら近寄れないような相手と普通に交流を持っている。

力は伸び、無謀な目標でしかなかった銀級にすらも手が届こうとしている。

このまま走っていけば、俺はどこまででもいけそうな気がしている。

ただ、これは自惚《うぬぼ》れなのだろうな、とも思う。

色々な人物と出会い、分かったことは、俺は所詮、まだまだ全く弱い存在に過ぎない、ということだ。

常に俺の右側にいる、ロレーヌの立っているところにすらたどり着ける気配がない。

魔物の体を得て、強くなる術《すべ》を得たというのに、だ。

ふがいない。

どこまでも……。

誰もいない街を一人で歩いていると、そんな後ろ向きな考えに浸ってしまう。

これから先のことなんて、ただひたすらに努力していくしかないというのに。

だが、一人で考えるだけ考え、そして振り払って、気分良く明日を迎えたかった。

だからこそ俺はこうして一人で街をさまよっていた。

「……少し、不用心に過ぎるんじゃないかね？」

だから、そんな声が耳元で聞こえたときも、俺は反応が遅れた。


――え？


そう口に出そうとした瞬間に、俺の体はすでに宙に浮いていた。

吹き飛ばされたのだ。

胸元が強く痛む。

「……ほう、なるほど。君もこっち側か？　餌にいいかと思ったのだが……それでは無理だな」

何の話か、と思って言葉を発しようとしたのだが、声が出ない。

どういうことか……と思ったら、すー、すー、という音が喉元から出ていることに気づく。

「あぁ、すまない。叫ばれたら面倒だと思ってね。穴をあけてしまったよ」

喉元に手をやると、そこには何もなかった。

肉がとられている。

といっても、まだ頭と体はつながっているようなので不幸中の幸いだが……幸いか？

いやいや、ともかく、一体どういうことなのだこれは。

なぜ、いきなり攻撃された。

そもそも、こいつは何だ。

改めて観察してみれば、妙な格好の男だった。

紳士服にステッキ……口にくわえているのは……俺の肉か。

かじり取られたわけだな。

なんて悪食。

俺なんて食ったところでうまいとは思えない……。

「驚いてはいるようだが、ずいぶんと余裕があるね？　君はここで消滅しない自信があるのかい？全く気づかずに、それだけの傷を負ったというのに……あぁ、親が助けに来てくれると期待しているのかな……？　しかし、一瞬で終わればその期待にも意味がないだろう……」

そう言った直後、その男は空中を移動し、俺の眼前までやってきて、大きな口を開いた。

どぷり、という大量の水が立てるような肌のざわめくような音と共に、男の体が夜の闇よりもなお濃い黒色へと変化し、その体全体が大きな口へと変わったのだ。

それで、正体がなんとなく見える。

見えるが……まずいな。

これってここで詰みなのか。

俺はここで終わるのか。

焦燥感が湧いてくる。

何か手段はないかと考えるが、何も思い浮かばない……あぁ、いや。

そんなことはない。

俺もやればいいのだ。

そう思った瞬間、俺の体もまた、闇へと沈む。

《分化》だ。

巨大な口の閉じるだろう空間よりも外側に逃げ、その攻撃を避けると……。

「……変わった《分化》だ。私も人のことは言えないが……しかし、圧縮《デヒセー》」

男が《分化》を解き、くん、と指を俺の方へと向けると、あらゆる方向からまるで万力で締められているかのように圧力がかかり、逃げようとした《分化》された体が一点に向かって押し込められる。

抵抗してみるが、そもそもの力が違う。

蟻《あり》が象に反抗するようなもので、全く跳ね返すことも出来ず、ただ俺は押し込められていく……。

「《分化》は便利だが、対処する方法は色々とある。親には細かく教えられなかったのかな？　まぁ、知っていたところで力の差が開いていればどうしようもないがね……」

やばい。

本当にこいつの言うとおりどうしようもない。

他に何かやりようは……。

あぁ、聖魔気融合で自爆とかどうかな。

もうそれくらいしか浮かばないのだが……。

こうなったら、このままここで何も出来ずに終わるより一矢でも報いるためにその方法に挑戦してみるしかない。

俺がその覚悟を決めると、

「……っ!?」

急に、周囲から感じていた圧力がふっと消えた。

そして、男の姿もだ。

一体どこに……。

なんとか地面に落ちるように着地し、きょろきょろと辺りを見回すが、男の姿はなかった。

代わりにいたのは……。

「……レントさん。大丈夫ですか？　対処に遅れまして、申し訳ありません」

俺たちを王都まで連れてきてくれた、御者の男だった。

つまりは、ラウラの眷属の吸血鬼《ヴァンパイア》である。

したがって、俺よりも遥《はる》かに強いのだろう。

下級吸血鬼《レッサーヴァンパイア》だと聞いていたが、この様子では嘘《うそ》だったのだな。

イザークが気を遣って強い人をつけてくれた、というところだろうか。

まぁ、今はそれはいい。

それより、

「……今の奴は一体なんだったんだ？」

「あれは、我が主の敵です。気配を感じたので追いかけていたのですが、その途上でレントさんと遭遇してしまったようで……。ただ……私が近づいたことに気づいたのですね。もう王都から出てしまったようです。ご安心ください」

「敵……ラウラの敵か。どんな奴なのか聞いても？」

「ええ。あれは吸血鬼《ヴァンパイア》の王、アーク・タハドゥの《孫》の一人です。普通の吸血鬼《ヴァンパイア》とは比べものにならない力を持っています。無事でよかった……」

ほっとしつつそんなことを言うが、そんな人物が逃げるほどの力を持つ貴方は一体、と聞きたくなってくる。

そんな俺の気持ちを知ってか知らずか、男は続ける。

「レントさんを狙っていたわけではなく、たまたま会っただけのようですから、今後の心配もいらないでしょう。ただ、もし今後あれに会うようなことがあれば、逃げるか、我が家にお知らせくださいね……それでは、また明日に」

それだけ言って、男は闇に消えていった。

鮮やかな消えようで、もはや気配も追えない。

「……ほんと、弱いな、俺って」

もっと頑張らなければ。

改めてそう思った。

◆◇◆◇◆

「……？　何か、違うな。何かあったのか？」

次の日の朝。

朝食を食べるために宿の食堂で顔を合わせるや否や、ロレーヌがそう尋ねてきた。

昨夜のことについて、正確に言うのならかなり強力な吸血鬼《ヴァンパイア》に襲われ、為《な》すすべもなく喉元に大穴をあけられ、自らの無力をこれでもかというくらい深く味わってきた、という話になるのだが、今の俺は客観的に見ると無傷だ。

《分化》すれば外見上の傷は全くなくなるからだ。

にもかかわらず、ロレーヌは見ただけで普段との違いに気づいたわけだ。

流石《さすが》は学者と言うべきか、物事の変化に敏感である。

なんと言うべきか少し考えたが、これから食事であることだし、あまりグロい話題にならないように、そして周囲が聞いてもよく分からないように答えようと思う。

「……昨夜、眠れなくて外を出歩いてたんだが、通り魔に襲われてさ。これがもう、けちょんけちょんにやられてしまったんだよ」

だいぶ軽い話に聞こえるが、これくらいがちょうどいいだろう。

周りでちらっと聞き耳立ててる奴もいるだろうが、だいたいが冒険者だ。

よくある話だと思う。

しかしロレーヌはこれに驚いて、

「お前がか？　そうか……王都というのはやはり、マルトと違って物騒なのだな」

そんな風に言う。

もちろん、マルトより王都の方が夜道が危険なのは確かだろう。

善悪問わず、腕の立つ人間が集まりやすいわけだし、金目のものを持っている人間の割合もまた多くなる。

必然、それを狙った通り魔も増える、と。

「おいおい、あんたらマルトから来たのか！　確かにあんな田舎から来たんじゃ、王都じゃやってけねぇかもなぁ！」

周りで聞いていたのだろう、一人の冒険者らしき中年の男がそんなことを言った。

他に朝食をとっている者のうち、何人かもそれに笑った。

かなり屈辱的な感じだが……内実を知らないからそんなことを言えるわけで、実際ここにいる者たちのどれくらいがあの吸血鬼《ヴァンパイア》に対抗出来るんだろうなと考えると、むしろ笑える。

そんな思いが、俺の口を少し、歪《ゆが》ませたのだろう。

俺たちを笑った男がめざとくそれを見つけたようで、

「おい、兄ちゃん。お前、俺を笑ったな……？」

などと言いながら立ち上がり、こちらに近づいてくるが……。

――トントン。

という、階段を下りてくる音がした後、

「あぁ、レント。もう起きてたのか。ロレーヌも。朝が早いね」

と言いながらオーグリーが近づいてきて、それを見た中年冒険者が驚いた顔でオーグリーを見た。

「え、あ、あの……オーグリー……さん。こいつらと知り合いで？」

突然態度が変わってそんなことを言った男に、オーグリーは、

「そうだけど、何かあったの？　あ、もしかして喧嘩《けんか》売った？　いや、それはやめておいた方がいいんじゃないかなぁ……この二人、僕より百倍強いよ」

そう言って男の肩をぽんぽん、と叩《たた》く。

男は信じられないといった目でオーグリー、そして俺とロレーヌを見て、しかし納得出来ないように オーグリーに言い募る。

「い、いや！　でもこいつ、昨夜、夜道で襲われてぼこぼこにされたって言ってたんですぜ！　そんなはず……」

「えぇ!?　レントが？……もう夜道なんて歩けないじゃないか。ちなみにどれくらいやられたの？」

「何も出来なかったな。本当になんにも。びっくりしたよ」

「えぇー……王都ってそこまで物騒なの、たとえ深夜でも通り魔なんて出ないはずなんだけど……治安騎士だって歩いてるのに」

「あれに治安騎士が対抗出来るとは思えないぞ」

「……拠点変えようかな……」

そんな会話を俺とオーグリーが続けていると、中年男の勢いは徐々に弱まっていった。

それから、中年男はふと気になったようで、

「百倍強いって言いますけど……具体的にはどのくらいで……？」

「階級《ランク》的にはまだ君と同じ銅級だよ」

「あ、なら……」

「でも、もうすでに銀級昇格試験を受ける資格はあるし、受験すれば受かると僕は思ってる。単純に僕がレントと戦ったら……いや、戦いたくないな。勝てないもんね」

その言葉の意味は、いくらでも再生する奴にどうやって勝てっていうんだ、ということであって、技量についての話ではないのは俺とオーグリーの間では自明であるが、中年男には当然、単純に俺の方が強い、という意味に響いたらしい。

急にその場で土下座して、

「す、すまねぇ！　旦那！　俺が悪かったぁ！」

と謝りだしたので、俺は、

「いや、気にしないでくれって。そこまで謝られるほどのことでもない。だが、強いて言うなら本

当に自分より弱い冒険者に会ったとしてもさっきみたいなのはやめてやってくれ。ああいうのって、思った以上にやられた方は傷つくからさぁ……」

今は、この男より俺の方が強い、と思えるから大したこととは思わない。

だが、昔なら……怒り出したりはしないが、なんだか非常に悲しい気分になったことは間違いなく、ため息を吐《つ》きながらとぼとぼ宿の部屋に戻ることになっていただろう。

こういう洗礼じみたことに耐えられる忍耐を身につけることももちろん、重要なのだが、こんなことをやる奴は出来るだけ少ない方がいい。

そう思っての台詞《せりふ》だったが、ロレーヌが、

「おい、レント。こういう場合はそんな風に諭す必要なんてないぞ」

「そうか?」

「そうだ。そうではなくて、こうやってだな……」

何をするのか、と思ってロレーヌを見ていると、その手元で少しずつ圧縮された魔力の塊が膨らんでいくのが見えた。

いやいや、何をする気なんだ……もちろん、脅しなのは分かるがちょっと怖い。

冷静にそう思って見ていたのは俺とオーグリーだけのようで、中年男は土下座体勢から顔を上げて怯《おび》え出す。

魔力を見る目がなくとも、具現化し、高度に圧縮されたそれは、隠匿されない限りはその圧力や危険を肌で感じるものだからな。

ロレーヌの手元のそれがどれだけやばいものなのか、男にも分かったのだろう。

「す、すまねぇ！　い、命だけは……‼」

と平謝りだ。

男が本気で怯えている、と分かったところでロレーヌはすっと魔力をしまい、

「……冗談だ。だが、本当に短気な奴は宿ごと吹っ飛ばすこともあるだろうからな。お前も冒険者なら気をつけることだな」

と言って笑い、地べたをはいずろうとしていた男に手を差しのべた。

端から見るとどこまで冗談なのか分からないところが怖い。

男ももちろん、そうだったようで、差しのべられた手を怯えつつ掴むと、

「わ、悪かった……もう二度と、二度としねぇ……！」

と言って、自らの席に戻り、ふるえる手でフォークを握っていた。

脅しすぎだろ。

◆◇◆◇◆

「……ははぁ、なるほど。そんなことがね……」

マルトへ出発するまでまだ少し時間がある。

その前に、ロレーヌとオーグリーに昨夜のことの詳細を説明することにした。

相手が吸血鬼《ヴァンパイア》だったことを話すと、やはり二人は驚く。

特にオーグリーが驚いているようだ。

なんだかんだロレーヌは吸血鬼《ヴァンパイア》という存在にかなり慣れつつあるからな。

対してオーグリーは友好的な？　吸血鬼《ヴァンパイア》の知り合いと言ったら俺くらいしかいない。

驚くのも当然の話だった。

「でも、その吸血鬼《ヴァンパイア》はもう、王都を出た……ってことでいいんだよね？」

「あぁ、助けに入ってくれた人によれば、そうみたいだな……」

誰か、という点についてはぼかしている。

すごく腕の立つ人、くらいで。

別に言ってもいいような気もするが、ラウラか、最低でもイザークからは許可を得るべきだろうしな。王都を出るまでは危険に身をさらしてくれているわけだし、オーグリー相手でもそこは内緒にしておいた方がいい。

オーグリーもあまり余計なことを知ってしまうよりは初めから知らない方がいいこともあるだろう。

いずれ話すこともあるかもしれないけどな。

「しかし吸血鬼《ヴァンパイア》の王か……話には聞いたことがあるけど、こんなところにもその配下がいたりするんだね。言っちゃなんだけど、ヤーラン程度の田舎国家に来ても楽しいことはなさそうなんだけどなぁ」

オーグリーがそう言いたくなる気持ちは分かる。

実際、ヤーランは世界の中心からは遠く、また国力も小さく、そして何か特別な品物があるわけでもない田舎国家だ。

その代わりにのどかで平和なわけであるが……言ってしまえばそれだけである。

なぜわざわざ吸血鬼《ヴァンパイア》の王の配下なんかがぶらぶらしていたのか分からない。

暇つぶしか？……まぁ、ラウラの様子を見るに、吸血鬼《ヴァンパイア》というのはそういうところがある存在なのかもしれないが。

永遠の命というのは暇だろうしな。

旅を趣味にしているのかもしれない。

「どんな奴か、見たのか？」

ロレーヌが知的好奇心からそう尋ねてきたので、俺は思い出しつつ答える。

「あぁ、なんとなくはな。紳士服にステッキ、あとシルクハットを被《かぶ》った……おそらくは男だったよ。ただ顔は見えなかったな。暗かったから、っていうのは俺にとっては言い訳にはならないが、なんか見難《みにく》かったというか……たぶん、身につけている物にそういう効果があったんだろうと思うぞ。もしくは、魔術かもしれないが」

俺は非常に夜目が利く。

少しの光があれば、それこそ星明かりほどでも、人間だったときの昼間の視界と同じくらい遠くまで見える。

したがって、夜中だからといって顔が見えない、ということは普通ならないのだ。

にもかかわらず見えなかった、というのはそういうことに他ならない。

「……認識阻害系の魔道具、もしくは魔術か。まぁ、吸血鬼《ヴァンパイア》の王の配下、ともなれば顔は隠しておきたいだろうし、仕方がないだろうな……。しかしよかったな、レント。変に目をつけられなくて。吸血鬼《ヴァンパイア》の王と言えば、四体の魔王と並ぶ大物だ。もし妙に興味を抱かれれば、流石にただでは済むまい」

「確かにな……それは助かったよ」

あの吸血鬼《ヴァンパイア》は俺が魔物である、とか吸血鬼《ヴァンパイア》である、とか思っていたようであるが、本当は吸血鬼《ヴァンパイア》とも言い難いよく分からないもどきであり、聖気も宿しているおかしな存在だと知れれば、そういう可能性もあっただろう。

俺はまだまだ弱いし、その気になれば簡単にさらわれてしまうような存在である。

どこかの物語のように王子様が助けにきてくれるわけもなく、吸血鬼《ヴァンパイア》の王のアジトでひどい目に遭わされるのが見えるようだ。

そうならなかっただけでも御の字である。

「可能なら……もう二度と会いたくないが……」

ついそう呟《つぶや》いてしまうが、ロレーヌが俺の顔を見てからため息を吐いて言った。

「……お前はそういうものを引き寄せる体質みたいだからな。きっと、無理なんじゃないか？」

「勘弁してほしいんだが」

「それは私も同感だが、来ると思って対策はしておいた方がいい」

「どうすればいいと思う？」

ぱっとは対策が浮かばないので、何かいいアイデアがないか尋ねてみると、ロレーヌは、

「さしあたり、聖気でも鍛えたらどうだ？　吸血鬼《ヴァンパイア》には効果覿面《てきめん》だと言われているからな。まぁ、上位の吸血鬼《ヴァンパイア》には微妙かもしれんが……」

これについてはイザークは聖気を放つ樹木にあまり近づきたがらなかったが、それでもいきなり消滅したりすることはなさそうだったことからも明らかだ。

つまり、あの吸血鬼《ヴァンパイア》の王の配下にも一撃必殺で効く、という感じにはならないだろうな。

ただ、苦手としていることは間違いないし、切り札にはなるだろう。

その前にあのギリギリと圧縮される魔術でやられたらおしまいなのだが……。

あぁ、そういえば……。

「ロレーヌは圧縮《デヒセー》とかいう魔術は使えるのか？」

「む、それは初耳だな。さっき言ってた、お前がその吸血鬼《ヴァンパイア》の王の配下に潰されたときに使われたという魔術か？」

魔術名は特に言わないで説明していたからこういう反応なのだろう。

俺は頷《うなず》く。

「あぁ。詠唱は魔術名だけだったけど、確かにそう言ってたな。ないのか、ああいう魔術」

「圧縮系はいくつかあるが、その魔術名は知らない。圧縮《コンプレシオン》が一般的で、古代語系統だと圧縮《ダハタ》があ

るが……。いい情報を得た。お前が手も足も出ないレベルで圧縮出来る魔術であれば、使えるようになれば有用だろう。研究しておくことにする……とりあえず、どこの語系に属するか、からだが……」

そんなことを言い始め、ぶつぶつと思考の海に浸り出したロレーヌだった。

「……ま、本当に無事でよかったよ、レント。それと、今日でお別れだ。といっても、またそのうち王都には来るんだよね？」

オーグリーが俺にそう言ってくる。

ロレーヌが魔術に夢中になり出したらもう何を言っても耳に入らないことを知っているからだ。

「そんなに行ったり来たりしたいわけじゃないんだが、間違いなく来ることになるだろうさ。王女関連もあるからな……」

「やっぱり、また一悶着《ひともんちゃく》あるよね、あれは」

「たぶんな。ジャンが全部さっぱり片づけてくれるなら大丈夫かもしれないが、そう簡単にいきそうな気がしない」

なにせ、ハイエルフが授かった預言がある。

いかにジャンが傑物であっても、神々の預言はそうそうに外れはしない。

「実に不安になる話だけど……また君たちに会えることは純粋にうれしいよ。じゃ、そのときまで僕は僕で腕を上げておくことにしよう。流石にそのときに吸血鬼《ヴァンパイア》の王の配下、なんてのが襲ってきたら、今の僕じゃどうにも出来ないからさ」

「俺も頑張ってもう少し強くなっておくさ。そのときまで、お別れだ」

そうして、俺とオーグリーは握手を交わした。

お互い、長くくすぶっていたが、それでも強くなれている。

その実感がなんだか、今になって湧いてきた気がした。

◆◇◆◇◆

「……来ないな？」

俺がそう言ったのは、王都の入り口近く、多くの馬車が行き交い、また停まっているところだ。停留場だな。

ここから様々な土地や迷宮などへ向かう馬車が出ていて、俺も乗ってどこかに行ってみたい気分にもなる。昔はそんなこと考えられなかった……というか、考えたところで実力不足で無理だった。すべてとは言わないが、王都から直通で出ている馬車の向かう迷宮とかはレベルが高いところが多いからな。

せっかく王都に来たのに《水月の迷宮》と同レベルの迷宮に向かったところで仕方がないし、憧れるのは物語に出てくるような高位の迷宮だった。

しかし、俺が人間だった頃の実力で向かってしまえば、一歩入ると同時に死んでしまった、なんてことにもなりかねないような、そんなところばかりであったので、泣く泣くあきらめるしかなかったわけだ。

今はどうか、と言えば少なくとも入ると同時に死ぬ、なんてことにはならないだろうな。

なにせ、ボロボロに潰されたところで何度かは元に戻れるのだから。

……反則か。

まぁ、そういうずるい手段を使わずともいきなり死ぬことは流石にないんじゃないか、と思う。

ある程度進んだところでやっぱり無理、引き返す、ということはありうるけどな。

「……一応、冒険者組合《ギルド》の方に場所と時間を連絡しておいたとはいえ、大ざっぱなタイプだろうからな、あの人は。期待しすぎずのんびり待っているのがいいのではないか？」

ロレーヌが俺の言葉にそう答えた。

あの人、とはもちろん、俺たちと都市マルトへ向かう予定のあの人だ。

つまり、ヤーラン冒険者組合《ギルド》総冒険者組合長《グランドギルドマスター》ジャン・ゼーベックのことである。

さらに言うなら王都に根を張る裏組織のボスでもあるわけで……。

敵に回すと厄介な存在だ。

裏も表も牛耳っているわけだからな。

といって、一度敵に回した俺たちが言えることではないかもしれないが、結局、事なきを得たわけだし、色々な事情が重なった上であういう事態になったのであって、本当にすべての力を使って追いつめられた、というわけでもない。

そうなっていたらいくらこんな体だとはいっても、どうなっていたかは分からないな……。

「……いらっしゃったようですよ」

いつ来るのか、今来るのか、とやきもきしていた俺たちに、馬車の御者である青年がそう言った。

冒険者である俺たちより先に気づくとは、と普通なら思うところだが、この青年はつい先日、俺を化け物染みた吸血鬼《ヴァンパイア》から救ってくれた存在である。

むしろこの中では一番、実力があると思って間違いないだろう。

総合人材派遣業者ラトゥール家はまさに人材の宝庫である。

ジャンよりもさらに敵に回してはならない人物だろうな……。

「……悪い、悪い。遅くなった」

そう謝りながら現れたジャンはかなり地味な格好をしていた。

静かに黙って下を向けば、おそらく彼だと気づく人間はほとんどいない、そんな風に感じられるほどだ。

ただ、身につけているものの質が悪いというわけではなさそうだ。

むしろ、かなりの逸品ぞろいのように見える。

僅かに感じられる魔力から、どれも魔道具だろうと分かる。

魔物である俺が僅かにしか感じられないということは、通常の人間からしてみれば全く感じられないということになる。

ロレーヌはその魔眼で分かるだろうが……。

「……これから戦争にでも行くような格好だな」

案の定、ロレーヌがジャンを見てそう言った。

ジャンはこれに笑い、

「分かるか？　まぁ、そんなつもりはねぇんだが、用心はしておかねぇとな。闘技場でも話したが、マルトの迷宮、そして《塔》と《学院》を巡っては色々と陰謀が張り巡らされてるんだ。どこにどんな危険があるか分かったもんじゃねぇ……」

ヤーランに存在する冒険者組合《ギルド》すべてを統括する人である。

誰かに狙われる心当たりも山ほどあるのだろう。

俺たちもそれに巻き込まれないよう、同道する間は特に気をつけておかなければならないな。

「それもそうだな……そういえば、どうして遅れたんだ？　朝、冒険者組合《ギルド》に詳しい時間と場所を伝えに行ったときにはすぐに向かわせる、という返事だったのだが」

ロレーヌがジャンにそう尋ねた。

大まかな時間や場所についてはすでにあの地下闘技場で話していたが、朝、念のため細かく伝えに行ったのだ。

というのはついでで、先日俺が襲われた吸血鬼《ヴァンパイア》のことをあまり伝えたくない相手に伝言を残しに行ったのが本題である。

つまりはニヴにだ。

といって、直接連絡出来るわけではなく、本当にただ伝言を残しておいただけだが。

王都にすっごく強い吸血鬼《ヴァンパイア》が現れたけど、なんでか突然逃げましたよ、もう王都にはいないと思いますよ、でも一応伝言残しておきますね、とそんな具合にだ。

あとは冒険者組合《ギルド》の連絡網によってそのうち、ニヴのもとまでその伝言が回ることだろう。

それを聞いた彼女が王都までやってきて暴れ回るのか、もういないならいいかと流すのかは分からないが……。

いや、流したりはしないか。

自分の目と耳で調べ尽くさないと気が済まなそうな性格である。

いずれここにやってくるだろうことはなんとなく想像がつく。

願わくば、俺がここに再度やってくるだろう時と時期が被らないようにしてほしいが……そういう巡り合わせの悪さには定評のある俺である。

そういう期待は、持たない方がいいのだろうな……。

「ん？　まぁ、色々立て込んでてな……」

ジャンがそう言ってから、ふっと後ろを見る。

するとそちらから、

「……総冒険者組合長《グランドギルドマスター》！　どこですか!?　まさか供もつけずに……!?」

という叫び声が聞こえてきた。

ジャンはそれを聞いて身につけていた旅装のフードを被り、

「……おい、早く行くぞ。見つかると面倒だ」

とふざけたことを言う。

「……あれ、あんたを捜してるんだろ。別にお供くらいつけても乗れるだけの余裕はこの馬車にはある。早速あんたのことを伝えて……」

と歩きだそうとした俺の腕をジャンは素早く摑《つか》み、

「ばっか、お供なんてつけたらせっかくの旅行が息苦しいだろうが！　いいから出せ出せ！」

と言ってくる。子供か、あんたはと言いたいところだが、この調子だと言って聞かせたところで無駄だろうなと思った。

俺とロレーヌ、それに御者の三人は目を合わせて、仕方がないか、と合意し、そそくさと馬車を出す準備を始める。

どうせ隠れて馬車を進めても、入り口で検査があるのだ。

ジャンほどの有名人なら流石にそこでばれるだろう、という推測もあった。

だからとりあえずは出してしまってもいいだろう……。

そう思ったのだが……。

「……ふふ。あばよ、職員ども。俺はマルトでバカンスを楽しんでくるからな……ふふふ」

幌《ほろ》の中から、少しだけ布を開いて外を観察しつつそんなことを呟くジャンに不安を覚えなかったと言えば嘘になるだろう。

第二章　その頃の弟子たち１

都市マルト、その郊外に存在する広大な屋敷。

ラトゥール家の庭には、今、三人の人物がいた。

そのうちの二人はいずれも激しく動いており、もう一人はその二人を監督するように立っているため、訓練中だと分かる。

一人はラトゥール家の使用人、イザーク。

そして残りの二人はリナとアリゼであった。

「……それくらいでいいでしょう。休んでいいですよ」

イザークのその言葉と共に、二人は息を吐いて地面に座り込んだ。

「はぁ、はぁ……」

「つ、疲れた……」

もう動けない、と言いたげな二人を見て、イザークは顎をさすりながら、

「これくらい序の口なのですが……」

そんなことを言ったため、リナとアリゼは顔を青くした。

イザークはそんな二人を笑って見つめ、

「冗談ですよ。リナさんは駆け出しのわりに頑張っておられますし、アリゼさんもその歳で根性が

あるなと……本当はもっと早くへたるかと思っていましたが、この調子ならお二人とも、いずれはいい冒険者になるでしょう」

そう言ったのでほっとした二人だった。

当初、魔術の訓練について主にイザークから学んでいた二人だったが、それが武術の方に進んだのは自然なことだった。

魔術には様々な発動方法があるが、一般的なものは自らの体内に存在する魔力を扱って発動させる方法であり、二人がまず学んでいるのもこれである。

他に空気中に存在する魔力を活用したり、他の容器に溜めておいた魔力を利用するものなどもあるが、基本はあくまでも自らの魔力を利用するものだ。

しかし、自らの体内の魔力を使っていくわけであるから、何度も魔術を使えば最終的には空っぽになる。魔力は時間を置けば回復するが、それでも溜まった魔力を使い果たせば、数時間経《た》たなければ元通りにはならないのが普通だ。

したがって、魔力を使い果たしてしまえば手持ちぶさたな時間が出来てしまうわけで、そんな時間をリナとアリゼは武術の訓練に充てることにした。

それは当初、レントに学んだ型や訓練方法を繰り返すだけの簡単なものだったが、これを見ていたイザークが少しのアドバイスをし始めた。

リナもアリゼもかなり素直な性格で、またイザークがかなりの実力を持つ存在であることは魔術の訓練を通して分かっていたから、そのアドバイスもすんなりと受け入れたのだ。

さらに、素振りだけしていても飽きるだろうと、そこに様々なメニューが追加されたのだ。今では最後にイザークと模擬戦を行うまでになっており、レントたちが街を出たときと比べるとかなり実力が上がっている。

しかし、そんなことはリナもアリゼも全く気づいてはいなかった。

というのも、最後に行う模擬戦において、いつも同じくらいの時間、タイミングでイザークに敗北する形で終わるからだ。もちろん、それでやる気をなくしてしまっても困るので、訓練の合間合間に適度にほめたりはしていた。

けれどそれも限界に来ているらしい。

「……私、少しは強くなったのかな……」

ぽつり、といった様子でリナがそう口にしたのを、イザークは吸血鬼《ヴァンパイア》の高性能な耳で捉えた。

リナとしては本当に小さな、誰にも聞こえないくらいの声で自らに言い聞かせたに過ぎないのだが、イザークの耳はその気になれば敷地内に落ちた針の音すらも捉えるほどのものである。

リナの独り言など余裕だった。

だから、イザークは言う。

「……リナさん」

「あ、はい。なんですか？」

「たまには一人で依頼でも受けてみてはいかがですか？　訓練だけしても飽きるでしょう」

ここ最近、リナはレントたちにアリゼのことを頼まれたことで頭がいっぱいで、依頼などほとんど受けていなかった。

受けたとしても街なかで片づくようなものばかりで、迷宮に行ったり遠出しなければならないものは避けていたのだ。別に嫌々そうしていた、というわけではなく、リナ自身、初めて出来た弟子のような存在がうれしくて、毎日つきっきりでいたい、という気持ちが強かった。

だからリナは言う。

「でも……」

その後に続く言葉は、アリゼがいるから街から離れられない、いや、離れたくない、だっただろうが、その当の本人であるアリゼが先んじて言った。

「リナお姉ちゃん、私のこと心配しないで行ってきていいよ！　最近、懐が寂しいって言ってたでしょ？」

「えっ、聞いてたの……？」

確かに最近、リナの懐は若干、寂しくなっていた。

昔と比べて受けられる依頼の幅はかなり広がったし、そんなに遠出しなくても薬草の採取などの目利きも出来るようになっているから、昔のようなその日暮らしな生活からは遠ざかっている。

しかしそれでも、嗜好品《しこうひん》を買うには心許《こころもと》ないところがあり、たまにはしっかり依頼を受けて魔物を狩らなければ破産しかねないぐらいである。

そして今、その破産が間近だった。記憶にはないが、そのことをぼそりと、アリゼと一緒にいるときにつぶやいてしまっていたのかもしれない。

究極、いざとなったら野宿でも問題ないと言えばない。

今のこの体であれば、夜の闇はむしろ心地いいし、誰かに襲いかかられたらそれこそ《分化》でもって逃げることも可能だ。

だが、そういうことをすると《吸血鬼狩り》《ヴァンパイア・ハンター》が存在を嗅ぎつけてやってくる可能性もあり、街なかで吸血鬼《ヴァンパイア》として身につけた技能をおいそれと使うことは出来ない。

見つかったとしても自分は吸血鬼《ヴァンパイア》と判定されないらしいことはレントやイザークから聞いて知っていたが、それでも冒す必要のない危険は冒したくない。

したがって、野宿も中々……ということになると、やはりリナとしてはそろそろ、狩りに出ざるを得ない。

だから、ここはアリゼの言葉に甘えることにする。

「うーん。分かったよ。アリゼがそう言うなら……でも私のいない間の訓練はしっかりやらないと駄目だよ」

「うん。もちろん」

アリゼが頷《うなず》き、それに続いて、

「まぁ、それについてはここに通ってもらえれば私が面倒を見ますので、それこそご心配なく。では今日のところは、リナさんは帰られますか？　明日にでも依頼を受けるのでしたら、それなりの準備が必要でしょうし」

「ええ、そうですね……アリゼは……」

「私はもう少し訓練してから帰るよ」

「そう？　じゃあ、頑張ってね。イザークさん、よろしくお願いします」

「はい。承知しました」

◆◇◆◇◆

「……これでリナさんも自信を取り戻してくれるでしょう」

リナが去った後、イザークがそう呟《つぶや》くと、アリゼが言う。

「やっぱりリナお姉ちゃんって、自信をなくしていたの？」

「そうですね。あまり強くなった気がしていないのでしょう。アリゼさん。あなたはそうでもなさそうなので心配はしていませんが」

「私は毎日、孤児院で力仕事をしてるから……最近、ぜんぜん疲れなくて体力ついたんだなって思ってたから」

「なるほど。リナさんはそういうこともなかったでしょうからね。アリゼさんよりもかなり厳しい訓練で、宿に戻ったら眠るくらいだったでしょうし」

「……イザークさんって時々、鬼だよね」

「はは、私はいつも鬼ですよ」

「……？　そう？　こうして話していると優しいよ。かっこいいし。結婚はしないの？」

「私はこの家に仕えていますので、そういったことは……さて。訓練に戻りましょう。鬼と言われてしまいましたから、少し厳しくしましょうかね？」

「えぇ……。頑張るよ」

◆◇◆◇◆

「……依頼、かぁ……」

イザークに言われたものの、あまり気が進まないリナであった。

というのは別に依頼そのものが怖いとか、そういうことではまったくない。

むしろ、最近は訓練ばかりだったのでたくさん依頼を受けて冒険者としての風を感じたい。

そんな気持ちが強い。

それでもなんとなく、うーん、という気持ちになってしまうのは、自分の実力があまり変わっていない、という感覚が強いからだ。

リナのパーティーメンバーであるライズとローラがいればまた違うのだが、あの二人はまだ療養中である。吸血鬼《ヴァンパイア》によってつけられた傷は、外傷だけでなく精神まで及んでいるらしく、それを治癒するにはもうしばらくかかる、ということだった。

ただ、それでも全く動かない、というのもよくないので、簡単な依頼には数日に一度、一緒に出ているのだがその程度だ。

本格的な依頼を受ける、となると一人でやるか、誰かと一緒にということになるが……。

冒険者組合《ギルド》に到着し、依頼掲示板の前に立つ。

リナが受けられる依頼は、冒険者としての最低ランクである鉄級のものだけになる。

ライズとローラがいればパーティーとして銅級を受けることも可能だ。

あの二人はレントと共に銅級試験を突破しているのだから、当然である。

しかしリナは……。

まだ銅級を受ける功績点が足りず、もうしばらく頑張る必要がある。

パーティーとはいえ銅級の依頼を受けているのだから試験くらい受けさせてくれてもいいだろう、とリナとしては思ってしまうが、そこのところは結構厳しいのが冒険者組合《ギルド》であった。……いや、王都の鉄級たちは結構簡単に銅級試験を受けていたから、マルト限定なのかもしれない。

だったら、王都に行けば自分も受けられるのだろうか、という気がしないでもないが、そうなると今度は受かるのかな、という不安が鎌首をもたげる。

実際、今の実力を高く評価することは自分自身にも出来ない、ということを考えると、昇格試験を受けられたとしても落ちるか……という結論に至った。

やはり、地道に活動して自信を身につけるしかない。

イザークも訓練の中で言っていた。

『リナさんはもっと自信を持っていいと思いますよ』

と。

これでも昔に比べれば自信がついた方……だとは思うのだが、近くにいるのはいずれも実力者ばかりだ。

戦闘や冒険者としての技能だけでなく、どんなことでもたいてい器用にこなすレント・ファイナ。

魔術師としても学者としても一流のロレーヌ・ヴィヴィエ。

本業はラトゥール家の使用人だと断言しながらもその戦闘技術はレントやロレーヌを軽く凌《しの》いでくるイザーク。

眠ってすら底知れぬ存在感を放つラウラ・ラトゥール。

小さな子供なのにすでに以前のリナよりも上手に魔術を使いこなし始めているアリゼ。

……誰と比べても自分などみそっかすではないのか？

と一瞬思ってしまっても誰も責めないだろう。

いや、さすがにその考えは後ろ向きすぎるというのは自覚しているので、さほど落ち込みはしないのだが、それでもこれ以上自信を持てと言われても、いやいや私なんてと……。

「……どの依頼にするか悩んでいるのかしら？」

ふっと後ろから話しかけられて振り返る。

そこに立っていたのは一人の成人女性だ。

シェイラ・イバルス。

この冒険者組合《ギルド》の職員であり、レントの秘密を知っている人。

他にこの冒険者組合《ギルド》では冒険者組合長《ギルドマスター》であるウルフもだと聞いてはいるが、今のところ、その

《秘密》について話したことはない。

そういうタイミングもなかったし、場所を選ぶ話題だからだ。

ただ、シェイラの方もリナがそうであることについては分かっているのだろう。

気にかけて話しかけに来てくれたようだ。

「……シェイラさん。いえ……そういうわけじゃなくて」

「あら？　そうなの。でもずいぶんと長い間ここに立っていたわよ。掲示板を見つめながら」

「それはちょっと考え事を……。ほら、レントさんとかロレーヌさんとかすごいじゃないですか。比べると私ってどうなのかなとか突然考えてしまって……」

その言葉にシェイラはなるほどと頷く。

「たしかに最近のあの二人はすごいわね。そういえば、リナちゃんはあの二人に色々教えてもらったりもしているのよね」

吸血鬼《ヴァンパイア》とその眷属《けんぞく》、という特殊な関係が一番印象深いが、それ以外にも一応、師匠と弟子のような関係でもあるのは間違いない。

そっちについてはシェイラにとっても少しばかり印象が薄かったようでそのような聞き方になったのだろう。でも、忘れているわけではないのはさすがだ。

こんな小さな話題など、冒険者組合《ギルド》職員は毎日何十何百と聞いているだろうに。

そのいずれもシェイラはその頭にたたき込んでいるのかもしれない。

そんな関心が顔に出たのだろう。シェイラは首を傾《かし》げて、

「……私の顔に何かついてる？」

「いいえ……シェイラさんも、あっち側の人なのかなって」

シェイラはそれに目を見開き、慌てて首を横に振る。

「……いえいえいえ、私は普通の人よ！　一緒にされては困るわ！　むしろリナちゃんの方が……」

あぁ、これは別に嫌とかそういうことじゃないからね」

何が嫌かと言えば、吸血鬼《ヴァンパイア》に嫌悪感があるか、という話だ。

シェイラにはない、と。

レントがそうであると分かっても態度をほぼ変えなかった人だし、それはそうだろう。ただし、あくまで知り合いだからというだけで、もちろん野良の吸血鬼《ヴァンパイア》は好きじゃないだろうけど。

……考えてみると、ラウラやイザークはその野良の吸血鬼《ヴァンパイア》かな？

シェイラは知っているのだろうか……？

今度レントさんにそのあたりをもう少しつっこんで聞いてみよう、と思ったリナだった。

「私こそ普通の人……だと思います。最近、知り合いの人に稽古をつけてもらっているんですけど、あまり強くなった気がしないし。ちゃんと頑張れているのかなって……。今日来たのも、その人に依頼を受けてみたらどうかって言われたからで」

感じている悩み、焦りのようなものをシェイラに言うと、彼女は深く頷いて、

「……なるほどね。それでここでぼーっと……分かったわ。ちょっと待っててくれる？」

そう言ってどこかに走っていった。

◆◇◆◇◆

しばらくして……。

「……ごめんなさい、待たせたわね」

そう言ってシェイラが戻ってくる。

「いいえ。構いませんよ。でも、どうしたんですか？」

シェイラがリナに何か特別な用事があるとは思えない。それなのに一体どうして、ちょっと待ってて、なんて言ったのだろうかと不思議だったからこその質問だった。

そんなリナの疑問にシェイラは、

「もちろん、貴女《あなた》のために依頼を見繕っていたのよ。知っているかは分からないけど、掲示板にすべての依頼が貼り出されているわけではないからね。単純にまだチェックが終わっていないものとか、色々と冒険者について指定が入っているものとかがあるの」

なるほど、と思った。

それについては一応、リナも聞いたことがあった。

チェックが終わっていない、というのは冒険者組合《ギルド》として一応、依頼を受理出来るということははっきりしているが、依頼主の指定した報酬額や依頼のランクが適正なのかとか、そういった点に少々疑問があるものなどのことである。

冒険者について指定が入っているものとは、冒険者の性別や年齢、また剣士や魔術師などの職について細かく指定されているものである。

これらについては誰が受けても構わないとは言えないため、職員の方で適性のある冒険者を選び、声をかけたりすることで依頼を受けてもらう形になることが多いらしい、と聞いたことがあった。

ただし、リナのような駆け出し冒険者にはあまり関係ない。

なぜなら、少なくとも銅級になっていなくてはそういう声掛けの対象にはならないからであり、事実、リナは気にしたことがなかった。

それなのに、シェイラはそういった依頼をわざわざリナのために見てくれたようだ。

「……いいんですか？　私、まだ鉄級ですけど……」

「勘違いされやすいんだけど、別に掲示板に貼っていないすべての依頼が冒険者のランク指定をしているわけではないし、鉄級は受けることが出来ないというわけでもないのよ。ただ、鉄級に任せるとあとで揉《も》めることになりそうなものは銅級に、銅級に任せて揉めそうなものは銀級に回すことが多いだけで。なんというか……ちょっと難しい仕事ってことね」

それを聞き、リナは余計に不安になる。

普通の依頼すらかなり苦戦しつつ片づけることが多い自分に、果たしてそのようなものから選び抜かれた依頼を達成することが出来るのだろうか、と。

「……私に受けられそうな依頼なんてなかった、ですよね……？」

なかった、と言ってくれればあとは掲示板の中でも比較的なんとかなりそうなものを探して受けるだけだ。そちらの方が簡単なのは間違いないし、こんなことになるのならさっさとそうすればよかったと思い始めていた。

しかし、そんなリナの期待は容易に裏切られる。

シェイラはなんでもないといった表情で軽く言った。

「あったから戻ってきたのよ。……その絶望したような顔は一体何なのかしら……？　ちょっと脅かしすぎたかもしれないけど、そんなに不安になることはないわ。貴女なら大丈夫よ」

あまりにも自信なさげなリナを励ますようにそう言って、シェイラはその見繕ってきたらしい依頼の概要が書かれた紙をリナに手渡す。

一枚ではなく二枚だったので、リナは首を傾げる。

「……これは？」

「どちらか選んで受けたらどうかと思って。二択なら流石《さすが》にそんなに悩まないでしょ？」

「ありがたいです……」

シェイラの気遣いに泣けてくるリナだった。

しかし、流石にいくらなんでも卑屈になりすぎているか、と我に返り、改めてその二つの依頼を見比べる。

こうなれば、リナも職業冒険者だ。

しっかりと検討を始める。

依頼を見るに……。

一つは、銅級冒険者の荷物持ちの依頼だった。

《水月の迷宮》に潜るにあたって、荷物持ちが必要であるので紹介してほしい、というものだ。

依頼主が銅級冒険者であるため、可能な限りランクが同じ冒険者を望んでいるようだ。

いずれ《水月の迷宮》を探索するための、下見のつもりで来てくれるとありがたい、と書いてある。

中々良さそうだが、日数は三日とある。

その間、《水月の迷宮》で野宿をするつもりのようで、楽な依頼ではなさそうであり、その辺りが掲示板に貼られていない理由なのだろう。

これはないかな、とリナは思う。

三日の拘束は構わないのだが、迷宮で三日も野宿、というのは今の自分だと流石に自信が持てないからだ。

魔物の出現しない安全地帯も迷宮内には存在していて、そういうところで野宿するのだろうが、それでもまだダメだ。

自分自身が、迷宮でもっと経験を積んでからでなければ……。

となると、もう一つの依頼ということになる。

そちらの方は、行商人の護衛依頼だった。

依頼主は若い女性のようで、女性冒険者限定と指定されている。

マルト周辺のいくつかの村を回って生活必需品を売り、そのお金で村々の特産品などを購入し、最終的にはマルトの市場で売る予定だと記載してある。

こちらも拘束期間は三日だが、記載してあるルートを見る限り、強力な魔物の出現する地域を通る予定はなさそうだった。

それでももちろん、不測の事態というのは起こり得るし、そんなところにいないはずの強い魔物が突然出現する、ということもあり得る。

ただ、それを警戒して依頼を受けない、なんて言っていたらどんな依頼も受けられなくなってしまう。

ある程度、安全が確保出来ると考えられる、それ以上を求めては冒険者などやっていられない。

そもそも危険に身を晒《さら》すのが冒険者だ。

可能な限り、危険を避けるべきなのは当然にしても、そこから逃げるわけにはいかないのだ。

道中の宿代は依頼主持ちとあり、報酬額も中々のもの。待遇も悪くなさそうだ。

「……どちらにするか、決まった？」

シェイラがそう尋ねてきたので、リナは頷き、依頼票二枚を手渡しながら、後者をシェイラに示して、

「こちらを受けようと思います」

そう答えた。

「分かったわ……確かにこっちの方がいいかもね。依頼主が女性で、女性冒険者限定だし、冒険者組合《ギルド》としても助かるわ……」

冒険者に男も女もない。

とはよく言われる言葉であるが、実際のところ男性の方が多くなるのはある意味で当然の話である。

単純に腕力の問題だ。

魔力や気による強化によって男性冒険者よりもずっと強い女性冒険者も多くいるが、それらを身に付ける以前に女性の興味が向きにくいのも事実である。

剣術道場の扉を叩《たた》くのはその大半が男の子だ。

魔術師に関してはそういったことはないが、そもそも魔術師自体の絶対数が少なく、冒険者に占める割合が低い。

したがって女性冒険者というのは重宝される存在であり、そこそこの実力があれば余計にそうだ。

リナが果たしてその重宝される存在であるかどうかと問われれば、リナとしては首を傾げざるを得ないが、役に立っているというのなら良かったと思った。

それから、シェイラは依頼票を受付に持っていき、手続きを終えると、

「はい。これで受理されたわよ。出発は冒険者が決まり次第とのことだから、今日のところは依頼主のところに行って、依頼を受けたことの報告と打ち合わせをしてくるといいわ」

そう言ったので、リナは、

「分かりました！　すぐに行ってきます！」

と明るく言って冒険者組合《ギルド》を後にした。

そんなリナの背中を見送りながら、

「……ちょっと気難しい人だけど、大丈夫よね。たぶん……」

とシェイラが言った不穏な台詞《せりふ》は、リナの耳には届いていなかった。

◆◇◆◇◆

「……またおかしなのが来ないといいのだけど」

行商人ドロテア・メローは、宿のベッドの上で、何者かの顔の形に見える天井の染みを凝視しながらぼんやりとそう、呟いた。

おかしなの、というのはつい ひと月前、都市マルトより西にある地方都市ザハクの冒険者組合《ギルド》で護衛として雇った冒険者の男のことだ。

行商人にとって、冒険者という存在は切っても切れない関係にある。

都市から都市へ、また村から村へと行き交い、生活必需品やその土地の特産品などを仕入れ、売却し利益を得る職業にとって、最も重要なのは道中の安全だからだ。

もちろん、売買の結果も重要だが、それが良かったからといって自分自身が死んでしまっては何の意味もない。

中には旅に出るたび命がけの大きな商いに挑戦し続けるような賭博師もいなくはないが、少なくともドロテアはそういう商人ではない。

これから先も絶対にやらない、とまでは言えないし、一生に一度くらいはそういうことをしなければならない瞬間がある、というのも分かる。ただ、幸か不幸か今のところ、それをしなければならない、という機会はなく、これからもしばらくはなさそうだ、と思っている。

今はコツコツと稼ぎ、ある程度の資金を貯《た》めて、それからそれなりに大きい街に自分の店を持つ。まずはそこからだ。

そう思って同じく商人である父親のところから独立して二年、頑張ってきたのだが、ついこの間もトラブルに遭った。

護衛に雇った冒険者の男が、依頼主が女だと舐《な》めてかかって、護衛料をつり上げてきたのだ。

通常なら、そんなことを言われた場合には護衛依頼そのものをキャンセルする。

しかし、その男がそんなことを言い始めたのは行商の旅も中盤に差し掛かった頃であり、その場でキャンセルすればドロテアの命すら危うい。

そんな状況であった。

そのため、ドロテアはその提案を了承するほかなかった。

後で冒険者組合《ギルド》には苦情を入れたのだが、甚だ腹立たしいということは理解するが、正当な手続きにのっとって依頼料の上乗せがなされている以上、冒険者組合《ギルド》から処罰を下すことは出来ないと言われてしまった。確かに思い出してみるとその男は依頼内容や決まりについては妙に細かく出発前に確認していた。

加えて、護衛料の上乗せについても事前に協議し、文書にして、それにこじつけた理由を冒険者組合《ギルド》に報告していた。

そういうことであれば直接本人に文句を言おう、と思ったのだが気づいたときにはすでに男は街を出ていて、見つけることも出来ない状態になっていた。

最初からそうするつもりで立ち回っていたのだろう、と思わざるを得ないある意味鮮やかな去り際だった。

極めて腹立たしかったのは言うまでもない。

だからといって出来ることもなく……犬に嚙《か》まれたと思って諦めるしかない。

行商人として独立して二年、そんなことが一度もなかったわけでもない。

むしろ何度もあって、十分に気を付けているつもりではあった。

しかしまだまだ足りなかった、というわけだ。

ドロテアが独立したいと父に言ったとき、父がぽつりと言った台詞が今になって身に染みた。

「……女には行商人は難しい」

別にドロテアにそれを辞めろと言いたいわけではなかったのだと、今なら分かる。

しかし、あのときのドロテアにはそうとしか聞こえず、喧嘩《けんか》別《わか》れのような形で家を出ることになった。

あれから家には帰れていない。

会いたくないわけではない。

合わせる顔がない、というのが実際のところだ。

おそらく父が言いたかったのは、女は護衛料のつり上げ、のようなトラブルに男の場合よりも遥《はる》かに巻き込まれやすい、ということだろう。

周囲の同輩……男の行商人にもそれなりに顔見知りはいるが、ドロテアが巻き込まれたトラブルについて話すと、彼らもそういうトラブルはあるとは言うが、しかしドロテアほど頻度が高いわけでも、またふんだくられる額が高いわけでもない。

やはり、女だから舐められているのだ。

そう深く思わざるを得なかった。

だが、だからといってこの仕事をやめるつもりはないし、むしろ奮起した。

それでもやってやると、それだからこそやってやると、そんな気持ちが、トラブルに出遭う度に強く湧き出してくるのだ。

トラブルから学んだこともないわけではない。

ただ、次の冒険者に男性を選ぶ気には流石にならなかった。

次は女性冒険者に頼もうと思った。

女性冒険者の数が男性冒険者のそれに比べて遥かに少ないことは分かっているから、毎回というわけにはいかない。

円滑に行商の予定を消化するためにも、我儘《わがまま》は言えない。

しかし、流石に次は、数が少なくても安心を優先した選択を挟んでから、という感覚である。

とは言え、女性冒険者だからトラブルにならないとも言い切れない。

心配事は尽きない。

せめて、まともな冒険者が来てくれることを祈るのみだった。

先ほどの独り言はそんな心情から出た言葉だった。

そんなドロテアの部屋の扉が、

——コンコン。

と叩かれ、

「どうぞ」

と言うとそこから宿の店員が現れ、身を起こしてベッドに腰かけていたドロテアに言った。

「お客様がお見えです。依頼を受けた冒険者の方だということですが……」

来たか。

今回は、騙《だま》されないようしっかりと交渉しなければならない。

ここからが戦いだ、とドロテアは気を引き締めて立ち上がり、宿の一階の食事処《しょくじどころ》と休憩所を兼ねた広間へと向かった。

◆◇◆◇◆

強大な魔物と相対するような気持ちで広間に向かったドロテアだったが、中に入って驚く。

というのは、広間にはテーブルとイスがいくつか設置してあり、今そこに腰かけている人物は一人しかいなかった。

つまり、その人物こそが、ドロテアの依頼を受けた張本人、ということになるのだが、どう見ても……。

そう、どう見ても、ドロテアよりもいくつか年下の、少女にしか見えなかったのだ。

彼女は立ち止まったドロテアを見て、依頼人だと推測したらしく、立ち上がってこちらに近づき、笑顔を向けて尋ねてきた。

「……ええと、失礼ですが、ドロテア・メローさんでしょうか？」

それにドロテアは停止していた思考を必死に動かし、答える。

「え、ええ……。私がドロテア・メローです。貴女《あなた》は……私の依頼を受けてくれた……？」

「はい！　初めまして、私、今回依頼を受けた鉄級冒険者のリナ・ルパージュと申します。どうぞよろしくお願いします！」

◆◇◆◇◆

鉄級冒険者。

そう言われてドロテアはまず、驚く。

というのはドロテアが依頼したのは行商の護衛であり、ある程度の実力が必要とされるものだからだ。

この場合の実力、というのは腕っぷしそのもののこと。

ドロテアが進む予定の行商ルートを考えると、銅級程度の腕前が必要なはずだ。

冒険者組合《ギルド》に依頼するときにもその点をしっかり伝えてはいた。

ただ、ここで少し思い出してみると……。

あくまでそれくらいの実力がなければ不安だ、と伝え、そしてそれを受けた冒険者組合《ギルド》職員が善処する、と言っただけだ。

女性冒険者を優先してほしいとも言っており、そうなると級の方は希望に沿えない可能性もあるとも言われた。

そしてそれにドロテアは消極的にではあるが、同意した。

つまり、適切な銅級女性冒険者がいなかったから、この少女が依頼を受けることになった、ということか。

まぁ、それはそれで構わない。

ただ、鉄級となると一人では流石に厳しいのではないか、と思う。

しかし、いかに適当な集団とは言え、冒険者組合《ギルド》も依頼を遂行する能力が全くない者を寄越《よこ》したりはしないだろう。

ということは、中々の実力者ということなのだろうか？

級と腕っぷしは必ずしも一致するわけではなく、確かに級が低くても強力な腕前の者はいる。

あくまでも実績を上げ、試験を受けなければ級が上がることはないからだ。

この少女もその類いか？

いや、でも普通の少女にしか見えないが……。

流石に断った方がいいか……。

そういったドロテアの困惑がその瞳に浮かんでいたのだろう。

少女は少し自嘲気味に、

「……あっ。すみません……私じゃ、不安ですよね？　分かります」

と即座に言ってきた。

自信なさげにそう言う少女――リナにドロテアは何故《なぜ》か怒りを感じる。

というのは、別にリナ本人に腹が立ったわけではない。

そうではなく、彼女に自分が重なったからだ。

女だからと、実力も見ずに卑下され、疑われることが日常茶飯事な自分だ。

そしてその商売相手に、こういう態度をいつも取っている、と急に自覚した。

だから舐められるのだ、とも。

そんなことは関係ないのに。

大事なのは性別や年齢ではなく、何が出来るかだ。

級だって、同じ。

だからドロテアは言う。

「違うわ。思った以上に若くて華奢《きやしや》な女の子だから驚いたのよ。全く不安じゃないと言えば、嘘《うそ》になるかもしれないけど……冒険者組合《ギルド》も貴女なら私の依頼に応えられると思って寄越したのでしょう？　ならいいのよ」

イラつきが、口調に出てしまった。

丁寧に喋《しゃべ》らないで、ぶっきらぼうに強くそう言ってしまう。

しかし、リナはそんなドロテアに笑顔を向けて、

「……私、華奢ですか？　なんだか最近、いくら食べても肉がつかなくて……。筋肉をつけたいからすごくたくさん食べるようにしてるんですけど」

と、そっちじゃない、と言いたくなる方に返答する。

「……羨ましい体ね。私は……食べれば食べるほどつくわ……」

ドロテアは半ば本気でそう答えた。

仕事上、食事の時間が不規則だからか、少量食べただけでも結構太るのである。

少ない食料で旅が出来るから行商人としては悪くはないのだが、女性として考えると……。

好きなものを好きなだけ食べて太らない体の方が欲しいというのが正直なところだった。

「そうなんですか？　でも、こう……出るところ出てる感じで憧れます。私はどうやっても……未来も暗そうですし」

言われてみると、リナの体は確かに貧弱であるのは否めなかった。

しかし、まだ若いのだ。

これから先どうなるかはまだ分からない。

諦めたものでもなさそうだが……。

そう言おうと思ったのだが、その点に触れる前に、リナは、

「あっ。話が逸《そ》れちゃいましたね。そうじゃなくって、私、旅の打ち合わせに来たんでした。ドロテアさん、今からでも大丈夫ですか？」

と言ったので、ドロテアはその勢いに、

「え、ええ……」

とつられるように頷き、同じテーブルにつくことになった。

自信なさげなのか、マイペースなのか、よく分からない少女である。

ただ、彼女と旅をするのは、少しだけ面白そうな気がした。

そんな直感が作用してのことだった。

◆◇◆◇◆

「……と、大体そんな感じのルートを進む予定よ。出発は可能な限り早くしたいわ。貴女が大丈夫なら、明日にでも」

ドロテアが考えている行商の旅の行程をすべて伝え終わったところでリナにそう尋ねた。

すると、リナは少し考えてから、

「出発日は明日で構わないのですけど……ツート山付近は迂回《うかい》した方がいいですよ。それと、ファ

ガ街道ではなく、ラダー街道の方を進んだ方がいいと思います。他については問題ないです」

と、ルート変更について提案してきた。

これにドロテアは、行商を知らない素人が何を、と一瞬頭に血が上りかける。

自分がいっぱしの冒険者であると主張したいがために、必要のない提案をしているのだろうと。

しかし、改めてリナの表情を見ると、そういった妙な功名心は感じられず、むしろ至極冷静な顔をしていた。

そのことにドロテアの頭に上りかけた血も引いていき、とりあえず、どんな意図なのか尋ねてみようという気になった。

「……どうして？　どちらも最短ルートだし、今まで何度も通っているところなのに。貴女の提案通りに進むと、半日は余計に時間がかかってしまうわ」

実際、その通りだ。

素人の意見を叩き潰したいために大げさに言っているわけではない。

それにあまり時間がかかると、魔物や盗賊に襲われる危険性が上がる。

街道を進む時間は可能な限り短く。

それが基本のはずだ。

しかしリナはこれに驚くべき反論をする。

「昨日まではそうでした。でも、今日からは違います。まずツート山なのですけど、女面鳥《ハーピー》が営巣を開始したそうです。例年よりもひと月ほど早いですが、今年は暖かいですからね。ある話です。

で、今そこを通るとドロテアさんは女面鳥《ハーピー》の赤ちゃんの餌になってしまうので、通らない方がいいです。ファガ街道の方については途中、橋があるでしょう？　あれが今、落ちてしまってるみたいで……。通ろうとしても結局戻る羽目になりますからお勧めしません。それでも私としては報酬が増えるのでどうしてもと言うなら進んでも構いませんが……」

◆◇◆◇◆

ドロテアはリナの説明に驚く。

というのも……。

「……疑うわけではないのだけど、それって本当なの？　私もルートの情報については十分に仕入れたつもりなんだけど、そんな話は聞かなかったわ」

そういうことだ。

ドロテアはちっぽけな行商人ではあるが、それでも商業ギルドに所属している。

つまり商業ギルド経由で様々な情報を得られる立場にある。

それに加えて、街々を行き交う商人たちからもこまめに話を聞いている。

その中に、たった今リナが口にしたような情報はなかったのだ。

これについてリナは頷いて、

「今お話ししたことについてはまだそれほど広まっていないでしょうから、当然だと思います。というのも、私が聞いたのは、近くに住んでいる人からですから」

「近くに？」

「そうです。ツート山と、ファガ街道付近の村の人です」

「そんなの一体どうやって……わざわざそっちの方まで行ってきたの？」

「まさか。そうではなく、この都市マルトはこれでこの辺りでも一番大きな街ですからね。生活必需品とかを仕入れにその辺りの人がたまに来るんですよ。ドロテアさんみたいな行商人の方が常に来てくれるわけじゃない村もありますから。それで、市場に行けば結構そういう人たちがいますので、顔見知りになって定期的に話を聞いているんです」

「なるほど……」

それは確かにこの街を拠点としている者でなければ出来ない情報収集の方法だ。

ドロテアも市場に行けばそういう者たちの話を聞けるだろうが、誰がどこに住んでいて、どれだけ信用出来るのかは分からない。

情報の確度が分からないわけだ。

しかし、リナのようにこの街を拠点にし、そうして定期的に話を聞いて顔見知りになっているのなら、どの情報がどれだけ信用出来るものか判断出来るだろう。

もちろん、それでも絶対ではないだろうが、そんなのは商業ギルドがくれる情報だって同じだ。

実際、リナに、

「確かな情報だと思っていいのね？」

そう尋ねれば、

「絶対とは言いませんけど、かなり信用性の高い話だと私は思っています。もちろん、先ほど申し上げた通り、それでも行くというのであれば従いますが……」

決めるのはドロテアだ、ということだ。

リナとしてはあくまで勘案すべき要素を付け足したに過ぎない、というつもりなのだろう。

さてどうすべきか。

一般的な商人であれば、商業ギルドの情報の方を信用して予定通りに進む者が多いかもしれない。

やはり、なんだかんだ言って商業ギルドの情報収集力というのは確かであり、たまに外れることはあっても基本的には信用していいものだからだ。

それと比較して冒険者の持ってくるそれには怪しげなものが少なくないだろう。

場合によっては商業ギルドのそれよりも遥かに信用でき、それを信じて行動した結果、巨万の富を手に入れる商人というのもいる。

しかしその反対もいるのだ。

一《いち》か八《ばち》かの要素があるというわけだ。

ドロテアはそういう賭けに極端に弱い。それは自覚している。

けれど、このリナという冒険者は……。

少なくとも、この間の冒険者のような不誠実さは感じない。

もしもドロテアから割り増しして依頼料をふんだくりたいのなら、今言った情報を出さず、素直にそのまま進み、戻らざるを得ない状況で、余計に日数がかかることを理由に依頼料をつり上げればいいのだ。

それなら、ドロテアも特に不快とも思わずに納得して依頼料の割り増しに同意するだろう。

しかしそういう選択をしなかった。

それだけでも信用に値するのではないか。

そう思った。

もちろん、それだけですべてを委ねるとまでは言えないが、しかし、この情報については信じてもいいだろう……。

そこまで考えて、ドロテアはリナに言った。

「……貴女の話を信用するわ。ルートは変更しましょう。ツート山は迂回、街道はラダー街道を通る」

すると、リナは素直に笑って、

「あぁ、良かったです！　私も流石に女面鳥《ハーピー》の群れ相手にドロテアさんを守り切る自信がなかったので……」

と恐ろしいことを言った。

ふと気になってドロテアがリナに、

「……ちなみに聞くけど、私がツート山に行く選択をしていた場合、女面鳥《ハーピー》が襲ってきたらどうするつもりだったの？」

「もちろん、頑張って戦ったと思いますよ。そもそも、極端に刺激する行動をとらなければ通りきることも不可能ではないと思いますし……ただ、数が数ですからね。営巣中の女面鳥《ハーピー》って、大体数百匹の群れになっているものですから……私が一人で頑張ったところでというのはちょっとありましたね……最終的には遺品を商業ギルドに届けるくらいしか出来なかったかもしれません」

「……私は死んでいたかもしれないってこと？」

「直前まで行けば、たくさんの女面鳥《ハーピー》が飛んでる姿が見えますから流石に引き返されたと思いますし、そんなことはなかったと思います。でも無理して突っ切ろうとしたら、その可能性は低くはなかったと……」

……どんなところに罠《わな》があるか分からないものだ。

ドロテアはそう思った。

もちろん、リナにそんなつもりはなく、どうあっても守ってくれるつもりだったようである。

それに、普通は群れを目の前にすれば通ろうとはしない、ということだし、確かにドロテアもそこまで行ったらそうしていただろうと思う。

それでもどうしても通る、という商人もたまにいて、リナはそのことを知っているから、そういう場合はどうしようもない、と言っているだけだ。

ただ、何でもないような口調でドロテアが死んでいた可能性を口にする少女に、こんな虫も殺さないような見た目でも、死と隣り合わせに戦う冒険者の本質を見たような気がした。

そしてそこまで考えて、ドロテアはふと、疑問を感じ、口にする。

「……そういえば、遺品を届けるって……貴女は死ぬつもりはなかったのね？」

リナが先ほど口にした台詞を解釈するとそういうことになる。

これにリナは、

「そうですね……多分、私は死なないと思います」

やはり、何でもないといった口調でそう言った。

それだけ腕に自信がある、ということだろう。

鉄級ではあっても、魔物に対してはそれだけの力を持っていると……。

もしかしたら自分は、相当良い冒険者を冒険者組合《ギルド》に斡旋《あっせん》してもらえたのかもしれない。

そう思って、ドロテアはリナに言った。

「そう、分かったわ。色々話して良かった。今回、貴女が依頼を受けてくれたことは私にとって運が良かったのかも」

「ということは……」

「ええ、正式に貴女にお願いするわ。よろしくね」

「はい！　頑張ります！」

閑話　ロレーヌの選択

「……変わった魔道具を手に入れた、だと？」

つい先ほど、レントが家に帰宅すると同時にそんなことを言ったので私、ロレーヌ・ヴィヴィエは興味を引かれる。

もちろん、レントは迷宮に潜ることを生業とする冒険者なのだから、魔道具を手に入れることなど日常茶飯事だ。

ただ、レントが潜るような迷宮はこの辺りには《水月の迷宮》と《新月の迷宮》くらいしかなく、その二つの迷宮に出現する魔道具というのは大抵が発見済みのものばかりだ。

そのくらいのものであればレントでもある程度目利きが出来るし、それが無理でも冒険者組合《ギルド》に持って行けば大半は何なのか分かる。

ただ、たまには例外もある。

今回がそうだ、というわけだ。

「あぁ。見てくれ。まぁ、見た目は普通の《若返りの魔鏡》なんだが……」

そう言って私に鏡を向けてきた。

そこには今の私よりも十歳ほど若い姿が映っている。

ちょうど、このマルトに私が来た頃だろうか。

懐かしい。

「……私にもそうとしか見えんが……何かおかしなことが？」

私がそう尋ねると、鏡の中にレントがひょい、と入ってくる。

そこに映っているのはやはり、今の魔物となってしまったレントではなく、昔の、人間だった頃の、しかも十歳ほど若返った姿のレントだ。

けれど、振り返って《実物》を見れば、骸骨仮面の男がそこにいる。

本当に若返るわけではないのだ。

そして《若返りの魔鏡》の効果はこれだけだ。

昔を懐かしむには面白いかもしれないが、たまにこれを見て病んでしまう奥様方がいないではないから、所有には注意が必要な魔道具であったりする。

「しばらく見ていれば分かるよ……ほら」

そう言ったので、また鏡に視線を戻すと、

「……うわっ。何だ、今私は動いてないぞ……」

こちらに手を振る、若い頃の私がいた。レントも同様である。

しかし実際には私もレントも、そんなことはしていないのだ。

「見間違いじゃないよな？　冒険者組合《ギルド》の鑑定員は普通の《若返りの魔鏡》って言うんだけどさぁ。

絶対違うよな……？」

「違うに決まってるだろう。あれはただ、昔の姿を映すだけで、勝手に鏡の中の人物が動いたりはしない。お前、こんなもの一体どこで……」

「いや、普通に《水月の迷宮》だよ。ゴブリン倒してたら、そのうちの一匹が落としてさ。大した金にならないのは分かってるけど、それでも銀貨くらいにはなるからな。持って帰って来たんだが……帰り道で見てたらこうだ。驚いたよ」

「……《水月の迷宮》か。まぁ、あそこで見つけたなら、何があってもおかしくはないか……」

そう思ったのは、以前、レントが出会った謎の人物が拠点にしているらしい場所だからだ。

とてつもない強度を誇るレントのローブも、自動マッピング機能を備えた《アカシアの地図》も、言うなれば《水月の迷宮》で発見したものだ。

となれば、何か変なものがあの迷宮のどこかに落ちていても納得は出来る。

「まぁな。そういうわけで、ちょっと調べてみてほしいのと、売るならいくらくらいになるかなっていうのを相談したくてさ」

「調べるのは構わんが、値段はな……聞いたことのない品だ。とてつもない値段になりそうだが、はっきりといくらだとは……む!?」

色々と考えながらレントにそう言っていると、突然、驚くべきことが起きた。

鏡の中の私とレントがこちらに近づいて、手を伸ばしてきた。

その手は、にゅっと伸びてきて、鏡との境界を抜け、私とレントをひっつかんだ。

「これは……!?」

「……まずいんじゃないか……?」

そして、レントと二人で間抜けな台詞《せりふ》を口に出すと同時に、私とレントは鏡の中へと引きずりこまれたのだった。

◆◇◆◇◆

「……痛いな……」

頭を振りながら辺りを見回す。

どこか打ったようで、少し頭が痛い。

ただ、重傷というわけでもない。

放っておいても大丈夫そうだし、まずは状況の確認だろう。

そう思ったのだが……。

「誰もいない……レントもいない、か。しかも何もない……」

一面、何も存在しない暗闇の空間だった。

しかし、なぜか足を地面につくことが出来るし、自分の姿だけははっきりと見ることが出来る。

どういうことなのか分からないが、とりあえず、明かりをつけた方がいいか、と光の魔術を唱えてみるも、不発に終わった。

「……これは、どういう……」

困惑しつつ、そう呟《つぶや》くと、どこかから声が響いてきた。

『……そうではないと言っておろうが！』

『ではどうだというのだ。完璧だろう！』

言い争いの声。

聞こえてくる方に目を向けると、いつの間にかそこには一つの空間が出来ていた。

どこかの屋敷の一室だ。

たくさんの本が置いてあり、そこで二人の人物が向かい合っている。

一人は、魔術師然とした老人であり、そしてもう一人は……。

「……私、か。小さいな……」

おそらくは、七、八歳の頃だろう。

なんとなく面影はある。

ただ、表情は生意気というか、自分が絶対正しい、というような顔をしているというか……。

確かにあの頃はあんな感じだったな、と思う。

老人の方もしっかりと見覚えがある。

私の師だ。

魔術と学問はあの人に習った。

尊敬すべき人だ。

当時は全くそんなことは思わなかったが……今頃何をしているのだろう。

まぁ、どこかで生きているはずだ。

そういう人だから。

そんな師と私が何をしているのかと言えば、

「杖《つえ》の出来で言い争い……確かにそんなこともあった。この後は確か……」

『この頑固ジジイめ！』

そう言って小さな私が杖をぶん投げる。

すると、次の瞬間、師の手元に濃密な魔力が集約され、そしてそこから魔術が放たれた。

目にも留まらぬ早業、神業であり、今の自分にも出来ないだろう。

そんな魔術を子供に向けるなと言いたいが、無駄だ。

小さな私はそれが耳をかすめ、そして後ろの壁を貫いた瞬間に気絶していた。

『……どちらが頑固だというのか。全く……』

師は、倒れた私に怪我《けが》がないか、優しい手つきで確認した後、開けた壁の穴を修復し、そして魔術でもって私の体をベッドに適当にぶん投げた。

「……お互い様だと思う」

つい私の口からそんな声が出たのも仕方がないだろう。

そしてその瞬間、ぱっと光景が変わる。

次に目に映ったのは……。

「……第一大学の執務室か」

かつての仕事場だった。

退屈そうに椅子に座る自分が見える。

多くの学者が出たり入ったりして何かの報告をしており、私はそれを聞いているようだ。

ただ、学者たちの顔はのっぺらぼうである。

どんな顔をしていたのか思い出そうとしたが、思い出せなかった。

これは私の記憶に基づく映像だということかな。

私が覚えていないことははっきりと映らないのか。

そう思って、若い私の手元を見に近寄ってみると、そこに置かれたレポートの数々の内容は詳細に読み取れた。

そこは覚えている、というわけだ。

確かに、当時は人を見ていなかった。

情報だけ見ていた。

それがありありと分かると、なんだかいかに周りが見えていなかったかを突きつけられているようだ。

しかし、今はそうではない……。

それが分かっているから、大した衝撃はなかった。

そして、場面はまた変わっていく。

扉から若い学者風の女性が入ってきて、私に何かを告げていた。

その顔はのっぺらぼうではなく、しっかりと分かる。

かつての部下だ。

彼女は私に言う。

『ロレーヌ。疲れてるんじゃないの？』

『疲れてなど……それより、前に言ってたレポートの方はまとまったのか？　それに……』

『大丈夫よ、全部すぐに上げるから。それより、無茶しないで。たまには休暇を取ってどこかに行ってきてもいいのよ』

『……そんなもの必要ない』

『全く……ま、休みたくなったら言うのよ。なんとかしてあげるから』

『……心配かけてすまない。しかし私は……』

『はいはい。じゃあ、気が向いたら言ってね』

そう言って女性は出て行く。

扉が閉まると同時に、私は、

『……休暇、か……ん？』

ぺらり、と机から一枚の紙が落ちる。そこには辺境の都市の情報が色々と記載してあり、そこでしか採取出来ない素材についての説明もあった。

そうだ。このときの私は、その素材が気になって……。

『……いつか行きたいものだが、今は無理だろう。そのうち、だな……』

……？

そんなこと言った記憶はないな。

本当は……。

「休暇、取ることにするか」

!?

後ろからそんな声が聞こえて、私は振り返る。

そこには、こちらを見上げる小さな私が立っていた。

いつの間に……。

「……あぁ、そう言ったな。覚えている。そしてマルトに来て……レントに会った」

私が動揺を抑えてそう返答すると、小さな私は言う。

「でも、あのときここに来なかったら……どうなっていたか。気にならない?」

「ん？　まぁ、気にならないこともないが……」

そう言うと、小さな私はパチリ、と指を鳴らした。

そして次の瞬間、膨大な情報が私の頭の中に投げ込まれた。

マルトに来なかった私がしたであろう行動の数々が、目の前に高速で展開され始めたのだ。

いくつもの研究を掛け持ちし、そのすべてで業績を上げ、出世していく私の姿だ。

最後には学長の椅子に座り、多くの学者たちが私に頭を下げていた。

それは、かつて私が望んでいた姿……。

昔、これを見たらこうなりたいのだと迷わず言ったかもしれない。

しかし今の私には……。

「ここでなら、こうなれる。そしてその時間を何度でも繰り返せる……」

小さな私が不思議な声色でそう言ってきた。

頭の中にほんわりとした、妙なものが広がっていく。

「何度でも……栄光を……」

それは気持ちのいいものだ。

自分の発表した学説が認められ、多くの者に評価されて、もてはやされる。

その結果として出世して……。

それはある意味、楽しいものであったのは間違いない。

満足感が……いや、全能感に近いものが、あの頃の私の胸には浮かんでいた。

だから繰り返すのもいいかもしれない……。

「しかし、だ。今の私にとって、それは全く魅力的ではないのだ」

「……!?」

私がはっきりとした声でそう返答すると、小さな私は驚いた顔でこちらを見た。

「どうして……？　催眠にかかり始めていたはず」

「やはりか。どこかおかしなものをここに来てからずっと感じていた。何か頭がぼんやりするものを……。これは魔道具というより、魔物なのだな。珍しすぎてすぐに頭に浮かばなかったよ。《鏡魔スペクルム》、鏡に潜み、映ったものを自らの世界に取り込むという……。図録で見た外見は

「もっと禍々《まがまが》しいものだったから、余計にな……。《若返りの魔鏡》に擬態するとは」

すべてが露見して観念したのか、小さな私はその姿を溶かしていき、そしてひどく痩せたゴブリンのような姿になった。

歯をむき出しにし、爪を伸ばして、こちらに飛びかかってくる。

「……少し、楽しかったよ。いい夢をありがとう」

すれ違いざま、私は腰から剣を抜き出し、そして《鏡魔》の頭を思い切りその柄元《つかもと》でたたいた。

すると、《鏡魔》の体に徐々にひびが入っていき……そして。

パリィン！

という巨大な音と共に、暗闇の世界ごと割れた。

気づけば、そこは私の家の居間で……。

足下に、《若返りの魔鏡》……いや、《鏡魔》の残骸が転がっていた。

また、隣にはレントが立っていて、

「……俺が神銀級《ミスリル》に……!?……あれ？　ここは……」

そんなことを言っている。

どうやら惑わされたらしい。

だが、私が《鏡魔》自体を倒したから、レントも一緒に戻ってこられた、と。

「お前……幻惑にかかっていたぞ。分かっていたのか？」

呆《あき》れたようにそう尋ねると、レントは苦笑して、

「いや……分かってたよ。でもなんか楽しくてさぁ……もう少し楽しんでもいいかなって。もう戻ってきちゃったのか……」

と残念そうに言った。

どうやらしっかりと自覚した上でわざとかかっていたらしい。

危ないことをするものだ。

まぁ、私も人のことを言えたものではないが。

途中までは同じようなことをしていたわけだしな。

「それで？　俺は神銀《ミスリル》級になる幻覚を見せられてたけど、ロレーヌは何を見たんだ？」

「私か？　私は大学の学長になる夢だったな……」

「それ夢か？　なろうとすれば今からでもいけるんじゃないか？」

「無理とは言わんが、目指す気はないぞ。私は今の生活が気に入っているからな」

「変わってるな」

「お前に言われたくない」

それからは、いつも通りだ。

鏡の中であったことを夕食時に語り合って、大いに楽しむことが出来た。ついでに、かけられた幻惑を分析して新しい魔術を作る足がかりも得られたので私としては大満足な日だった。

願わくは、こういう日々がこれからもずっと続いてほしい。

あの日の選択が、今の生活に導いてくれたのだから、そのことに感謝しつつ。

第三章　その頃の弟子たち2

「ははぁ。じゃあドロテアさんはお父さんに認められるような商人になるために頑張っているんですねー？」

パチパチと野外でたき火が燃えている。

見上げると満天の星が輝き、しかし周囲に存在する人影はドロテアとその護衛として雇われているリナだけだった。

マルトを発って一日が経過した。

その間に、ドロテアはリナと様々な話をし、今ではかなり気安い話が出来るようになっていた。

商人と護衛の冒険者の間には一種の緊張感のようなものが常に生じるものだが、リナのふわっとした雰囲気が功を奏してか、それほど張り詰めるようなものは二人の間には生じていない。

もちろん、ドロテアもリナがそのぽやっとした見た目に反して、かなり目端の利く冒険者であることも理解しているので、完全に心を許してすべてを委ねる、ということはしないが、それでもかなり良好な関係であるのは間違いなかった。

「もちろんそれだけではないけど……今のところはそれが目標かしら。父はミステラの街でそこそこの大店《おおだな》を切り盛りしているんだけど、いつかはそれに負けないくらいの店を持ちたいわ……」

ミステラはマルトより遠く、王都よりも西に存在する地方都市だ。

ただマルトよりもずっと大きく栄えていて、商会もいくつも存在しているため競争が激しい。西側諸国との人や物の行き来も頻繁であり、多くの文物が集まってくるために人口も多い。

そんな街で、裸一貫から店を持つためにどれだけの努力をしたのかは想像に難くない。

父は、元々商人でも何でもなく、小さな村から見習い修行に出された一人の子供でしかなかった。

読み書き計算が出来たとはいえ、そこから上り詰めるのにどれだけの苦労があっただろうか……。

「きっと出来ますよ！　どんな夢でも頑張り続ければきっと叶《かな》います！」

ドロテアにリナが至極陳腐な台詞《せりふ》を言った。普段であれば、あなたに何が分かるの、とか、そんな簡単なことじゃないのよ、とか言いそうなドロテアであったが、リナがあまりにも素直かつ無邪気に言うものだからつい、吹き出してしまう。

「ふふっ。そうね……今は、そう信じて努力しているところ。でもいつのことになるかは分からないわ。たまに無理に決まってる、とか言われることもあるけど……絶対に無理なことなんて、ないわよね」

「そうですよー。人間の人生なんて、いつ、どうなるか分かりませんからね。もしかしたら今この場にいきなり竜が現れて、鱗《うろこ》を何枚か置いていってくれるかもしれませんし。そうしたら資金がいっぱい出来ますよ！」

「そんなことあるわけないって思っちゃうけど……確かに絶対ないとは言い切れないわね。そういう幸運が摑《つか》めると、夢も一気に近づきそうだけど……」

「まぁ、その場で襲いかかられちゃうかもしれませんけどねー」

「……その可能性の方が高そうね。やっぱり私はこつこつ頑張るわ」

「それがいいでしょうとも。あっ。そういえばさっきの話なんですけど……」

少し話が変わって、リナがドロテアに尋ねたのは、ドロテアがこれまで巻き込まれてきた数々のトラブルについてだった。

この間の護衛とのトラブルに始まり、もっと遡れば枚挙にいとまがない。

そのすべてを、たき火の見張りをする間は暇だからとリナに話したのだ。

まだ独り立ちして二年しか経《た》っていないというのに、数え上げてみると随分色々なことがあったものだ、と話しながら思った。まぁ、それもこれも自分が商人として未熟であったり、舐められやすい女であるからだろうとは思うが……。

しかしこれにリナは首を傾《かし》げて、

「……なんだか色々ありすぎではないですか？　いくら行商人として駆け出しだから、とか、女性だから、というのがあるにしても……そこまで頻繁になんて」

「そう？　こんなものではないかと思うけれど。リナだって女性の身で冒険者をしているんだから、最初の方は結構色々あったのではないの？」

「確かに少しはありましたけど……ドロテアさんほどじゃなかったですよ。それに、私の場合、一番大きな問題は稼げないことでしたから……。今はそんなでもないですけど、その日の宿代や食事代にすら困る有様でしたからね……」

「それは意外だわ。貴女《あなた》、結構色んな薬草や素材の目利きも出来るじゃない。それだけでもなんとかなりそうなものだけど」

マルト周辺は田舎だ。

街を出ればすぐに周囲は森や山に囲まれてしまうような自然豊かな立地である。

しかし、だからこそ、都会では見られないものが多くある。

分かりやすいものが人間にとって有用な植物で、馬車を進めながらも道端に突然、都会で売ればかなり高価な薬草がさらりと生えていたりすることもざらだ。

そしてそういうものをリナはめざとく見つけたりしていた。

走る馬車から見ているわけだから景色などすぐに流れてしまうはずなのに、リナの目は恐ろしいほどによく、「あ、円前草が生えてますよ」とか「水蜜菜があんなにいっぱい。綺麗《きれい》ですね」とか言うのだ。

リナは別に馬車を止めて取りに行こう、などとは言わなかったが、ドロテアの方が取りに行きたくなってしまった。旅程もあるし、あまりにも頻繁にというわけにはいかなかったが、都会に行けばまず手に入らないものに関してはここで手に入れておけば後々必ず売れることは分かっている。

リナにも確認し、そういうものを見つけたら採取しながら進む、ということになった。

といっても、大抵リナがささっと取ってきてくれて、ドロテアは待っている、という感じになってしまったが。

自分も行く、と言ったのだが、こっちの方が早いと言って。

本当にこれで当初の契約通りの料金で良いのだろうか、と良心が痛んだので、のちにそれらの薬草を売却出来たら儲《もう》けのいくばくかをリナに渡すということにした。

リナは別に構わないと言っていたのだが、こういうことは商人の矜持《きょうじ》である。

仕入れを手伝ってもらっておいて何も渡さないというわけにはいかないのだった。

いずれまた、リナに依頼することもあるだろうし、そのときのために良好な関係を維持したいというのもある。まぁそんなわけで結構な目利きのリナであるから、薬草採取だけでも暮らしていけそうなのだがと疑問だったわけだ。

これにリナは、

「こういう技能は割と最近身につけたものですから。本当に何にも出来なかった私に、色々と教えてくれた人がいたんです。その人のお陰で、今、私はちゃんと冒険者になれたんですよ」

「なるほど、師匠ね」

「その通りです。ただ、ちょっと厄介ごとに巻き込まれやすい人なので、私もついでに巻き込まれてしまっている気はしますが……おっと、ドロテアさんも、そういう体質なのかもしれませんね」

言いながら、リナがふと、森の方へと目を向けた。

そこに何かが現れた。

そう言いたいのだということは、ドロテアにもすぐに理解出来た。

――ひゅん。

という音と共に、何かが飛んでくる。

それを、いつの間に動いたのか、森とドロテアの間に入っていたリナが剣でもって叩《たた》き落とした。

さらに、腰に下がっていた短剣を森の中に投げ込むと、ぎゃっ、という叫び声が聞こえた。

「な、何がいるの……?」

「多分、盗賊の類いですね。弓使いは今の一人だけのようですし、数も多くなさそうなのでさっさと倒してしまうことにします。ドロテアさんは馬車にいてください。一応、周りには今、何もいませんが、何かあったら叫んでくれればすぐにかけつけますので……じゃあ、行ってきますね」

そう言って、リナが森の中に消えた。

◆◇◆◇◆

あまりにもついていない日、というのは人生において多々、あるものだ。

しかし、そのことに中々初めは気づけない。

むしろ、自分にも中々の幸運がやってきたな、と今朝の目覚めが良かったくらいだ。

だが、もしも時間を戻すことが出来るのなら……一週間前あたりに今すぐ、戻れるというのなら。

自分は別の選択をしただろう、とたった今、死の危機に瀕《ひん》している中で、ガスターは思った。

そう、一週間前だ。

振り返ってみれば、そこが分岐点だった。

ガスターはマルトから少し離れた、ムガという町周辺を拠点にするならず者の首領である。

ムガは辺境において宿場町として機能しており、かなりの数の商人が辺境の貴重な素材の確保に行き来するため、ガスターのようなならず者たちにとって、獲物を見つけやすい良い土地だった。

もちろん、大商会に所属する商人ともなればいい冒険者を何人も護衛に雇い、防御を固めているためにそう簡単に襲うというわけにもいかないが、小規模から中規模商会の商人や、旅を続ける行商人についてはその限りではない。

彼らも護衛を雇う必要性や重要性は分かっているのだろうが、それをせずにあえて賭けに出て大きな利益を掴もうとする者や、伝手《つて》がないために良い護衛を雇えずに中途半端な戦力で街道を進まざるを得ない者などもいる。

ガスターが主に狙うのはそういう者たちであり、しかもガスターたちは弓使いと魔術師、それに剣士であるガスターを主体とした、ならず者にしてはバランスのとれた構成をしているため、かなり効率的に仕事をこなすことが出来た。

もちろん、あまり目立ちすぎては官憲に目をつけられてしまうため、その辺りにも気を遣って今までやってきた。

その甲斐《かい》もあって、十分な資金も貯《た》まり、もう一働きもすれば都会に出て店を出したり、田舎に小さな家を建ててのんびりとした生活を始めたり出来そうだ、というくらいになった。元々、ガスターたちは食い詰めた村人であって、この稼業もそれほど好き好んで始めたわけではなかったこともあって、やめ時を求めていた。

そんな中、ガスターたちが町の酒場で飲んでいると、一人の男が声をかけてきた。

「やぁ、こんにちは」

うさんくさいな、とは思った。

だが、長年、稼業に身を浸してきたガスターから見ても、その男の経済力は明らかだった。身につけているものは高価そうだし、立ち居振る舞いにも富裕層特有の品のようなものが宿っている。

こういう奴《やつ》は、気まぐれで人に大金をくれることがある、ということも知っていた。

だから、ガスターは耳を傾けた。

傾けてしまった。

「……なんだ。何か用か？　俺たちに何か聞かせたいなら光りもんが必要だぜ……」

言うが早いか、ジャリッ、という音と共にガスターたちのテーブルに大きな布袋が投げられた。

それが何なのか、分からないガスターではない。飛びついたと思われない程度に、しかし素早くその布袋の中身を確認すると、そこにとんでもない額の金貨が詰まっていることが分かった。

これだけあれば、山分けしてもこんな稼業などさっさと引退出来る。

すぐにそう考え、しかしこれほどの額をもらってする仕事というもののリスクも頭に浮かび、なんとも言えない視線をガスターは黙って男に向けた。

「……何も難しいことを頼もうってわけじゃないんだ。実は、ちょっと脅かして欲しい相手がいてね。ただ、殺さないようにうまくやって欲しいんだ。女の行商人なんだが……」

詳しく聞けば、その行商人というのはこの男の知り合いらしく、女性の身で行商人などを始めてから二年になるという。

しかし、その商売は芳しくなく、このままやり続けても未来は見えているだろうとのこと。

男はその女に行商人などやめて欲しく、それを本人に告げたこともあったがすげなく断られてしまったのだという。

こうなっては本人の意思をくじくほかないか、と色々な方法でもってその商売を邪魔してきたが、いずれも彼女の意思を折ることは出来ず、今に至る。

そこまで聞いて、ガスターは呆《あき》れながら言った。

「そんだけ邪魔されても続けてるんだから、むしろ行商人に向いてるんじゃねぇか？」

しかしこれに男は激高して、

「それでは困るんだよ！……いや、声を荒らげて済まなかった。しかしだね。こちらにも色々な事情がある。だからこれだけの金を出しても頼みたいということだ……別に殺しを頼んでいるわけじゃないんだ。挑戦してみてくれても悪くないと思うんだが……？」

ガスターたちは、悩む。

男の話にどれだけ本当のことが含まれ、そしてどれだけの嘘《うそ》が入っているのかは分かりかねる。

だが、ガスターたちに何かを頼む人物が多少の嘘もつかないということは今まで一度もなかったと言ってよく、そこは躊躇《ちゆうちよ》する原因になり得ない。

問題は、やはりこの仕事がどれだけ危険なのか、だった。

「……その行商人の女とやらにつく護衛に銅級以上が二人いたら、俺たちは受けねぇ。それでもいいなら話を聞いてやってもいいが……」

実際のところ、銅級二人でもガスターたちには十分に対応出来る範囲だった。

それどころか、三人でもおそらく、なんとかなるだろうとは考えていた。

けれど、物事に絶対などない。

誰も被害を出さずに確実に倒せるとなると、銅級は一人でなければならない。

鉄級であれば五人いようとなんとかなるだろうが、それだって安心は出来ない。

これがもしかしたら最後の仕事になるかもしれないのだ。

誰も大きな怪我《けが》をせず、笑顔で別れたいではないか。

そのためには条件はなるべく厳しいものにすべきだろうと思った。

もしかしたらこれで男は別の者に依頼をしようと考えるかもしれないが、それならそれで仕方ない。こんな稼業をしている者にとって、どれだけリスクがあるのか、というのはそれだけ大事なことなのだ。

それを忘れた者はすぐに死ぬ。

今まで生き残ってこられたのは、それをガスターたちが忘れなかったからだ。

そう思って男の言葉を待っていると……。

「……そんな用心深い君たちだからこそ、依頼したい。秘密も守ってくれそうだし、仕事の方もきっちり要求通りこなしてくれそうだからね。条件の方だが、君の言った通りのもので問題ない。おそらく、彼女にはそれほどの資金はないはずだから、護衛は雇えても銅級一人だろうね。二人以上いたら、その場合は監視程度にとどめて、特に襲撃などしないでもらって構わない……報酬の方は、その場合もそちらの袋の中身全部で結構。そんなところでどうかな？」

それは、ガスターたちにとって言うまでもない好条件だ。

とはいえ、少し時間をもらい、みんなで十分な相談をした。

その上で、ガスターは男に返答した。

「……よし、依頼を受けよう。あんたの名前は……聞かない方がいいか？」

そう言うと、男は口元をゆがめて、

「中々、よく分かっているようだね。どうぞよろしくお願いしますよ」

そう言って手を差し出してきたので、ガスターは男とがっちりと握手をし、女の情報を詳しく聞いた上で別れたのだった。

◆◇◆◇◆

絶好の機会のはずだった。

ガスターたちは、マルトで行商人の女……ドロテアが冒険者を雇ったところを確認し、冒険者組合《ギルド》で情報を集めた結果、その冒険者が鉄級であることを知った。

しかもその実力を調べてみるに、ここ最近まで食うにも困る有様の駆け出しだったという情報まで手に入った。とはいえ、そんな冒険者を一人だけ雇って安全を確保出来たと考えるかどうか。

ドロテアが鉄級冒険者の実力を理解すれば、もう一人くらい雇っておかなければと追加で募集をかける可能性もあった。

だから、ガスターたちは慎重にドロテアの動静を見守った。

結果として、ドロテアは鉄級冒険者一人だけ雇って満足したらしく、次の日にはマルトの町を出発して行商路へと向かった。

これは極めて運が良いことで、最低でも銅級一人くらいは雇うだろう、と考えていたガスターたちからすれば最高の舞台を整えてくれたも同然だった。

もちろん、銅級が二人以上いれば監視だけでも報酬を受け取れるので問題はなく、その方が楽と言えば楽だったかもしれない。

けれど、ガスターたちは今後、こんな稼業は辞めてそれぞれの土地に引っ込むつもりだ。

中途半端な仕事をして依頼者からおかしな恨みを買ってしまう可能性を残すよりは、指定された仕事を綺麗にすべて片付けて今後の憂いをなくした方が色々な心配をせずに済む。

狙われた方からすれば堪《たま》ったものではない理屈だが、ガスターたちはガスターたちなりに自分の身の安全というものを考えた結果、そうせざるを得ないだけだ。

世の中は厳しい。

狙われるようなことになった自分の人生を恨んで欲しい、と少しだけ残った良心をもって標的に対し心の奥底で懺悔《ざんげ》しつつ、森に潜んでいたガスターはそれと同時に、木の上に上り弓をつがえてそのときを待っていた弓術師に、手振りで指示を出した。

今、標的二人は食事中である。

このときが最も周囲に対する警戒が疎《おろそ》かになり、熟練の弓術師の矢を避けることはそうそう出来ないものだ。

それに、たとえ気づいて避けたとしても混乱している最中に六人ほどで襲いかかればたった一人の護衛など容易に押さえられる。

これは別に舐めているわけではなく、鉄級冒険者を何度か相手にしたときの経験則だ。

銅級ならともかく、鉄級に長く留《とど》まり続けているような冒険者であれば、その実力は推して知るべし、である。

ましてや食うに困るような腕となれば……自分たちを倒せるような腕であることはまず、ない。

だからこそ、この計画に穴はないはずだった。

弓術師の弓が引き絞られ、そして標的……行商人の女の方を狙って打ち込まれた。

狙いが冒険者の方でないのは、最悪でも標的として指定された相手をある程度傷つければそれでいいからだ。

加えて、護衛対象が傷つけられればそれを守るために冒険者は防御に徹した動きに縛られる。

攻め手としてかなり楽な状況に持って行けるわけだ。

そう思っての行動だったが……。

次の瞬間、

——キィン！

という音がして、弓術師が放った矢が軽く弾かれた。

誰にか、といえば言うまでもない。

先ほどまで火の近くに腰掛けていたはずの冒険者によってだ。

彼女はいつの間にか弓術師と標的の間に立っていて、矢の弾道を見切り、弾《はじ》いたのだ。

「……ガスター！……ぎゃっ！」

弓術師がガスターにその事実を告げようとしたそのとき、おかしな叫び声を上げて彼は木の上から墜落してきた。

見れば、その胸には短剣が突き刺さっていて、一撃で絶命させられている。

「……馬鹿な……この森の暗がりの中が見えてるのか……！」

言いながら、そうでなければここまで正確に弓術師の胸を狙えるわけがないと頭で理解していた。

鉄級にそんな技術などあるはずがない、というのがガスターの常識に照らせば正しい。正しいが、目の前の状況こそが事実であることをガスターはその厳しい人生の経験から理解していた。

そうであるならば、即座に対応する必要がある。

考えるよりも先に、すでにガスターは身振りで仲間たちにあの冒険者を倒すべく全員でかかれと指示を出していた。そんなことをすれば全員が無傷、などということはもう不可能だが、実際に弓術師はやられている。もうそんなことを言っている場合ではなかった。

それに、そうしなければ勝てないような相手だ、というのもなんとなく察していた。

だからこその行動だったが、そう気づいたときにはもう遅かった。

森の外にいたはずの冒険者の女の姿が見えない。

そして、周囲から次々に叫び声が上がっていく。

一人ずつ、やられていっているのだ。

剣を構えつつ、ガスターは冷や汗を垂らしながらきょろきょろと辺りを見る。

しかし、どこにもその姿は見えない。

気配すら分からない。

ここまで闇に同化するような存在と、ガスターは戦ったことがなく、一体自分は何を的としてしまったのかとここに来て始めて後悔した。

だが、もう依頼を受ける前には戻れない。

戻りようがない……。

「……あなたがリーダーっぽいですね」

ふと、耳元でそんな声が聞こえ、振り返ろうとした瞬間、首筋に強力な打撃がたたき込まれ、ガスターは直後意識を失ったのだった。

◆◇◆◇◆

何が起こっているのだろう。

森の中からは断続的に悲鳴が響いていた。

ここからは何も見えないが、リナは無事なのだろうか……。

ドロテアはそんなことを考えながら、馬車の幌《ほろ》から森の中をこっそりと覗《のぞ》いていた。

盗賊相手に、リナがどれだけのことが出来るのか、ドロテアには分からない。

武術の心得など、せいぜい簡単な護身術程度しかないドロテアには、リナの実力がいかほどなのかははっきりとは測れない。

しかし、あれほど気軽に、盗賊だから行ってくる、と言えてしまうということは、それを倒す自信があるということに他ならない。つまりは心配する必要はないということだろうが……けれど、それにはリナの見た目が邪魔をする。

本当にただの華奢《きやしや》な少女にしか見えないのだ。

それも当然だ。

だからこそ、しばらくして森の中から全く音が聞こえなくなったとき、もしかしたらリナがやられてしまったのかもしれない、とドロテアが少し考えたことは責められることではないだろう。

もしも、盗賊が森から飛び出してきたら、即座に馬車を走らせなければならない。

だからドロテアはじっと森の中を見つめていた。

そして、しばらくして森から現れた存在に目を見開く。

「……あっ、ドロテアさん！　終わりましたよ！」

そう言ってずるずると何かを引きずりながら現れたのは、紛《まご》う方なきリナであった。全くの無傷だが、頬に返り血が飛んでいて、どこか非現実的な光景のように思える。

「……大丈夫だったみたいね」

喉から絞り出すようにそう言ったドロテアに、リナは全く気負うことなく、引きずってきたものを見ながら言った。

「ええ。それにリーダーっぽいのを捕まえました。何か事情があるのか、これから少し移動してから聞いてみようと思うんですが、大丈夫ですか？」

◆◇◆◇◆

襲撃があった場所から少し移動し、リナはガスターをその場に転がした。

「……話を聞くって、尋問するってことよね。出来るの？」

ドロテアがそう尋ねたのは、尋問というものにはそれなりの技術が必要だからだ。

捕まったからといって素直に口を割るような者は少ない。だからこそ拷問という手段があるわけだが、商人でしかないドロテアにはそんな技術も経験もない。

ではリナにあるのか、と言えばありそうには見えない。

見た目よりもずっと強く、したたかであることはもうはっきりしているが、かといって拷問などに精通しているとは思えないし、思いたくもない。

この見た目と雰囲気で、実はひどいサディストで拷問を得意としていてもはや生きがいなんですと言われたらちょっと怖い。

とはいえ、出来るのであれば今、情報を得るのに極めて有用であるのは分かっているし、文句を言う筋合いなどないのだが。

そんな色々な思いを含めた質問であったが、

「この人の仲間たちは今頃みんな森の魔物の餌になってしまっているでしょうし、ここまで不利な状況で口を噤《つぐ》む理由もないでしょう。だから多分、素直に話してくれるでしょうし、大丈夫ですよ……流石《さすが》に拷問なんて私もやったことがありませんから、駄目ならどこかの町の衛兵に引き渡すしかありませんけどね。そうすれば代わりに色々と聞いてくれるでしょうし」

と、リナは極めてまっとうな意見を言った。

これを聞いてドロテアは色んな意味で安心する。

ただ勿論《もちろん》、リナに向かって直接、良かった、道を外したサディストじゃなくて、とは言えないし言わない。

しかし素直に話してくれる、というのは流石に希望的観測過ぎる。

ドロテアはそうも思った。

ただ、それでもとりあえず話を聞いてみるしかない。

リナは、気絶している男を揺さぶり、起こす。

「……起きてください……起きてください！」

それほど乱暴なやり方でないのはリナの本来の性格ゆえか。

あっという間に数人の盗賊を無力化した冒険者には見えない。

「……うぅ……こ、ここは……お前は……？」

薄ぼんやりと目を開いた男は、リナの顔が目に入るとそう誰何《すいか》した。

「私は冒険者のリナと言います。貴方《あなた》の名前は？」

とりあえず名前を明らかに、ということだろうが、こういう場合、それですら答えない者というのは少なくない。

しかし意外にも男は素直に答えた。

「……俺は、俺の名前はガスターだ……」

その目は靄《もや》がかかっているような、不思議な感じで、ドロテアはガスターが気絶から覚めたばかりであるがゆえに夢と現実の境が分からなくなっているのかもしれない、と思った。

そうであるならば、完全に覚醒するうちに聞けることを聞いておいた方がいいだろうな、とも。

実際、リナはガスターに次々と質問をしていき、ガスターから引き出せる情報をあらかた差し出させてしまった。

そして、すべて話した後、ガスターはがくり、と首を落とし、再度気絶してしまった。

「……概《おおむ》ね、話は分かったわ。誰だか分からないけど、私を狙っていたみたいね。今日まで色々あったのも、そいつの差し金だったってこと……？」

ドロテアが愕然《がくぜん》としながらそう言うと、リナは頷《うなず》く。

「おそらくはそうなんでしょうね。やっぱり普通はそんなに頻繁に危ないことは起こりませんよ。けれど、結局誰がこのガスターさんたちに依頼をしたのかは分かりませんでしたが……心当たりはないんですか？」

「そうね……私に商人を続けられては困る人物なわけでしょう？」

「そうですね」

「でも……自分で言うのもなんだけど私なんて大した商売もしてない駆け出しの行商人よ？　わざわざどうこうしたい人間なんて……」

「お父様はどうですか？　行商人は女に向いていないって乗り気ではなかったというお話だったじゃないですか」

この言葉に、ドロテアは驚く。

なぜと言って想像もしていなかったことだし、あり得ないことだからだ。

ただ一番に、リナにそういう発想があることに驚いた。

ドロテアは答える。

「いえ……流石にそれはないわ。確かに父は私が行商人になることには否定的だったけど……結局最後には認めてくれたから。そもそも本当に反対なら、意地でも家から出さなければ良かったんだもの。初めはそのつもりだったみたいで、縁談の準備まで進めていたくらいよ。結婚してしまえば家を出る理由もなくなるだろうって」

「それでも最後には認めてくれた？　喧嘩《けんか》別《わか》れに近いっておっしゃってましたけど」

「それも本当だけどね……父は、私が家を出る準備をしているのを止めもしなかった。私は父に、絶対に父より大きな商会を作るって啖呵《たんか》を切って、街を出た……でも、それだって父がその気になれば簡単に私を家に閉じ込めておけたし、街を出る前に捕まって終わりだったはずだわ。そうはしなかったのが……父が、消極的だけど認めてくれたってことだと思ってるの」

「言葉にしなくても想《おも》いは理解し合ってた、と……うーん、それが本当なら、確かにお父様ではなさそうですね……実際、ガスターさんたちみたいなのをけしかけるより、家にただ閉じ込めておく方が確実で穏当でしょうし……」

うーんと考え込んでしまったリナ。しかし、少ししてから顔を上げて、

「まぁ、こうなるともう考えても分からなそうですね。とりあえず割り切りますか」

「えぇ、大丈夫なの!?」

「大丈夫ではないと思います。このまま進んでいけばまた何かあるかもしれません。でも……」

「でも？」

「ここからはドロテアさんの気持ちの問題になってきますから。とりあえず、次の宿場町の兵士にガスターさんを渡して、依頼した人物を探してもらうにしても……そうそう簡単に見つかるとも思えませんからね。ドロテアさんはこれからもそういう危険を負い続けなければならないわけでしょう？　マルトに戻って、しばらくじっとしていてもそれは続きます……となると、ドロテアさんは二つに一つを選ぶしかないです。行商人を休業するか、続けるか」

言われてみるとその通りだった。

犯人が捕まらない限り、ドロテアはこれからも今までのような事件に巻き込まれる危険を負い続けなければならない。

ただ、相手は行商人をやめさせたくてそんなことをしているらしいのだから、とりあえずは休業していれば何かしてくる可能性は下がる。

だから、犯人が捕まるまで休業という選択肢が出てくる。

だが、ドロテアにはそんなつもりはなかった。

「私は、続けるわ。だって、私が行かなければ生活必需品を手に入れるのにすら苦労する人たちが一杯いるのよ。確かに私は大したことない行商人だけど、仕事にはそれなりのプライドがあるの。だから……」

守ってくれないか、と続けたかったが、今この状況では言いにくかった。

ドロテアにとって危険性が上がったこの旅であるが、それはリナにとっても同様だ。

しかもリナには本来何の関わりもない事情が理由である。

依頼料を上げる、と言っても嫌だと思うのが普通だ。

しかしリナは、

「分かりました。そういうことなら、予定通り進みましょうか。何かあっても私が守ります」

と何の気なしにそう言ってガスターを簀巻《すま》きにし、馬車の中に放り込んで、自分も乗り込んだ。

「ほら、行きましょう、ドロテアさん」

リナにとって、事情がどうとかそういうことはどうでもいいことらしい。

それを行動をもって示してくれていることに気づき、ドロテアは心の中で感謝し、

「……分かったわ。これからもお願いね、リナ」

そう言ったのだった。

◆◇◆◇◆

リナにとって、ドロテアとの行商の旅は中々に楽しいものだった。

というのは、ドロテア自身がかなり話題豊富で様々な知識を身につけている人物であり、毎夜退屈しなかった。

加えて、彼女は確かに冒険者組合《ギルド》で言われたように、初めて会ったときは少し気難しいところがありそうだ、と思えたが、実際に接して仲良くなってみるとそれは必ずしも彼女本来の性質に基づくものではないことも分かった。

では何に起因するかと言えば、ドロテアの行商人になってからの種々の経験による。

つまり彼女は通常では考えられないほどのもめ事や詐欺に毎度のごとく巻き込まれており、それは自分が未熟であり、かつ女であるからだ、と考えていた。

そうであればこそ、周囲を見る目は厳しく、猜疑心《さいぎしん》に満ちていたことは別に責められることではないだろう。

むしろ、そういう中にあってすら、人を信じようとする心を失っていなかったことは、リナという鉄級に過ぎない冒険者をとりあえず雇おうとしてくれたことからも分かる。

リナも、自分に自信を持つために、と受けた仕事だったが、それ以上にそんな厳しい状況で鉄級でしかないリナを快く雇ってくれたドロテアに対して、最大限いい仕事をしよう、と心に決めていた。

だからこそ、使える技能は何でも使うことにした。リナの技能とは何か、と言えばそれは勿論、冒険者としてのもの、剣士としてのものが最初に上がる。

加えて最近よく学んだ魔術師としてのそれもある。

ただ、それらは普通の冒険者が持っている通常の技能に過ぎない。

リナという特殊な存在が持つ、特別な力。

その最たるものは、つまり魔物としてのそれだ。

元々は、人の血や肉を口にすることによって、少量であっても長く動くことが出来、加えて量を増やせばそれに比例して体力や魔力も増える、というくらいのものしかなかった。

しかし、ラトゥール家において鍛えることにより、その技能は少しばかりではあるが、増えた。

もちろん、アリゼの前でそれを学ぶわけにはいかないので、真夜中にこっそり教えてもらった。

この体を得てからというもの、睡眠はリナにとって必須の行為ではなくなり、たとえ数日眠らずとも問題なく活動し続けることが出来る。

人々が寝静まった時間帯に特訓を続けようとも、大した問題はなかった。

その中で学んだことは数多く、通常の技能で言うなら多対一での立ち回り、というのがある。

先日、盗賊が襲いかかってきたときも問題なく対処出来たのは、その経験が大きい。

ラトゥール家の戦力……イザークをはじめとする使用人たちが、その訓練相手を務めてくれた。

これは思い出すのも恐ろしいくらいの厳しい訓練であり、全員がリナを殺す気で向かってくるというものだ。

もちろん、本当に殺す気はなかっただろう、と今なら思えるのだが、当時は殺気をビシバシ当ててくるのでまるで生きた心地がしなかった。

使用人たちの実力も、飛び抜けていた。

おそらくだが、まともに戦えばリナなど一瞬で殺されるような実力を全員が持っていたのは間違いない。

どのような武器を持とうとも易々《やすやす》と使ってみせ、ありとあらゆる魔術を自由に放ってくる。傷つこうとも一瞬で回復し、かといってそういう特別な力に頼らずにまっとうな戦い方で攻めてくる。

そんな人たちを相手にして一体どうやって勝てばいいのか、という話だが、あくまでこれは訓練で、リナでもなんとかなるような状況と加減で戦ってくれた。

しかしだから楽だったということではなく、リナが出来るか出来ないかのギリギリを常に攻め、少しでも気を抜くとおしまいになるような加減で、ということに他ならなかった。

今までの人生において、最も辛《つら》く厳しい体験だった。

けれど、そのお陰でリナの実力は飛躍的に上がったし、強そうな相手を前にしてもあからさまに慌てることはなくなった。

イザークたちに比べれば、と思考にワンクッションが入るようになったからだ。

あれを相手にすることを思えば、少し強そうなくらいいかほどのことかと……。

盗賊たちに関してもその感覚だった。

弓術師の隠匿はイザークたちのそれに比べればほぼ丸見えだったし、夜でもこの目ははっきりとものを見ることが出来る。

他の者たちも森の中にいる限り、リナのようにものを見ることは出来ない。

相手だけ目隠ししている中で戦っているようなものだったわけだ。

そして、最後に捕まえた盗賊たちのリーダーと思《おぼ》しき者については、その首筋に噛みついておいた。

レントであれば、それを意識的に行えば人や魔物を完全に従属下に置き、またリナのような眷属《けんぞく》とすることも出来るが、今のリナにはそこまでのことは出来ない。

ただ、限定的に行動を制御することは出来るらしい。

その方法を、リナはイザークから学んだ。

教えてもらったときは、彼が捕まえてきた小さな魔物を相手に行っていたので、人間に対してやるのは初めてだったが、かなりうまくいったので良かったと思う。リナの質問すべてに素直に答えさせることも出来たし、今後、数日の間はリナの指示に従うはずだ。

ドロテアにはもうこちらから打つ手はなさそうだ、という話をしたが、まだ出来ることはあった。

ただこれについてはドロテアに詳しく説明するわけにはいかない、というだけだ。

それに、結果が出るかどうかは分からない。

変にぬか喜びさせるより、彼女のこれからのためにはどうやって怪しげな輩《やから》を警戒し、見抜くことが出来るかを教えていく方がいいだろう。

彼女も特に不用心というわけではないだろうが、冒険者や盗賊のような荒くれ者の手練手管に関してはリナの方が知っている。その辺りについて話しておけば、ドロテアも今までほどひどい目には遭わずに済むだろう……。

「……リナ。そろそろよ」

「あ、はーい！」

ドロテアが御者席から幌の中のリナに話しかけたので、答える。

そろそろ、とは次の宿場町までそろそろ、という意味だ。

幌の中には多く積まれた品物と、リナ、そして捕まえた盗賊のリーダー……ガスターがいる。

ガスターの目はリナを見つめているが、恨みとかこれからどう逃げ出したらいいかとかいう考えは浮かんでいない。

リナが彼の思考を支配しているので、そのようなことは考えようがない。

「……ちゃんと働いてね。期待してる」

リナが楽しげにそう笑いかけるも、やはりガスターは無反応だ。

これをドロテアが見ればおびえたかもしれない。

それくらいに異様な空気が満ちているが、リナがドロテアにそれを見せることはこれからもないだろう。

◆◇◆◇◆

リナたちが立ち寄った宿場町。その小さな兵士詰め所の地下には似つかわしくないほど頑丈な石造りの区画が存在している。

そして、そこには鉄格子に囲まれた牢屋《ろうや》があった。

小さな宿場町である。普段であればその牢屋は滅多なことでは使われない。

せいぜい、酒場でのつまらない揉《も》め事《ごと》の解決に兵士が出張って行き、一日頭を冷やせと町人を入れるくらいが関の山だ。

しかし、今日に限っては違った。

今そこにいるのは、本物のならず者であり、つい先日、リナによって捕縛された盗賊、ガスターであった。

あの後、宿場町に到着したリナとドロテアは、ガスターに襲われたこと、話を聞くと誰かに指示されてそういう行為に至ったらしいことを兵士たちに説明し、背後関係について調査を行って欲しい旨を伝えつつ、ガスターを引き渡したのだ。

盗賊の出現すら希《まれ》なこの地域において、そんな入り組んだ事情を持つ罪人など滅多になく、慌ててガスターを引き取った兵士たちだったが、彼らが肩すかしを食ったのは、引き渡されたガスターがあまりにも無抵抗であったためだ。

いくら田舎とはいえ、年に二、三度くらいは強盗や殺人を犯す者が現れる。

そしてそういう者たちが兵士に引き渡されるときは、必ずと言っていいほど暴れるものだ。

そうでないときも、その目には強い憎しみや怒り、反抗心が浮かぶ。

しかし、である。

今回引き渡されたガスターの目には、恐ろしいほどに何もなかった。

いや……厳密に言うと、少し違うかもしれない。

彼の目は、どこか夢見るような様子で……。

「……薬物患者に似ているな」

かつて都会に勤務していて、酒席で上司の理不尽な扱いにぶち切れて左遷されてきた兵士の一人が、ふと思い出してそう言った。

まぁ、ガスターは結局のところ、盗賊稼業に手を出した犯罪者である。確かに薬物くらい、やっていてもおかしくはないな、と皆納得し、違和感についてはそこで解決したのだった。

それからガスターは地下の牢屋へと連れて行かれ、厳重な監視下に置かれることになった。

本来であれば、この街では強盗や盗賊はある程度、罪科がはっきりした時点で斬首や磔《たっけい》刑などに処されてしまう。

ある程度、街道がしっかりと整備されていて、その辺りを治める地方領主により任命された裁判官の裁定を受けられるような街へ送致出来る場合には、そのような扱いはされない。しかし、ここは極めて田舎である。

街道と呼べるものは一応あるが、安全に犯罪者を護送するなどほとんど不可能であり、実益もあまりない。

そのため、犯罪者に対する裁定は兵士詰め所に勤務する兵士の中で最も地位が高い者に委任されており、そのため、この街の中で処分までが確定し、行われる。

そういった事情からすれば、ガスターは即座に断首である。

けれど、ガスターには色々と事情がある。

誰かに指示された、というのであれば、それを調査する必要があり、すぐに、というわけにはいかなかった。

そしてそのことが原因で、その夜、事件が起こる……。

◆◇◆◇◆

「……う……ここは……」

ガスターは、頭がぼんやりとした中で、ゆっくりと目を開いた。

すると、周囲に広がっている光景は、石造りの壁に、鉄格子、そしてその向こう側にいる、見張りと思しき兵士の姿だった。

俺は、なんでこんなところにいるんだ?

そう思って、今までのことを思い出してみると、そうだった、と理解する。

行商人を襲おうとして、冒険者の返り討ちに遭ったのだ、と。

それでこんなところに転がされているのだろう。

ふと、仲間たちの行く末が気になったが、こんな稼業をしている者の習いだ。

もう、生きてはいまい。ここにいるのが自分だけということは、仲間たちは重傷を負ったまま、あの森の中に放置されたということだ。

あの辺りの森には、結構な数の魔物が跋扈《ばっこ》しており、そんな血の匂いを充満させた状態で寝転がっていたら、まず間違いなくすぐに魔物が寄ってきて、その餌とされてしまう。

せめて、死んだ後に食われたなら救われただろうが……生きたまま食われるなど、想像するだけでも恐ろしい。

それにしても、なぜ自分だけ助かったのか……そういえば、リーダーっぽいですね、とか言う声が聞こえた覚えがある。

つまり、自分から話を聞くためにそうしたということか……。

なるほど、それは助かった、のだろうか？

どうせこのまま行けば自分は死刑に違いない。

それ以外の判決が下る可能性など、ゼロだ。

盗賊というのはそれだけ重い罪だからだ。

場合によっては鉱山などで一生重労働、というのもあり得るが……それなら死んだ方がマシかもしれない。何にせよ、仲間たちのように生きたまま魔物に食われないだけマシか……。

あぁ、しかし腹が減ったな。

何か食いもんが欲しい……。

「……おい、おい！」

鉄格子の外の兵士に呼びかけてみる。

無駄かもしれないが、どうせ死ぬのだ。

どうとでもなれ。

「……なんだ？」

奇妙な表情で兵士が振り返ったので、ガスターは首を傾げた。

苛《いら》ついた顔とか、不快そうな顔なら想像していたが、おかしなものを見るような目なのだ。

……俺の顔はそんなに変なのか？

まさに盗賊、というようなひげ面である。それで二枚目だと思うほどうぬぼれてはいないが、しかしそれほど奇妙な顔でもないはずなのだが……。

とはいえ、振り向いてくれたのだからありがたい。

ガスターは続ける。

「……腹が減った。なんか食い物をくれねぇか……あと、水も」

「……頭がはっきりしてきたようだな。まぁ、お前には話を聞かなければならないし、いいだろう。ほれ」

そう言って、兵士は横にあった机から硬そうなパンと水を取り、鉄格子の隙間から渡してきた。

伸びてきた手に、それを捉えて鍵を取れば逃げられるかも、と一瞬考えないでもなかったが、牢屋を出たところでおそらく、ここは地下だ。

上にいるだろう他の兵士に捕まって終わりだろう。

無駄なことをする気にはならなかった。

「すまねぇな……」

素直に受け取り、飲み、食う。

体力をつけておけば、そのうち何かのチャンスがあるかもしれない。

鉱山労働だって……まぁ、死ぬよりはマシだ。

心を入れ替えるのは流石にもう無理だが、生きられるところまで生きようと思った。

そして食べ終わってしばらく、牢屋の石壁に寄りかかり、体力の浪費を避けていると……。

『……お前は……あがっ！』『下がれ！……くそっ……げふっ……！』

という叫び声が聞こえてきた。

上の方からだ。

牢屋の前を見張っていた兵士もそのことを奇妙に思って上へと走っていったが、帰ってくることはなかった。

しばらくして階段を下りてくる音がした。

誰かが、ここに来る。自分を助けに来てくれたのか……？

いや、そんな相手など、いるはずもないが……。

そう思って、緊張しながら待っていると、現れたのは意外な人物だった。

「……やぁ。元気そうだね」

そう言ったのは、ガスターに依頼をした男だった。

後ろにはもう一人、何者かがいる。

杖《つえ》を持っていることから、魔術師なのだろう。

「てめぇ……何しに来た。俺たちは失敗した。今更……あぁ、口封じか？」

思いついて、全くどこまでもついていないと思った。

つまりは監視されていたわけだ。

しかし、男は首を少し傾げて、

「……まぁ、ある意味それも目的の一つだね。色々喋《しゃべ》られてはたまらないから、その前にここに来た……と言っても、別に殺そうってわけじゃない。君にはもうひと頑張りしてもらおうと思ってね。それさえこなせば、誰にも見つからない土地に逃がしてあげてもいい。報酬も再度、出そう……」

と意外なことを言った。

「悪くねぇ話だが、俺に何か出来るとも思えねぇぞ？　あの冒険者、かなりの腕だったしな……何せ、六人いた全員がやられたんだ」

「だが、鉄級冒険者に過ぎないのだろう？　こいつが見ていたが、あの冒険者は夜目がかなり利くようだ。それに対して、君たちはその点について丸腰に近かったと……つまり、そういう魔道具を持っていたのだろうさ。昼間に襲えば、難なく倒せた可能性が高い」

どうやら、男の後ろの魔術師が戦いそのものを見ていたようだ。

確かに、あの冒険者の女は夜闇の中を自由に動き、ガスターたちを狩っていった。

だから、そういうことだと言われれば納得がいく気もするが……違和感はある。

だが、ガスターはそれについて口にするのをやめた。

なぜと言って、そんなことを言えば、ここから出してくれなくなるかもしれないからだ。

「まぁ、話は分かった……それなら、最後にもうひと頑張り、させてもらうか……どうせこのまま
じゃ、死ぬのを待つだけだしな……」

「おぉ、それはありがたい。では……」

男は懐から鍵束を取り出し、数回試して牢屋の鍵を取り当てる。

がちゃり、と扉が開き、ガスターは自由になった。

「……上の兵士は？」

「夜だからね。ここの見張りも含め、三人しかいなかった。今は全員眠っているよ」

「そこの魔術師がやったのか？」

「あぁ、そういうことだね……ともあれ、ここに長居は無用だ。行こう」

そして、ガスターたちはすぐに兵士詰め所を後にし、町からも離れた。

◆◇◆◇◆

「ドロテアお姉ちゃん、これ！」
山奥の村で、みすぼらしい衣服を身に纏《まと》った子供が三人ほどでやってきて、そのうちの一人がド
ロテアに何かを差し出した。

見れば、それは植物だった。都会の町の、一般的な人間であれば同じことをされてもおままごとでもしたいのかな、などと思ったかもしれない。

しかし、ドロテアは違った。

「……へぇ、中々やるじゃない。これはズィマ草ね。こっちはポルトリンの花……どちらも買うわ。ただ、数が少ないからこれくらいだけど、いいかしら？」

そう言って銅貨三枚を手渡すと、子供は喜んで受け取り、三人で一枚ずつ分けて去って行く。

「……確かにズィマ草とポルトリンの花ですね。しかし、この量ですと……銅貨三枚は少し割高なのでは？　露店で売ってても私なら銅貨一枚しか出しませんよ」

リナがそう言った。意外と財布の紐《ひも》が堅い少女である。

本当に駆け出しの頃はその日の宿代にも困る有様だった、というからそのときに身についた感覚なのかもしれなかった。

ちなみにズィマ草は傷の化膿《かのう》止めに、ポルトリンの花は香水の材料などに使われることが多い植物であるが、この辺りでは比較的よく採取出来るためにさほどの価値はない。

これにドロテアは答える。

「まぁ、確かにそうでしょうね……でも王都まで行って売れば銀貨二枚くらいにはなるわ」

「それはドロテアさんがここから王都まで運んだ結果、付加価値がつくということであって、ここでわざわざ高い値段で買う必要はないと思うのですけど」

「そうね。私も大人たちから買うなら普通の値段で買うわよ。でもあの子たちの場合は、商売の面白さと、お金について教えておきたくて……それに、ちょっとしたお小遣いにもなるでしょう。こういう村でも、お金が必要なときはあるわ」

「商売の面白さ……それはドロテアさんが商人だからですか？」

「ある意味ではそうね……まず、価値のあるものを手に入れれば、それが高く売れることもあるっていうのを小さい頃から分かっていれば、ものを見る目が養われるじゃない。たとえばさっきのズィマ草とポルトリンは、以前私がこの村に来たときにどこかに生えていないか聞いたものだしね。それをあの子たちは覚えていて、探して採ってきてくれたのよ」

「いい子たちですね」

「そうよ、でもいい子たちだから採ってきてくれたわけじゃなくて、お金に変わると分かったから採ってきてくれた。彼らが大人になったとき、作る作物についても考える時が来るでしょう。どれがお金になるか、高く売れるか」

「あぁ、それは確かにそうでしょうね。小さな村ですと、作物は大抵、食べるためのものですけど、薬草とか、高値で売れるものを育てようと考えるかもしれません」

「そう、商品作物ね。まぁどこでも出来るってわけでもないけど、こういうところでしか育たないものも結構あるしね。私も欲しいからたまに提案したりするんだけど、やっぱり大人って頭が固いからね。売れるって言っても頑固に今まで通りのものだけ作り続けることに固執するのよ。でも、小さな頃から擦り込んでいけば、そのうちなんとかなるかもしれないじゃない」

「また、気の長い計画ですね……」

何年、何十年かかるかという話だ。

ただ、将来的にそうなる可能性があるのなら、悪くはないのかもしれない。

マルト周辺の植生は豊かだ。そして特別な植物が結構ある。

他の地域では育てられない、しかし効力の高い薬草も。

まだ見つかっていない、しかし有用な植物もたくさんあるだろう。

そういったものをうまく大量に育て、仕入れることが出来ればあっという間に莫大《ばくだい》な儲けを得ることも不可能ではないのかもしれない。

宝くじに近いが、商人というのは毎日そういうくじを引き続けて生きているようなところがある。

特に、行商人となれば尚《なお》のこと。

そして、ドロテアのやっていることは気が長い話だが、元手はそれほど必要ない。

やっておいて損はない、ということだろう。

それに……。

「……ドロテアお姉ちゃん、色々見せて！」

馬車の前に木の台をいくつか並べ、その上に品物を並べていると村人たちがひっきりなしにやってきて、物を購入していく。加えて、先ほどの子供たちと同じ年代の少年少女も銅貨を握りしめてやってきて、何かを買っていく。

リナも元は貴族であり、それなりの教育は受けてきたので商品の売買に必要な計算くらいは普通に出来る。

それを知ったドロテアはリナに店員としての仕事も求めた。

追加で報酬を払っても構わない、と言っていたが、このくらいのことであれば護衛依頼の一部と見做《みな》しても問題ない。

誠実であることに感謝しつつも、報酬の増額については断った。

ドロテアはそんなリナに、

「むしり取れるときはむしり取っておいた方がいいわよ」

と冗談交じりに言うが、これに対してリナは、

「あまりやりすぎて恨みを買うのは勘弁して欲しいですからね。何事も加減というものが大事ではありませんか?」

「……それもまた、真理ね」

「だからこそ、先ほどの取引は見逃されたのでしょう?」

リナが言及したのは、この村の村長との取引のことだ。

いくばくかの穀物を買い付けたのだが、その際にドロテアは棹秤《さおばかり》に細工がされていることを見抜き、遠回しにそれを指摘して訂正させた。

厳密に言えば、秤の紐と、目盛り部分に細工があったのだが非常に細かいもので、よく見抜けたものだなとリナは感心した。

加えてワイン樽《だる》も数樽仕入れたのだが、その内容量についてもごまかしがあった。

中を検《あらた》めると不純物が沈められていて、体積が嵩増《かさま》しされていることが分かったのだ。

リナはその部屋に入ってから、村長や出納役の男から疚《やま》しいものを隠しているような匂いを魔物としての嗅覚から感じていたのだが、それが一体何なのかはっきりとは分からなかった。

それは、彼らが麦の計量やワイン樽に細工などをしていたことに起因するのだとドロテアの指摘でやっと分かったくらいだ。

「まぁね。あのくらいのことはそれこそ日常茶飯事だから……」

「ドロテアさんもあの村長におっしゃってましたけど、秤なんかに細工するのはかなり重い刑罰が科されていたと思いますが、良かったのですか？」

秤は、かなり厳密に管理されていて、細工することは許されない。国の経済の基礎を成しているもので、それを許せば大きな打撃が与えられることがはっきりしているからだ。

バレれば縛り首すらあり得るほどである。

それを見逃すのはまずいのではないか、ということだ。ワイン樽にしても一樽の容量は概ね指定されていて、天使の分け前による減少分の誤差しか許されない。

これについてドロテアは、

「……こういう村の人たちは、その辺りをよく分かってないのよね……。さっき村長にその辺りを話したのも、自分がどれくらい危ない橋を渡ろうとしているか教えたかったの。多分、もうやらないでしょう。だから許してあげましょうっていうのも違うけど、許さないと言ってここに兵士を連れてきてこの者たちに刑罰を、なんて言ったところで誰も何の得もしないわ」

「うーん……グレーゾーンということですか」

「あはは。まぁね。でも続けるようならそのときは考えなければならないわ。とりあえずは様子見、というところよ」

リナが思っているより、ドロテアは臨機応変に商人をやっているようである。

やはり、今までの彼女の不遇は、大半が何者かの横やりだろう。

その何者か、がどうやら罠《わな》にかかったらしい、ということをリナは感知する。

今まで把握していたガスターの居場所が、大きく変わったからだ。

噛《か》みついた相手の居場所は、かなり離れていてもある程度は分かるのである。

そしてどうやらこちらに近づいている……。

ドロテアはドロテアの仕事をしている。

そろそろ、リナも自分の仕事をするときが迫ってきているようだった。

◆◇◆◇◆

「……お前に縁談の話が来ている」

父の執務室に呼ばれ、出し抜けにそう言われたとき、私……エソル家の次男、ディーグ・エソルにもチャンスが与えられたのかもしれない……そう思った。

なぜなら、父の言う〝縁談〟の相手が、その辺の小さな商店の娘などではなく、ミステラの街でも一、二を争う大商会、メロー商会の娘であったからだ。

勿論、それと争っている商会は我が家……エソル商会であり、どちらかと言えば今は我が家の方が勝っていると言って良い。

ただ、将来的にどうなるかは分からないところだった。勢い、という点で見ると、ミステラの街でも老舗である我が家より、比較的新興の商会であるメロー商会の方に分があった。

抜き去られる可能性もあると、父が大分前から危惧していたことを知っていた。

そんな父が、言うのだ。

ライバルの店の娘と結婚しろと。

これはつまり、ミステラの街で行われる商会同士の戦いのキャスティングボートを、私が握れる、ということに他ならない。

驚いた。本当に驚いた。

考えてみると、生まれてこの方、自分にはそういうチャンス、というものが与えられた例《ため》しがなかった。

大商会の主の息子、その次男として生まれ、いずれエソル商会を継ぐことが決まっている兄を持つことになったのが不幸の始まりだった。

もしも兄が、能力的に私よりずっと劣っていたなら……ある意味で私は救われ、二番手の地位だろうと補佐だろうと、喜んで手伝ったかもしれない。

少しばかりの優越感と、それに勝る兄弟の絆《きずな》がそこにあったかもしれないからだ。

しかし実際には、兄は私よりも百倍優れた男であり、どんな分野においても敵《かな》うことがなかった。

商人としてもそうだ。

兄は父の許で商人としての実力を着々とつけていき、気づけば自ら大きな取引先をいくつも引っ張ってくるようになっていた。

従業員たちにも好かれ、弟にも優しい兄……。

それはそれは理想的で、だからこそ私は兄を憎んだ。

せめて、私が完全な無能であれば、やはり何も言わずに兄に従ったと思う。

だが、悲しいかな、私には少しだけだが、商人としての才能があった。

兄に遅れること数年、兄には及ばないまでも、商会の中でそれなりに評価されるだけの仕事をこなし、親の七光りのみでなく、実力で重要な地位を占めるところまでは来た。

来てしまった。

だからこそ、最大の目の上のたんこぶが、殊更に気になりだした。

兄さえいなければ。

そうすれば、私がこの商会を継ぐことが出来たのに。

そんな思いが拭いがたく私の背中にのし掛かってくる。

愚かだと、誰もが言うだろう。

くだらないと皆が笑うだろう。

私も。

私も同様にそう思う。

だが、実際にその立場に立ってみると……振り払えない黒い気持ちがどうしても目の前を暗くしてしまう。

年を経るにつれ、どうにかして兄を排除しよう、と、そんな決意が固まりかけていた。

たとえば、兄とて、その筋の者に暗殺でも依頼すれば、なんとかなるのではないかと思った。

他の人間がやるならともかく、兄や父の予定に他の誰よりも詳しい私だからこそ、出来るのではないかと。

そして実行に移しかけたその矢先のことだ。

父が、私に縁談の話を持ってきたのは。

それは救いだった。

人を、家族を殺《あや》める覚悟を決めていた私に、やり直すチャンスが与えられたのだと、そう思った。

この世に存在するどんな息子よりも救いがたく、どんな弟よりも愚かな私にも、人の心くらいはわずかにある。

出来ることなら家族を手にかけたくない。

それくらいの思いは、まだあった。

くだらない欲望さえなければ、仲良く、父と兄と商会をもり立てて行きたい気持ちもあった。

兄は憎かったが、しかし同時に愛してもいた。だからこそ、この商会から離れ……しかし、同規模の商会においてトップに立てる未来が与えられる。

それは私にとって救いだったのだ。

それなのに。

「……申し訳ない。ディーグ君。私では止められなんだ……娘は、出奔してしまった。行商人になる、と言ってな」

メロー商会の会頭が私にそう言って頭を下げた。

隣には父がいて、難しそうな顔をしているが、少し考えてからメロー商会の会頭に言った。

「……仕方がないですな。こういうことは、色々な事情がうまく嚙み合わねば……。ディーグ、今回のことは残念だが……」

私の肩に、ぽん、と父の手が置かれた。優しい、慰めの気持ちが伝わってきた。

メロー商会の会頭もその瞳に宿るのは本心からの申し訳なさそうな気持ちだ。

これは……本当に、仕方がないと思った。

詳しく聞けば、メロー商会の会頭の娘は、行商人になりたいと言って出て行ったらしい。

会頭はゆくゆくは店を継がせるつもりで商会で修業させていたようだが、会頭が思っていたよりも娘は冒険心が強いタイプだったようだ。

自分の力を試したくなり、そして出て行ってしまったと……。

その娘の気持ちを、私はよく理解出来た。

私の場合、兄に対して暗い気持ちと、離れたい気持ちを抱えてきたが……会頭の娘の場合は、実の父親に向けてそれを持っていたのではないだろうか。

父親の商会にいたままでは、父親に勝つことは永遠に出来ない。

だからこそ、勇気を振り絞って出奔した。

それは私には出来なかったことだ。

父にその可能性を示され、今の立場を保証されてさらにその先に新たな可能性を用意されて初めて、やろうかなと思った、その程度の勇気しか、私にはなかった。

だからこそ、尊敬の気持ちが湧き……私はメロー商会の会頭に言った。

「いえ……ご息女とのことは残念に思いますが……大商会の跡継ぎの地位を捨て、自らの力のみで一旗揚げようとするご息女の勇気には頭が下がる思いです。その決意を、私などとの婚約で邪魔するわけには参りません。どうか、お気になさらずに。そして、ご息女がその道を切り開かれることを祈っております」

「……貴方は出来た人だ。ディーグ殿。私も、貴方が娘と婚約して我が商会を継いでくれることを楽しみにしていたのだ。本当に申し訳ない……」

深く頭を下げる会頭。

後になって思えば、このとき、私はエソル商会を辞め、一からメロー商会でやらせてくれないかと両会頭に頼めば良かったのだろうなと思う。

だが、今思ったところで意味のないことだ。

ここから一年半が経ち、メロー商会の会頭に一人息子が生まれた。

娘とは相当歳が離れているが、奥方は後添えであるために若く、だからこそ可能なことだった。

もちろん、そういうことだからメロー商会はいずれその息子が継ぐことになるのだろう。

それは、私もそれでいいと思った。私が継ぐという未来もあったが、それは過去のことで、今はもう存在しない可能性なのだから、うらやむだけ無駄というもの。父とメロー商会の会頭の心から残念そうな面持ちをあのとき見て、黒い気持ちの大半は晴れていた。

それなのに……。なぜだか……私の心は再度、黒く染まっていった。

いつ頃からなのか……。

思い出そうとすると、靄がかかって晴れない。

しかし、気づけば近くにいたアマポーラの姿が頭に浮かんだ。

アマポーラ。

旅の魔術師。

今の私の右腕……でも、いつからそうだったのだろう？

いくら考えても分からず、しかし、今の私は、アマポーラや盗賊崩れと共に、メロー商会の娘……ドロテアを付け狙っている。

彼女さえ行商人を辞めれば、ミステラに戻ってきて、自分との婚約が成り、そして私はメロー商会を継げると……そう深く思って……いや、そんなこと出来るわけが……。

頭が酷《ひど》く痛い。

私は、私は一体どうしてしまったのだろう。

第四章　その頃の弟子たち3

行商の旅、三つ目の村でもドロテアは今までの村と同様に、子供たちから植物や鉱石などを買っていた。村長との取引は最初の村のようなことはなく、知識不足からの取引価格の齟齬《そご》があったくらいだが、これについてはむしろ感謝されていた。

村長が提示した価格よりもドロテアの提示した価格の方が高額だったからだ。

リナとしては、村長が先に安い価格を提示したのだからそっちで買えばいいのに、と吝嗇《りんしょく》家《か》の顔が出てきたが、ドロテアはやはりその点については、先々のことを考えるとあまり良くない、と説明した。

その一回の取引については得するかもしれないが、今後、この辺りに他の行商人が入ってきたときにドロテアの不誠実を指摘されるかもしれないし、また、村人たちの誰かが街へ行ったときにそこで売買される商品の価格を見て、不審を抱くかもしれない。

そうならないために出来るだけ誠実に取引をし、村人と良い信頼関係を結んでおくべきだ、と。

確かに、とリナは思う。

レントも、商人ではないが、冒険者の心得として似たような話をしていたことを思い出す。

地方の村へ行ったときなどに、相手の無知につけ込んで一度きりの得に満足してはならないと。

たとえばゴブリン数匹の討伐依頼で金貨をせしめようとしてはならないと。

これは、ちょうど商人と村人の関係にも当てはまる。

何事も人と人の関係性を築く根幹となるものは共通しているのだな、とリナは思った。

「……こっちだよ！」

そんな風にドロテアの商売を手伝いながら色々と学ぶリナだったが、ドロテアが子供たちから素材を買っていると、ふと一つの植物を見て、真剣に考え始めた。

そして、それを持ってきた子供に、それがどこで採取されたのかを尋ねる。

可能なら場所を教えて欲しいとも。

子供たちはそれに頷《うなず》き、森の中を先導して歩きだした。

この辺りの森は比較的魔物が少なく、いても足が遅いものが多い。

とはいえ、子供だけで歩けるようなところでもないのだが、リナが護衛をする、と村人たちに断り、さらに狩人《かりゅうど》を一人借り受けることで村人には納得してもらった。

冒険者一人の戦力というのは普通の人間からすればほとんど化け物であり、それは鉄級に過ぎないリナであっても変わらない。村の力自慢程度ではどれだけ頑張ってもある程度の経験を積んだ鉄級冒険者には敵《かな》わない、ということもざらだ。

そんな存在が護衛することでこの辺りでの安全は完全に確保されたと言っても良いが、ただ、信用という部分ではまだ問題があって、だからこそ狩人が一人付き添うというわけだ。

戦力的にはあまり期待出来ないが、道案内でも有用であり、これはドロテアとリナ、村人たちの双方にメリットのある話だった。

「……しかし、あの草が、そんないいもんなんですかい？　俺たちも森でたまに見かけますが」

狩人の男……ザインが森を歩きながらそう尋ねてくる。

ドロテアは言う。

「少し前までは何の価値もなかったのだけど……最近高騰しているのよ。新しい魔物除《よ》けに使えるらしくてね。もちろん、どうやって使うのかは公開されていなくて、錬金術師組合の方で管理されているのだけど、売れるのは間違いないわ。今までのものよりも効果が高いらしくてね。商人の間で結構話題なのよ。まぁ、完成品は私程度が気軽に使える値段じゃないんだけど」

「へぇ……やっぱり田舎だと伝わってこないもんですねぇ。全然知りませんでしたよ」

「本当に最近の話だからね。どうも、マルトの錬金術師が開発したらしいんだけど、名前も公開されてなくて……レルムッド帝国の帝都で広まって、最近やっとヤーラン王都でも徐々に広まり始めているくらいなの。知らなくても無理ないわ。でも、一応この辺りはマルト近郊だから伝わっててもいいのだけどね」

リナはその会話を聞きながら、マルトとレルムッド帝国に縁が深い錬金術師のことをふと思い出した。そして彼女が少し前にレントの皮膚を培養したものを机に置き、それに何か緑色の液体を振りかけて、

「リナ、見てみろ。面白いぞ。震えて逃げ回ってる」

などと言っていたことも。

レントの細胞はレントから離れても生きているというか、這《は》い回るように動き、レントに再度

くっつけると同化する性質がある。

　これはリナのものも、魔物化した段階で同様になったし、吸血鬼《ヴァンパイア》たちもそうであるらしいが、あまりにも小さいと長く体から離れていれば徐々に動かなくなっていき、最後には灰のように崩れ落ちることになる。

　レントの細胞についてはそういうことがなく、かなり長い時間、灰にはならない。

　だから実験材料にするには面白い、ということらしかった。ただ、それだけだと特殊すぎて一般性が確保出来ないからと、リナやその辺の魔物のものも勿論《もちろん》使用しているようだったが……。

　そんな彼女がやっていた実験。

　レントの細胞は緑色の液体を嫌がるように机の上をずりずりと逃げ回っていた。

「……これで魔物除け作れるかもな……」

　などと彼女が言っていたのも聞いている。

　つまり、ドロテアが言っているのは……。

　だとすれば、一人で様々な国の経済に大きな影響を与えていることになる。

　まさかな……と思うが、おそらくそのまさかであろうとも思った。そこまで考えて、まぁ、あの人たちは私では推し量れないほどの人たちなので考えるだけ無駄か、と思考を放棄する。

「……ここだよ！」

　森の中に子供の声が響く。どうやら目的地に着いたようだ。

「これは、凄《すご》いわね。一面がアフトグラスだらけだわ……」

アフトグラス、というのはつまり、その魔物除けに使えるという植物だ。例の錬金術師の部屋にあった植木鉢にたくさん植えられていたことも思い出したのでリナにも分かる。

花のように開いた緑の葉が特徴的で、葉脈が縦に入っている。

近づくと独特の香りがして、リナには少しばかり不快に感じられた。しかし、ドロテアや狩人のザイン、それに子供たちは特段気にならないらしい、というか、香りを嗅いでも、

「良い匂いね。本当にこれで魔物除けが出来るとは思えないわ」

などと言っている。

なるほど、自分は除けられる側か……。

と少しばかり落ち込むが、効果の確かさが分かったのでいいか、と自分を納得させる。

そういえばこの辺りには魔物が少ないという話だったが、このアフトグラスが多く生えているがために近寄らないということなのかもしれなかった。

「じゃあ、採取しましょうか。たくさん採ったらちゃんと買い取るから、みんなもよろしくね」

連れてきた子供にそう言って、ドロテア自身も袖をまくって草刈りを始める。

ザインがどうすべきか少し悩んでいる風だったので、

「私たちは見張りをしていることにしましょう」

とリナは言う。ほとんど魔物がいないとはいえ、普通の動物はいるし、猪《いのしし》などが突っ込んでくれば子供たちにとっては魔物と危険性は変わらない。

ザインはリナの言葉に頷き、周囲を警戒し始めたのだった。

◆◇◆◇◆

アフトグラス採取は順調に進んでいる。

といっても、見渡せる空間に生えているすべてのアフトグラスを片っ端から毟《むし》っていく、というわけではなく、ある程度の間隔を置きつつ、取りすぎないようにという配慮をしながらだ。

なぜそのようにするのか、と言えばリナにもそれは分かる。

植物の採取依頼を受けるとき、配慮すべきことについてはレントからしっかり教えられている。

貴重な植物や、その地域の植生のバランスを保つのに重要な植物というのはあるべくしてそこにあるのであって、絶滅させてしまっては色々と問題が出てくる。加えて、冒険者の稼ぎ、という面でも、取りすぎて次に同じ依頼が出たときにどこにもありませんでした、では話にならない。

どこに生えているか、というポイントをいくつも知っておき、それぞれの場所で、採取したあとしばらくすれば元に戻るくらいの案配で採取しておくのが賢い冒険者である、と。

ドロテアや子供たちがアフトグラスを採取する際に、その点について説明しておくべきか、と思ったが、

「……ドロテアお姉ちゃん、取りすぎは駄目だからね！」

「そうそう、生えてこなくなっちゃうから！」

と、子供たちの方がドロテアに忠告していた。

それを聞きながら感心しているリナに、狩人のザインが気づいて、

「ガキも薬草採取の仕事くらいしますからね。そこでそういうことを学ぶんでさ。まぁ、覚えたての知識を人に教えたいってのもあるんでしょうが……」

苦笑しながらそう言った。確かに子供たちはどこか自慢げにドロテアに教えている。ドロテアもそのことは分かっているようだが、あえてやる気を削《そ》ぐこともないと理解して、

「そうね、知らなかったわ。ありがとうね」

と言って子供たちの頭を撫《な》でてている。

「……やっぱりしっかりと自分の足で生きてる人は子供でも凄いですね。私、そういうことは冒険者になってもしばらく知りませんでしたよ」

リナがザインにそう言うと彼は意外という顔でリナを見て、

「そうなんですかい？　ここに来るまでに俺はむしろあんたに感心してましたよ」

と言ったので、リナが首を傾《かし》げるとザインは続けた。

「いや……森の歩き方を知ってるようでしたからね。足音の殺し方、樹木の根が多くあるところを疲れずに歩くコツ、喉が渇いたときや少し腹が減ったときに利用出来る植物の知識とか……。たまに冒険者は来ますが、あんたほど分かってる奴《やつ》は少ない。まぁマルトの冒険者はそれでも結構色々丁寧なんですが……あんたについては特にね。今日からでも狩人に転職出来ますぜ」

手放しで褒められてリナは少し照れる。加えて、ザインの言葉が少し気になって尋ねた。

「マルトの冒険者、ということは他の地域にいたことが？」

「ええ、若い頃はもっと西の方の村にいました。王都近くで、王都の冒険者によく依頼をしてたんで接することも多かったんですが、あいつらはちょっとね。腕は立つんだが、俺たち森や山で生きる人間の生活ってやつを分かってねぇんだ。だから色々と苦労したことが多くて……」

これは少し意外な話だった。リナは元は王都にいて、そこで冒険者をやるには実力が不足しているからとマルトにやってきた口だ。必然、王都の冒険者は強くて、何でも出来なければやっていけない存在なのだろうとどこかで思っていた。

しかし、必ずしもそうではないらしい。

強いのは確かなようだが、万能の存在というわけではなさそうだ。

まぁ、リナとしてもほとんど王都の冒険者と接することなくマルトに来てしまったので実情をあまり分かっていなかったところもある。

まともにやれていれば固定パーティーを組んで……ということもあったかもしれないが、ほとんど誰にも必要とされずに都落ちしてきたのだからさもありなんという感じではある。

ただ、マルトに来て得られたものは大きい。

ここに来なければ、どこかでのたれ死んでいた可能性が高いからだ。

予想外に魔物になってしまったが、それはそれだ。

死ぬよりはずっといいし、この体は極めて便利である。

今のところは問題を感じていない。いつかは人間に戻りたい気もするが、戻れなかったところで仕方がないか、と諦められる程度ではある。

「まぁ、王都は都会ですからね。冒険者といっても、その辺りの知識については希薄な人が多いのかもしれません」

実際、王都で冒険者になろうとするのはどこかの剣術道場の人間とか、《学院》の卒業生とか、いわゆるボンボンが少なくないだろう。リナ自身も貴族の子女であり、王都で冒険者になった時点での知識に、村人の生活、などというものはなかったのだから。

「そういうことなんでしょうねぇ。その点、マルトは辺境都市といっても田舎ですから。あんたほどじゃないにしても、それなりに分かってる奴がいる。依頼もしやすくて、ここでの生活は結構いいもんですよ」

マルトの冒険者は村人から好評らしい。そこにはウルフが冒険者組合長《ギルドマスター》として頑張っていることもあるだろうが、レントが昔から新人に色々教えてきたことも大きいだろう。

ロレーヌにしろ、レントにしろ、なんだかいるだけで便利な存在なのだなとリナは深く思った。

そんな感じでぼんやりと話し込みながら周囲を警戒していたリナだったが、ふと気になる気配があることに気づく。

「……うーん。やっぱり来ましたか……」

そう呟《つぶや》くリナにザインが首を傾げたので、リナは言う。

「ちょっと魔物が近づいてきたみたいです。やっちゃってきますので、ここの見張りはザインさんに任せても大丈夫ですか?」

「えっ、本当ですかい……？　俺も行った方がいいんじゃ……」

ザインはそう言うが、村の狩人に無理させることもない。

そもそも、その必要はない。

むしろついて来られると色々と問題が発生する可能性もあったので、リナはザインに言う。

「いいえ。子供たちとドロテアさんを守る仕事の方が大事ですから。でも魔物は私の方が専門です。ですから、ザインさんはここでみんなを見守っていてください」

「……分かりましたぜ。必ず、みんなは俺が守りますんで」

「頼みましたよ」

そして、リナはゆらりと歩き出す。

感じた気配、その先に向かって。

◆◇◆◇◆

リナが森を進んでいくと、突然、開けた場所に出た。

円形の広場のような空間。周囲は高い樹木で囲まれていて、どこか闘技場を想起させる。

そこに立っていたのは、怪しげなローブを身に纏《まと》った一人の魔術師然とした人物だった。

彼女はリナを見ると、

「やっぱり、気づいてくれた」

と蠱惑的《こわくてき》な声で呟き、わずかにフードの隙間から覗《のぞ》く血のように赤い唇を三日月のように歪《ゆが》める。

「……わざとでしたか？」

リナは素知らぬ顔でそう尋ねると、相手は答えた。

「ええ。ガスターと戦うところを見ていたけど、鉄級にしては中々の腕だったもの。あの闇の中であれほど鮮やかに相手を倒すには、魔道具を使っただけでは足りないわ。気配を敏感に察知出来る、戦闘勘がなければ……。だから、ここで殺気を放っていれば、貴女《あなた》はきっと来ると思ってたの」

なるほど、と思う。

確かにリナの目は人間だった頃と比べて遥《はる》かに夜目が利くし、昼間とほとんど変わらない視界を確保出来るのは事実だが、それでも使いこなすにはそれなりの慣れがいる。同様に、夜に視界を確保出来る魔道具があるとして、それをうまく使うには慣れが必要なのだろう。

魔道具は魔力の消費なども考えながら使う必要があるから、まさにどのタイミングで使うのか、戦闘勘による調整をしなければならない。

そしてつまり、そんなことを言うということは、この女は、リナがガスターたちを倒せたのは、魔道具によって視界を確保していたからだ、と考えているわけだ。

当たらずとも遠からずだが、リナにはこの会話だけで分かったことが他にもある。

「貴女もドロテアさんを狙っているのですね？」

「ええ、勿論そう。あの娘にはさっさと実家に戻ってもらわなければならないのよ……貴女からも説得してくれる？」

「それは出来ませんが……そもそも、ガスターさんの雇い主は貴女なのですか？　ガスターさんが言うには、若い男から依頼されたということでしたが……」

この女が男装してガスターに依頼した、などということも考えられなくはない。

しかし、おそらくそれはないだろう、とリナは思う。

なぜと言って、雰囲気があまりにも女性的だ。

男装してもおそらく女にしか見えない、そういうタイプに感じられた。

実際、女は首を横に振り、言う。

「それは私じゃないわね。ガスターに依頼したのは、ディーグよ……」

「ディーグ？」

「ええ、そう。ディーグはミステラの街にある大商会の御曹司ね。次男だから、よっぽどのことがなければ後を継がないんだけど……そこに二年前、ドロテアちゃんとの縁談が持ち上がったの。知ってる？　ドロテアちゃんのお父様の商会もミステラではとても大きいのよ。つまり、ディーグはもう少しでドロテアちゃんのお父様の商会を継げる地位を手に入れるところだったのね……」

「それを信じるとして……ドロテアさんは今はただの行商人ですよ？　狙ったところでどうなるとも思えませんが」

「大丈夫よ。ドロテアちゃんが今すぐ行商人を辞めて、ミステラに戻り、ディーグと結婚すればそれでね。この二年でドロテアちゃんには弟が出来たけれど、もちろん、まだ小さいし……そのタイミングでお父様の身に何かあれば、自動的にディーグが商会を切り盛りすることになるわ」

「何かって……」

「もちろん、何かよ。きっと事故よね。命が危ぶまれるような……どうしてそんなことが起こるのかしらね……ふふっ」

何を言いたいのかは明らかだった。

この女はその事故を意図的に起こすつもりなのだろう。

「……そんなことをさせると思いますか？」

「貴女が止める？」

「そのつもりです。出来ないと思いますか？」

「そうね……どうかしら？　でも、貴女はやらないと思うわ」

「それはどういう……」

「ディーグとガスターが今、どこいると思うの？　なぜ私が貴女を呼んだか、考えてみたら？」

そう言って、女の口元は、強く引き上げられて歪んだ。

◆◇◆◇◆

「……やぁやぁ、久しぶりだね。ドロテア」

アフトグラスが生い茂る空間で、大仰な仕草でそう話しかけてきたのは、ドロテアが見たことのある顔だった。

育ちが良く、品のある雰囲気、それでいながら抜け目のない顔をした有能そうな男。

「ディーグ……まさか、貴方《あなた》だったの？　私を狙ってたのは……」

ディーグの隣には、リナが倒し、兵士に引き渡したはずの男、ガスターがいる。

ガスターは子供たちの一人を人質にとり、首筋にナイフを突きつけていた。

それがゆえに、狩人のザインも手出しが出来ず、事態は膠着《こうちゃく》していた。

この状況から鑑みるに、誰かがガスターに依頼したことは明らかになっていたが、それが目の前にいる男であることは間違いがなさそうだった。そもそも、ディーグがそんなことをするとは考えもしなかったが、しかし、改めて考えてみれば動機についてはピンと来るものがある。

つまり、ドロテアの父の商会、メロー商会の継嗣としての地位が欲しいのだろうと。

適度にドロテアを傷つけ、行商人が出来ないようにしてしまえば、実家に戻るしかなくなる。

その後は誰かに嫁ぐことになるだろうが、一番可能性が高いのはディーグだ。彼にはそれだけの能力があって、ドロテアの父も評価していたため、二年前には彼との縁談が進んでいた。

結局、ドロテアが逃げ出したことで終わった話だが……ディーグの方ではそうではなかった、ということだろうか。

「狙っていた、と言われると心外だな。私はただ実家に戻って欲しいだけだ。そして私と結婚して欲しい。なに、苦労はさせない。メロー商会を共に大きくしていこうじゃないか。こう見えて、私は君のことを評価しているんだよ。そのまま過ごしていれば何の不自由もなかったはずのメロー商会のご息女の地位を捨て、何も持たない行商人としてゼロから始めるなど、普通の人間に出来ることじゃない。それだけの気概があれば、何だって出来るさ……だから、私の手を取ると良い」

「そんなことする気があるなら、二年前にそうしていたわよ。大体、そうやって脅しながら迫られて、誰がうん、と言うと思うの？」

「ほう……そうかい？　じゃあ、私の覚悟を見せようかな。ガスター、今からドロテアに考える時間を与える。一分過ぎるごとに、その子の指を一本ずつ、落としてくれるかい？」

「……あぁ……」

指示されながらも、気分が悪そうな表情でガスターは頷く。

それを聞いたドロテアは叫んだ。

「なっ、や、やめなさい！　貴方、そんなことする人じゃなかったはずでしょ！」

「君が私の何を知っていると……うっ……そうだ、そんなことをして、何に……」

ドロテアの言葉に激高しかけたディーグだったが、急に頭を押さえ、何かを呟き始めた。

その瞬間、全員の気が逸《そ》れた、と感じた狩人のザインは、弓を番《つが》え、ガスターを狙う。

しかしそれよりも早くガスターの腰から短剣が抜かれ、ザインに向かって投げられた……。

◆◇◆◇◆

リナが何も答えず、しかし手に持っていた剣を鞘《さや》に収めると、女は笑みをさらに深くし、言う。

「意味を理解したようね……あなたは、ここで死ぬ。安心なさい。あの娘については生きていてもらわないとならないから、身の安全は保証するわ。少しばかり怪我《けが》はしてもらうけど、ねっ！」

そう言って、女は手元から風の刃を放ってきた。

無詠唱魔術であり、中々の練度だ。

しかし、その魔術自体は下級のものである。それでも人を絶命させるには十分な殺傷力。

規模自体は大きくないため、リナはそれを横に跳ぶことで避ける。

「……やっぱり、中々腕はいいようね。でも、いつまでそうやっていられるかしら……！」

女は次々にリナを狙って魔術を放つ。

魔術師といえども、魔術を放ちすぎれば疲労してしばらくはインターバルを置く必要があるのが普通なのだが、この女にはそれはあまり必要ないらしい。

使っている魔術が、強力すぎないというのも大きいだろう。

疲労が蓄積しにくく、魔力消費も少ない。

しかしそれでも人は殺せる。

素早い運用はリナの逃げ場も徐々に削っていく。避けきれずに細かな傷がつくようになっていき、
そして、ついに女の放った風の刃は、リナの足を大きく傷つけた。

「……あぁっ！」

叫び、その場に崩れ落ちるリナ。

女はその瞬間を見逃さず、リナとの距離を詰める。

そして、腰から短剣を引き抜き、リナに向かって振りかぶった。

「……それではね。中々楽しかったわ」

しかし、女が振り下ろすよりも早く、リナが腰から剣を引き抜き、女に向かって突きを放った。

「うぐっ……貴女……！」

まさか人質をとっているのに反撃されるとは思わなかったのか、リナの剣を避けることも出来ずに、その腹部に深く突き刺さる。

明らかに致命傷だ。

女の表情は苦しげで、憎しみのこもった目でリナをにらみつけた。

ただ、まだ絶命はしていない。

リナはさらに傷を抉《えぐ》ろうと剣に力を込めるが……。

「……調子に乗るんじゃないわよっ！」

女はそう叫んで、リナの体を蹴り飛ばした。

その力は魔術師の女のものとは思えないほど強力で、リナは数メートル飛ばされる。

ただ、無様に倒れることはなく、しっかりと着地することは出来た。イザークたちによるしごきの成果であり、あれがなければその辺の木にでもぶつかって崩れ落ちていたかもしれなかった。

見れば、腹に大きな傷を作った女は、荒い息を吐いていた。

女はその顔をもの凄い形相に染め上げて、リナに向かって叫ぶ。

「あんた……どうなるか分かってるんでしょうね！　こっちは、最悪、あの娘を殺したって構わないんだからね……！」

今、女の仲間、雇い主であるディーグとガスターはドロテアたちの許にいるのだ。いくらでも人質にとって、リナの前でむごたらしく殺すことが出来るのだと、そう言いたいのだろう。

しかし、そう言われても、リナの表情は崩れない。

それどころか、リナは奇妙なことを女に言った。

「……念のため尋ねますけど……」

「……何よッ!?」

「分からないんですね？」

こてり、とその年頃の少女らしい可愛《かわい》らしい仕草で首を傾げるリナに、女は異様なものを感じ、

「……は？」

と呆《ほう》けた。

一体何を言っているのか、と思ったからだ。

しかしそんな女の疑問には応えずに、リナは続けた。

「良かった。安心しました……それでは、今度はこっちから行きますね」

そう言って、リナは地面を踏み切り、女に肉薄する。

剣もしっかりと把持され、女の首を落とすべく振り抜かれた。

剣は確かに女の首に命中し、その首を切り落とした……はずだったのだが、次の瞬間、首を落とされたはずの女の体が、その首を自分の手で摑《つか》み、そして大きく下がった。

それから女は胴体から離れた首を、その切り口に当てる。

すると、首の傷は綺麗《きれい》に治癒し、元の状態へと戻った。

警戒を崩さず見つめるリナに、女は勝ち誇ったように笑って言う。

「……分かったでしょ？　私は人間じゃない……いくら殺そうと無駄。貴女に勝ち目はないの」

「そう思うんですか……なるほど」

リナはそっけなく頷き、再度、攻撃を仕掛けた。

何度となくその首を、腕を、足を落とし、女はそれを何度も再生させていく。

それは確かに際限がないように思えた。

知らなければ、途中で心が折れていただろう。

しかし、リナはそれをよく知っていた。

知らないはずがないのだ。

そして、崩壊はついに訪れる。

「……えっ……どうして……な、治れ！　治れっ……！」

女はとうとうくっつかなくなった自らの右腕を見て、どんどん顔が青くなる。推測するに、どんな生き方をしてきたかは分からないが、女にはこういう経験がなかったのだろう。

相手が首を刎《は》ねても死なない化け物だと分かれば、大抵の人間は怯《おび》えて逃げるか諦める。首が飛び、死んだと油断したところを後ろから襲いかかる、ということも出来ただろうし、死んだふりをして逃げるということも出来る。

そういう手も利用しつつ、常に有利に立ち回ってきたのだろう。

だが、今回ばかりは相手が悪かった。

「……どうしたんですか？」

リナが微笑《ほほえ》みながら尋ねると、女は絶望的な表情を浮かべ、

「私の体が……治らないの……!!　どうして……こんなこと今まで一度も……!!」

「……ということは、あまりこういった戦いはしてこられなかったんですね？」

「それはどういう……」

「私たちの再生能力は無限ではない、ということです。幾度となく致命傷を受ければ、徐々にそれは減衰していく……力が底をつけば、もう再生することは出来ませんよ。まぁ、ある程度休めばまた、再生出来るようになるんですけどね……」

話しながら、リナの傷が徐々に再生していく。

足にあったはずの大きな傷も、いつの間にか完治していた。

ここに至って、女はやっと理解する。

「……まさか、貴女も……吸血鬼《ヴァンパイア》なの……？」

「どうなんでしょう？　分かりませんけど……まぁ、もう貴女には関係ないことですね」

「えっ……？」

呆けた顔で、そう言った瞬間、女の首は飛んでいた。

そしてその口が叫ぶ。

「いや……いや、死にたくない！　死にたくないっ！　私は……」

もう首が離れても体とくっつけることは出来ない、と思い出したのだろう。

リナは首から離れた体を剣で地面に縫い付け、頭をキャッチして地面に置く。

そして尋ねた。

「……それで、一体何のためにディーグさんを操ってこんなことを？」

吸血鬼《ヴァンパイア》には人を操る能力がある。

リナがガスターにやった方法の他に、魅了《チャーム》という洗脳に近い能力もあるのだ。

ディーグはおそらくそれでどうにかされているのだろう、と予測しての質問だった。

◆◇◆◇◆

「……だから、ディーグを商会の主にするためよ」

リナの言葉に女はそう答える。

ただし、その表情は何かを隠しているかのようで、すべてを話していないというのが分かる。

女も演技が出来ないというわけではないのだろうが、完全な状態ならともかく、体を地面に縫い付けられ、まともに動かせるのはせいぜい表情くらいとなれば平静でいられないのだろう。

どうしても焦りが顔に出てしまっている。

その証拠に、

「……それもまた、嘘《うそ》ではないのでしょうけど、どちらかと言えば手段ですよね？」

リナが詰めるように圧力をかけてそう尋ねれば、女は諦めたように話し出した。

「……そうよ！　あんたも吸血鬼《ヴァンパイア》なら分かってるでしょう？　私たちがどれだけ生きにくいかを……だから私は……」

リナやレント、それに加えてイザークたちのように人間社会で何食わぬ顔をして生きることは、吸血鬼《ヴァンパイア》にとって簡単なことではない。

普通はすぐに見つかり、そして退治されるものだ。

通常の魔物よりもずっと念入りに排除されるのは、吸血鬼《ヴァンパイア》という存在の危険性による。それこそ、人とほとんど変わらない容姿で、放っておけば首筋に噛《か》みついて数を増やしていく。

加えて主食は人間であり、寿命は永遠に等しいとくればこれを放っておいて良いと考える人間はどこか頭がおかしいだろう。

しかしそのことは吸血鬼《ヴァンパイア》の側から見ればどんな場所にいても極めて生きにくいことを意味する。

それこそ、人を襲わずに、誰か適当な協力者に頼んでひっそりと生きていこうとしても吸血鬼狩り《ヴァンパイア・ハンター》がやってきて襲いかかってくるわけだ。

勘弁してくれ、と思わない吸血鬼《ヴァンパイア》はいないだろう。

加えて、今、首だけになっている女にはさらに問題がある。

リナはそれについて指摘する。

「……貴女、〝はぐれ〟ですね？」

「〝はぐれ〟……？」

リナの質問に、意味が分からない、と不思議そうな顔をする女。

これではっきりした。

この女はいわゆる〝はぐれ吸血鬼《ヴァンパイア》〟なのだということが。

もっと言うなら、リナはそれをもっと前から予測していた。ガスターがリナに操られていることを察知出来なかった時点で、それはほとんど確信に変わっていた。

なぜなら、吸血鬼《ヴァンパイア》の僕というのには一種の印があるからだ。

同族にしか分からない、特別な印である。加えて、有名な吸血鬼《ヴァンパイア》ともなるとその者や〝群れ〟とか〝家族〟と言われる集団固有のものまで存在している。

リナは、イザークよりラトゥール家……というか、ラウラを頂点とする〝群れ〟の印とその付け方を教えられ、使う許可を得ていた。

イザークにラウラが眠っているのにいいのか、と聞けばイザークはそれを使う許可を与える権限をラウラより預かっている、と説明した。それに、レントやリナに使う許可を与えることに否とは言わないだろうとも。といっても、それなりに練習や修行が必要で、レントはそれを学んでいないが、リナには色々とたたき込むついでにと教えられたのだった。

その印をリナはガスターにつけていた。

にもかかわらず、この首だけの女は何も気づかなかった。

そういうことがあることはイザークから聞いていた。

それはその吸血鬼《ヴァンパイア》が〝はぐれ〟の場合である。

〝はぐれ〟というのは……。

「吸血鬼《ヴァンパイア》の間で言うところの〝はぐれ〟とは、所属する〝群れ〟や〝家族〟などと呼ばれる集団を持たない吸血鬼《ヴァンパイア》のことです。気まぐれに吸血鬼《ヴァンパイア》が〝子〟を作り、しかし〝親〟としての義務を果たさずに放置した場合などに生まれます。ただしほとんどが長生き出来ません。吸血鬼《ヴァンパイア》が身につけるべき技能を何も知らずに、自ら手探りですべてを学んでいかなければならないからです……」

「……確かに、私にはそんなものいないわ。だから何だって言うのよ……」

少しばかり悲しそうな顔で女は口を尖《とが》らせる。

「だから、ディーグさんを操り、商会の主にして、そこを隠《かく》れ蓑《みの》に生活をしようと考えた。そういうことでいいですか？」

そんなに複雑な事情ではない。

つまり、女は自分の居場所を確保するために今回の騒ぎを起こした、というわけだ。

特にディーグである必要はなかっただろう。

隠れ蓑に出来る力を持つような存在であれば誰でも良かったはずだ。

たまたまディーグは操りやすかった……そういうことだろう。

女はリナの指摘に力なく頷き、

「……そうよ。それの何が悪いの……そうしなきゃ、生きられないのよ……もう逃げ回るのには疲れたわ……どこに行っても、静かに生活してても、最後には……」

この女にもそれなりの苦労の歴史があったらしい。

しかしだからといって今回のようなことが許されるわけでもない。

この女からすれば、他にやりようもなかったのだろうが……。

リナは改めて、魔物、という存在がいかに人の世で生きるのが難しいのかを突きつけられた気がした。分かっているつもりだったが、そこまで身にしみては理解していなかったのかもしれない。

何せ、リナには初めから庇護《ひご》してくれる存在がいたからだ。

場合によっては、この女のようになっていた可能性もある。

レントもそうだろう。

運の問題だ。

少しばかりの同情心が湧かないでもない。

さて、それではどうするか……。

「まぁ、事情は分かりました。もう聞きたいこともありませんし……」

そこで言葉を切ったが、その先に続く言葉を想像したのだろう。

女は怯えた様子で、

「ま、待って！　殺さないで！　死にたくない……死にたくない！」

そう涙ながらに叫ぶ。

首だけで叫ぶ、なんて一体どういう仕組みなんだろうか、と場違いなことを考えつつ、どうしようかとリナは思案した。一番簡単なのはここでやってしまうことだろうが、そうすると吸血鬼《ヴァンパイア》がここにいた証拠がなくなってしまう。

吸血鬼《ヴァンパイア》の死は存在の消滅だからだ。

殺さずに、支配するか……。

そこまで考えたとき、

「……お困りですか？」

リナの背後に突然、新しい気配が出現した。

◆◇◆◇◆

今まで周囲に全く気配がなかったのに、いきなりその場に現れたことに一瞬驚くリナだったが、聞いたことのある声と、振り返ってみて目に入った姿に安心する。

「……イザークさん。驚かせないでくださいよ……」

「驚かせる気はなかったのですが、そうですね。少し突然だったかもしれません。申し訳ない」

そう、そこにいたのはラトゥール家の執事、イザークだった。いつも通りの涼やかな表情でそこに立っているが、状況的にどうなのだろうかと思わないでもないリナである。

首なし死体を剣で地面に縫い付け、地面に置いた生首と笑顔で会話していた最中なのだ。

もうどう見てもやばい奴にしか見えない。

しかし、イザークからすれば慣れっこというか、日常なのかもしれない。

さして気にする様子はなく、リナと生首の方に近づき、言う。

「それより、お困りだったのでしょう？　察して現れたのですが、迷惑でしたか？」

「……どうやって察したのかと尋ねたいところですが、聞いても無駄でしょうね……。そう、困ってはいます。この人、どうしたものかと……。あ、事情なんですけど……」

もしかしたらほぼすべて把握しているのかもしれないが、改めて概《おお》ねの事情をイザークに説明すると、彼は頷く。

「そういうことでしたら、この方は私の方で預かりましょうか？　証言をさせた上で、適当なところで保護する形で」

「いいんですか？　この人結構悪いことしてそうですけど……」

今回のことにしてもガスターの仲間はみんな死んでいる。

今まで人を殺さなかったとは言えないだろうというのはなんとなく分かる。

ただ、生きるために仕方なく、だったとは思われるが……。

その辺りが扱いに悩む理由でもあった。

これにイザークは苦笑して言う。

「私はそういった罪について、どうこう言えるような生き方をしてきた存在ではないのでなんとも言えませんが……少なくとも通常の〝はぐれ吸血鬼《ヴァンパイア》〟よりは善良な性格なのは確かなようですので、鍛えれば問題ないでしょうから」

……これで？　と言いたくなったリナであるが、イザークはそれを察して続けた。

「一般的に言って〝はぐれ吸血鬼《ヴァンパイア》〟となった場合、数日も経《た》てば吸血衝動をまるで抑えられなくなり、無差別に人間の血を求め歩き、村一つくらいなら一週間もしないうちに滅ぼすものです。その結果、人間に容易に発見されて討伐されてしまうわけですが……この方は〝はぐれ〟の状態で結構な年月を生きていらっしゃる。失礼ながら、おいくつですか？」

生首に尋ねるイザーク。

女は素直に答える。

「……七十をいくつか超えたわ……」

「おぉ、それはそれは。そのような年月、人に見つからずに生きてこられただけで勲章ものですよ。おそらくは、可能な限り吸血衝動に耐え、必要最小限の吸血に抑え、また人の社会に溶け込むように生きてきたはず……そうでなければすぐに吸血鬼狩り《ヴァンパイア・ハンター》が高笑いしてやってきますからね。それはリナさんもご存じでしょう？」

「……ええ」

そんなにたくさん話した、というわけではないにしろ、冒険者の中でもトップクラスにやばい奴、吸血鬼狩り《ヴァンパイア・ハンター》ニヴ・マリスの顔がすぐに頭に浮かんだ。

あんなものに狙われたらとてもではないが七十年なんて生きられる気がしない。

七日でも厳しそうである。

「つまり、こういう人は、極めて稀《まれ》なのですよ、リナさん。人のままであれば、それこそ品行方正に生きた方でしょう。今回の顚末《てんまつ》では立場上、リナさんには許せない人でしょうが、希有《けう》な人だと私は思います。ラトゥール家で引き取り、平穏な生活を与えれば無闇《むやみ》矢鱈《やたら》に人を襲ったりもしない……そうですよね？」

念を押すように、というか圧力をかけながら女の生首にそう言ったイザークである。これにのほほんとした顔で断れるような存在は彼の主と、それにレントくらいなものであろうとリナは思った。案の定、女は生首の状態で器用に冷や汗を流しつつ、

「え、ええ……それは勿論」

と答え、それから困惑したような表情で、

「……でも、それでいいの？　私、死にたくはないけど……殺されても仕方がないとは思っていたわ……」

「まぁ、貴女の脛《すね》の傷の数より、私のそれに刻まれた数の方が多いですからね。チャンスくらい与えなければバチが当たるでしょう。それに、一番はここで消滅させるわけにはいかないから、というのが大きい。貴女がディーグさんを操っていたこと、しっかりと証言してからでなければ、彼が気の毒です……ということですよね、リナさん？」

「はい。最悪、私が貴女の《親》となり、服従させるつもりだったんですけど……」

リナは生首にそう言う。

つまりそれは《親》の上書きだ。

力業でそういうことが出来ることをイザークたちから教わっている。

「まぁ、リナさんがこの方ほど長く生きた吸血鬼《ヴァンパイア》にそれをするのはまだ、やめておいた方が良いでしょうね。あれは自我と精神の争いですから、負ける可能性がありります」

「もしかして、それでこうして姿を現してくれたわけですか？」

「そういうことです。さて……とりあえずは、私が貴女の《親》になりましょうか。まず首をくっつけましょう」

イザークはそう言って、生首をひっつかみ、体の方に突き刺さったリナの剣を抜いてリナに手渡し、生首を元の位置に置いてから、《分化》した闇の体で女の体全体を包んだ。

そして数秒が経つと、女の傷はすべて治癒していた。

あんな方法で他の吸血鬼《ヴァンパイア》の傷を治せるんだ……とリナは感心する。通常の回復魔術でも治せないわけではないのだが、聖気による回復では浄化されてしまう吸血鬼《ヴァンパイア》である。欠損が存在するときにはどうやって、というのは疑問だったが、色々やりようがありそうだ。

「な、治った……私の体が……ありがとうございます！」

と女が涙を流して喜ぶ。

リナは、死にたくなかったんだなぁとぼんやり考えたが、当たり前かと即座に自らのその思考に突っ込んだ。どうにも魔物になってから死ぬとか生きるとかの意識がかなり鈍くなっていることを感じる。

あんまり良い傾向とは思えない。

もう少しその辺りに真剣になることを忘れないようにしなければと思ったのだった。

「いいえ、礼には及びませんよ。しかし、仕事はしっかりとやってもらいます。いいですね？」

イザークが念押しすると、女は頷く。

「はい！　生きる場所をいただけるのなら……」

「それについてはご心配なく、吸血鬼《ヴァンパイア》にとって、世界で一番安全な場所です。では、色々と打ち合わせをしましょう……」

と言ったところで、女が不安そうな顔で、

「あ、でも……あの、ディーグとガスターのところは大丈夫なのかが……」

二人はドロテアのところで暴れているはず、というのが彼女の認識なのだろう。

これについてイザークがリナに振り返り、

「どうですか？」

と尋ねる。その顔は分かっているのだろう。

「問題ないですよ」

リナは、何でもないという顔でそう答えた。

◆◇◆◇◆

その瞬間、もう駄目だとドロテアは思った。

ザインも狩人として腕は悪くないのだろうが、ガスターの動きの方がずっと素早く、短剣は確かにザインの喉元まで迫っていたのだから。

しかし、次の瞬間聞こえたのは、

――キィン！

という短剣の弾《はじ》かれる音と、

「……ガハッ……！」

ザインの放った矢が突き刺さり、崩れ落ちるガスターの姿だった。

「な、今のは一体……？」

ディーグもまた、ドロテアと同様、起こったことがよく理解出来ないのかそんなことを呟く。

ドロテアに分かったのは何か影のようなものがザインに迫った短剣を弾いたように見えた、ということと、避けようとしていたガスターの体が不自然に固まった、ということくらいだが、どちらもまた奇妙な話だ。とはいえ、ドロテアにとってどちらも僥倖《ぎょうこう》であることには違いない。

ガスターはどうやら完全に気絶しているようだし、ディーグにはもう他に戦力はなさそうだ。

ガスターが人質にとっていた子供もその手から離れて逃げ去り、今はドロテアとザインの後ろに隠れている。

ザインが弓矢でディーグに狙いをつけ、これ以上動くなと視線で威圧している。

立場が逆転したと言って良いだろう。

ドロテアは言う。

「……ディーグ。もう諦めて」

「……駄目だ。私は君と結婚して、商会の主に……あるじ、に……」

そこまで言ったところで、不思議なことにディーグは動力を失ったかのように固まり、そして崩れ落ちた。

ザインが彼に矢を放ったのか、と思ってその顔を見てみるが、ザインもまたよく分からないといった表情で首を横に振る。

「……とりあえず、本当に気を失ったのか、確認してみるわね……貴方は警戒を解かないで」

そう言いながらドロテアがディーグに近づき、その顔を見てみる。

やはり、明らかに気絶しているようで白目を剝《む》いていた。

これはどういうこと……？

困惑で一杯になったところで、

「……ドロテアさーん！」

と、言う声が響く。

声の方向を見てみれば、そこにはリナがいた。加えて、もう二人、見ない顔がある。

一体どういうことなのかと思いつつ、彼女がいればガスターが起きていようとどうにでも出来るだろうとひとまずほっとしたドロテアだった。

◆◇◆◇◆

「……そんなことが……じゃあ、ディーグは」

ドロテアはことの詳細をリナに聞いて、やっと納得がいく。

「はい。この人……じゃないか、吸血鬼《ヴァンパイア》に操られていたみたいです。本当は悪い人ではない、のですよね？」

「ええ。ミステラの街にいた頃から、遣《や》り手《て》だけど好青年だって評判だったくらいだから。お兄さんがいるから商会を継ぐわけにはいかないみたいだったけど、お兄さんを支えるにしても自分で商会を立ち上げるにしても間違いなく成功するだろうと見られていたし。だからこそ、私との婚約でうちの父の商会を継ぐ話も進んでいたのよ」

「へー……。行商人をしていなければ、結婚しても良かったくらいですか？」

「……また随分とまっすぐ尋ねるわね……。まぁ、確かにそうね。顔を合わせてしっかりと話してみて、この人とならやっていけそうだとは思ったわ。でも、どうしても一人でやってみたい欲求の方が強くてね……本当に悪いことをしたと思っていたのよ」

「巡り合わせが悪かったんですねぇ……」

「こういうことはね。そういうものでしょう……でも、そういうことなら、ディーグはもう大丈夫なのかしら？　吸血鬼《ヴァンパイア》に支配されると、その人も不死者《アンデッド》になってしまうって言うけど……」

このドロテアの疑問に答えたのは、リナの師匠だという一人の青年だった。

たまたまこの辺りで依頼を片付けていたらリナに遭遇したのだという。

名前はイザーク、と言うらしく、動きに隙がなく、また気品を感じる。

ドロテアは、どちらかと言えば後ろで腕を縛られて立っている女性よりも、こちらの青年の方が吸血鬼《ヴァンパイア》のイメージに近いと一瞬思ったが、流石《さすが》にそれは失礼な話だろう、とすぐに考えを打ち払う。

「それは吸血鬼《ヴァンパイア》に嚙まれ、血を送り込まれた場合ですね。このディーグさんにはそのような傷跡は見られませんし、大丈夫でしょう。お話によれば、このアマポーラという女性を倒した段階で、気絶されたということですし、それは吸血鬼《ヴァンパイア》の魅了《チャーム》にかかっていた者が、解除された場合に見せる一般的な反応です。不死者《アンデッド》の仲間となってしまっている場合は従えている者を倒したところで気を失ったりはしませんから」

ディーグ自身が不死者《アンデッド》になってしまっていたら、いわば独立している状態にあるわけだから本体であるアマポーラがどうなろうと行動し続けられる、という話だった。

しかし、単純な魅了《チャーム》の場合は、効果が解ければ一旦、意識を失い、目覚めれば通常の状態に戻るのだという。

実際、しばらくして目覚めたディーグは、

「……う、ここ、は……君はドロテア？　一体私は……」

と、状況を掴めていない様子だった。

頭が徐々にはっきりしていくにつれ、自分がやったことを思い出したらしく、

「ドロテア……すまなかった。信じてもらえるかどうか分からないが、どうにも私は、いつからか気がおかしくなっていたようで……今回のことも、まるで本意ではなかったんだ……」

と言いながら謝り始めた。

「いいのよ……分かってるから。それより、どこも痛まない？　貴方がどうにかなってしまったら、貴方のお父様とお兄様に怒られるわ」

「……はは。流石に今回のことで私は勘当だと思うが……ともあれ、どこもなんともないな。しか

し、一体なぜ私はこんなことをしたのか……」

困惑するディーグに、

「それはね……」

とドロテアがことの詳細を説明するとディーグは目を見開いたが、同時に納得したように頷いて、

「そういうことだったか……確かに、アマポーラが近くに来てからだったな……だんだん、自分が分からなくなっていったのは。アマポーラ……君はなぜこんなことを……」

尋ねるディーグの表情は、操られていいようにされていたにもかかわらず、恨むようなものではなく、どちらかと言えば少し悲しそうなものだった。

これにアマポーラも似たような表情を一瞬浮かべたが、何も答えることはなかった。

無言がその場を支配する中、イザークが言う。

「ともかく、詳しい事情についてははっきりしました。ある程度大きな街まで連れて行き、彼女の罪を裁いてもらうべきと思いますが、それでいいですね？」

これにその場にいる全員が頷き、とりあえず、子供たちも連れて村に戻ることになった。

◆◇◆◇◆

村に戻り、方針を決める。

といっても、今回の行商の旅で回る村はここが最後だった。

あとは少しずつ戻りながら、今まで回った村から得た品などを宿場町などで売ったりしていく予定だったので、そこを大きく変える必要はない。

ただ、アマポーラのことがあるので、寄る予定のなかった、近くにある少し大きな地方都市をとりあえず目指すことになった。

マルトに戻っても良いのだが、そちらよりは近いため早めにすべて片付けられるからだ。

イザークは元々そこを目的地としていた、という体でついてくることになったが、ドロテアには特に不自然に思われてはいないようだ。むしろリナが大げさにイザークの実力を褒め称《たた》えたので、護衛が一人増えたくらいの感覚のようだ。

ドロテアが護衛料を支払うと申し出たが、イザークは馬車に乗せてもらう乗車賃を無料にしてもらえればそれで十分だと言って断った。

実際、金に不自由しているわけでもない彼にとっては不要なのだろう。

地方都市にはそれほど時間がかからずに到着した。

そこで兵士にアマポーラとガスターを引き渡し、事情を説明する。

イザークが何やら怪しげな目線で兵士たちを見ているのをリナは目撃した。

兵士たちはその後、少しばかり奇妙な動きをしていたが……あれには触れてはならない、ということで流すことにした。何をしていたかは大体想像がつくけれど。

そして、その日のうちに簡易的な裁判が行われ、次の日には吸血鬼《ヴァンパイア》アマポーラが処刑された旨と、その消滅の際に残った灰が、証拠として引き渡された。ガスターについても鉱山労働が決まったと告げられる。

通常ならそんなに迅速に裁判など行われるはずがないのだが……イザークが色々とどうにかしたのだろう、ということは察せられた。

ドロテアもディーグも一日は聴取などで拘束されたが、たった一日で処刑まで行われるとはと驚いていた。ただ、絶対にあり得ないというわけでもなく、それだけ早く対応すべき事案だった、ということだろうという話に落ち着いた。

吸血鬼《ヴァンパイア》はさっさと滅ぼさないと逃げたり増えたり大変なのだから。

「……これが、アマポーラ、か……」

瓶に入った灰を見ながら、ディーグがそう言った。

「結局、どういう知り合いだったの？」

ドロテアが尋ねる。

「いや……記憶は曖昧なんだけど、なんとなく覚えているのは……路地裏で彼女が何かから逃げていてね。辛《つら》そうな顔をしていたから……とりあえず、うちに来ないかと誘って、食事をとったのが最初だったと……」

「何、ナンパなの？」

「……違うよ！　そうじゃなくて……まぁでもそう聞こえるか。ともかくそこから後はあんまりね」

「支配されてしまったというわけね……ともあれ、なんとか怪我もせずに終わって良かったわ。貴方も、私も」

「私はある意味大怪我だけどね……勘当されるに決まっているし、これからどうやって生きていけばいいものか……」

「決まったわけじゃないんだし、とりあえず貴方のお父様に説明してから考えれば良いじゃない。もしも家を追い出されたら……そのときはそのときよ」

「君は本当に前向きだな。私も見習ってみるか……」

そんな会話をしていた二人だった。

そんな中、イザークは少し端の方に寄りリナに言う。

「それでは、私はそろそろ離れますのでお二人によろしく言っておいてください。依頼は最後まで頑張ってくださいね」

「……アマポーラさんは結局どうなったんですか……？」

「もちろん、処刑されましたよ、ええ」

ああ、嘘だな、と分かるような言い方だ。

おそらく、どうにかして助け出したのだろう。そして公的には死んだことにしたのだ。

吸血鬼狩り《ヴァンパイア・ハンター》の問題があるし、そうしておいた方が安全だという判断なのだろう。流石のニヴも、すでに処刑した、灰になったので一部以外は埋めた、と言われたらもうどうしようもない。

あの人物なら灰を掘り返して匂いを嗅ぎ、この匂いは吸血鬼《ヴァンパイア》じゃない！　とか言い出しそうな気もするが、その辺りの対策くらいイザークはとっているはずだ。

心配する必要はないだろう。

実際、しばらくしてイザークは去った。いつの間にかいなくなったイザークに気づいたドロテアは、彼はどこにいったのかとリナに尋ねてきたが、

「急ぎの用があるみたいで、申し訳なさそうにしながら行っちゃいました。お二人によろしくだそうですよ」

と言うと納得していた。

ドロテアとディーグは結構話し込んでいたからだろう。

気づかなくて申し訳なかったな、と呟いていた。

それから、リナたちはしばらくして都市マルトへと戻った。

往路のような問題は一切なく、安全で静かな旅だった。

原因だったディーグはもう何もしないし、アマポーラもいない。

そうなると、これだけ楽な旅になる、というわけで、ドロテアは何かショックを受けていた。

「……私、大分苦労していたのね……」

こんなに平和な旅はこの二年で初めてのことらしい。

ただ、それでもその苦労が無駄だったとは思わないようだ。

「良い経験になったわ」

とそんなことを言っていた。

そして、都市マルトに着くと、冒険者組合《ギルド》で意外な人物がドロテアとディーグを待っていた。

「……父さん⁉」

「……父上……！」

それは二人の父親であった。

なぜそこにいるのか、と二人が視線で尋ねると、ディーグの父親が言った。

「……ディーグ。お前が妙なことに手を出していることに気づいてな。止めるためにやってきた。ドロテア殿の危機でもあるから、ルドー殿にも事情を伝えてな……二人で来たというわけだ」

ルドーとはドロテアの父の名である。

ディーグの父はジュードだ。

ジュードの言葉にディーグは顔を蒼白《そうはく》にしたが、しかしそれでもここまでの事情を二人の父親に丁寧に説明した。

すべて聞き終えて、驚いた顔をする二人だったが、ジュードがまず、ルドーに言った。

「……こやつは本来、このような大事で嘘を言う人間ではありませぬ。ですから、本当のことだとは思いますが……それでもご息女を危険な目に遭わせたこと……誠に申し訳ない。しっかりと処分をしようと……」

思います、と言いかけたところで、ルドーが首を横に振った。

「いや、それには及びませぬ。吸血鬼《ヴァンパイア》などに操られれば、誰だとて抵抗など出来ぬもの。ましてや我々商人に抗《あらが》う術《すべ》はありませぬ。ですから特に処分などは……。それに、ある意味、彼のお陰で娘が成長した部分もあるようだ……ドロテア。見ない間に随分とたくましくなったな」

娘を見てにやりと笑い、そう言うルドー。

ドロテアは呆《あき》れて、

「それが久しぶりに会った娘に言う言葉なの？……まぁ、いいけれど。そうね……私もご子息を処分して欲しいとは思いませんわ。ジュードおじさま。この二年、大変な目に遭ったけれど、どれだけ行商人の道が大変なのかも学べたと思いますもの」

「……しかしだ……それで本当に……」

と、悩み始めたジュードであるが、そんな彼にディーグが勇気を振り絞ったように口を開く。

「あの、父上」

「……なんだ」

「私の処分については……商会を首にする、という形にしてください」

「何？　何故《なぜ》だ……ルドー殿もドロテア殿も、許してくださるとおっしゃっているのだぞ。もちろん、全く何のおとがめもなし、というのでは申し訳が立たないが、お二人の言う通り、お前は操られていたのだ。首にするまでは……」

「いえ……今回のことは、元はといえば、私の甘さ、不用意な行動が招いたことですから。それでいいのです……それに、ふと思ったことがありまして」

「ふむ、それは？」

「私も、自分の腕一本で、ゼロから商人の道を進んでみたい、と。ドロテア殿のように……」

ちらりとドロテアを見て、そう言ったディーグ。

ドロテアは目を見開き、

「ディーグ……貴方、それでいいの？」

「いいのさ。それに、私が商会に残ってるとどこかから今回のことにかこつけて悪評が立つかもしれないからね。商会のためにもその方がいい。幸い、私には優秀な兄上がいる。私がいなくても何も問題はないさ」

「そう……そういうことなら、いいわ。ねぇ、ディーグ。それなら、私と組まない？」

「え？」

「ゼロから、って言うけど、行商人は大変なのよ。とりあえず、先輩に付いて、基本から学んだ方がいいじゃない？」

「いや、確かにそうかもしれないけど……君はいいのか？　私は君をかなり危険な目に遭わせたんだが……」

「操られていただけでしょ。それに、ちょっと思ったことがあったのよね。貴方と商売をしたら楽しそうだなって……二年前に少し」

「ドロテア……君がそう言うなら、お願いしようかな……父上、そういうことですので。ルドー殿も、どうかお許しいただけると……」

これにルドーはなんとも言えない顔になった。

一人娘に男がくっついて行商人をすると言い始めたから複雑なのだろう。しかし、以前に婚約話を進めていた男であるし、なんだか良い雰囲気であるのもなんとなく感じたのだろう。

最後には、

「……まぁ、良いでしょう。ジュード殿。二年前に夢見たことが、何やらこれから叶《かな》いそうですな」

「運命というのは奇妙なものですな……まぁ、ディーグ、お前がそう言うなら、それでいいだろう。ミステラに戻り、そのように処理することにする」

それから少し話をし、ドロテアはリナに依頼完遂を認め、リナはそれを冒険者組合《ギルド》に報告した。

「貴女のお陰で本当に助かった。もしも貴女がいなかったらと思うと、怖いわね……。それと、これからもマルトにいるときは依頼すると思うから、そのときはよろしくね」

ドロテアはリナにそう言う。

リナも、

「こちらこそよろしくお願いします……。色々ありましたけど、楽しかったし、行商人のことも色々と学べて為《ため》になりました。次に依頼があっても今回ほどのことはないと思いますから、そのときはお安くしておきますね」

と冗談を交えつつ話し、そして別れたのだった。

◆◇◆◇◆

一通りやることが終わったので、リナは最後の報告にラトゥール家へと向かった。

「……リナさん、ようこそ。お仕事の方はすべて片付いたようですね」

ラトゥール家の入り口で迎えてくれたのはいつも通り、イザークである。

地方都市で別れ、リナたちの方が先に出発したのだが一体いつの間に、どうやってここに着いたんだろうかという疑問を覚える。ただ、そんなことを考えるだけ無駄な人物なのは分かっているので、すぐにそんな疑問は忘れ、リナは言った。

「はい！　色々とすべて丸く収まって……すっきり終わりました。イザークさんのお陰です」

ドロテアとディーグは共に行商をすることになり、そのことを二人の両親は円満に認めた。

ドロテアの旅路にあった危険はすべて取り払い、そしてこれから先も安心して良い。

もちろん、普通に旅をする際に存在する危険についてはその限りではないが、執念深く付け狙われるようなことはないというだけでもマシというものだ。

いつかあの二人が自分たちの商会を作り、成功して欲しいとリナは切に願う。

「……いえいえ、私のお陰ではなく、リナさんの努力のたまものですよ。それに、実際に依頼を受けてみて分かったのではないですか？　リナさんは成長しておられます。順調にね」

そう言われてみて、イザークがここ最近、リナが自分の実力に不安を感じていることを察していたらしいことに気づく。

「分かっていたんですか……すみません。周りがあまりにも凄い人ばっかりなので、私なんてってって思ってしまってて……」

「リナさんも結構なものだと思いますが、レントさんやロレーヌさんがいるとそう思ってしまう気持ちは分かります。ただ、あの二人についてはそもそもの研鑽《けんさん》が違いますからね。レントさんは十数年、自らを鍛え上げ続けてきたわけですし、ロレーヌさんにしても魔術などについて英才教育を受けた専門家です。リナさんが即座に並ぼうとしても難しいのはむしろ当然ですよ」

「言われてみればそうですよね……あまりそういうこと考えてなくて。なんだか無意味に焦っていた気がします。実際に一人で依頼を受けてみて、少し前の自分と比べるとかなり戦えるようになったことに気づきましたし、周囲がよく見えるようになったとも思いました。不十分なところはやっぱりたくさんあったと思いますけど……全然成長してないってわけじゃないんだなって」

「そう思えたなら、行って良かったということでいいですね？」

「もちろんです。ドロテアさんとも知り合えましたし。今後もたまには一人で依頼を受けてみようかなって。ライズくんとローラちゃんが普通に冒険者として活動出来るだけの体調に戻るまでは」

二人はリナのパーティーメンバーだが、未《ま》だ傷が癒えきっていない。

とはいえ、もうそろそろ活動出来そうだという予測は立っているので、本格的に三人のパーティーとして依頼を受けられる日も遠くないだろう。

リナとしてはそれまでに自信をある程度確固たるものにしておきたかった。

「無茶は禁物ですが、その方がいいでしょうね……」

「はい……あ、そういえば、アマポーラさんなんですけど……」

「あぁ！　そうでしたね……アマポーラ、こちらへ」

イザークがそう言うと同時に、彼の隣に闇色の影が出現し、そしてすぐに人の形を作った。

数秒の後、そこにはアマポーラが立っていた。

「イザークさま。こちらに」

以前見たローブ姿ではなく、このラトゥール家の使用人の中でも主に女性が身につけているメイド服姿である。どうやら本格的にこの家に勤め始めたらしい、とそれだけで分かった。

加えて……。

「……今のは《分化》ですよね？　もう出来るようになったのですか？」

リナが驚いたのも無理はない。

少なくとも、リナと相対したとき、彼女にはそれが出来なかった。

出来ていたら、もっと苦戦していたに違いない。

また、それが出来ないことが彼女が〝はぐれ吸血鬼《ヴァンパイア》〟である証明でもあった。

それなのに。

「彼女は吸血鬼《ヴァンパイア》になって長いですからね。基礎は出来ていた、ということです。それに色々と試行錯誤してきたために呑み込みも早かった。このまま修行を続ければ、ここからどんどんと強くなっていくでしょう……ラトゥール家の使用人として、それは義務です」

イザークがそう言って手放しに褒めたが、言われたアマポーラの方は顔を若干青くしている。

それを見て、リナは思う。

――とんでもない扱《しご》きを受けているんだろうな。

と。

「アマポーラさん……頑張ってください」

リナがそう言うと、アマポーラは青い顔のまま、しかししっかりと頷いて、

「ええ……」

と言った。

それから、リナはふと気になって尋ねる。

「そういえば、アマポーラさんはどうしてディーグさんを狙ったのですか？　いえ、自分の居場所を確保するために、力ある人を支配しようとした、という目的は分かってるんですけど……ディーグさんを商会長にするつもりだったのなら、乗り気ではなかったドロテアさんを支配してしまった方が事は簡単に運んだのではないかと思って」

「……貴女、虫も殺さないような顔をして結構エグいこと考えるのね……」

と呆れたように言うアマポーラだったが、自分がどのようにして倒されたかを思い出して、まぁ、当然か、と納得した顔をし、続けた。

「私たちの魅了《チャーム》による支配、というのは心に闇がある人間には高い効果を及ぼすけど、そうでない人には効き目が弱いのよ。ディーグには優れたお兄さんがいて、彼は元々かなりの劣等感を抱えていたの。そこを増幅してやれば……まぁ、簡単に支配が出来たのよ。でもドロテアちゃんの方は、そういうのが薄くて……」

なるほど、と思う。

ドロテアはリナと初めて会った頃はかなり猜疑《さいぎ》心《しん》が強くなっていたと思うが、それも話していく

うちにすぐに晴れたし、元々前向きでさっぱりした女性なのだろう。

そういう人は支配しにくいと……ただ、イザークなら出来るのだろうが。

やはりそのあたりは吸血鬼《ヴァンパイア》としての地力の違いだろう。

「理由はそれだけですか？」

「……まぁ、ディーグには頑張って欲しいというのも少し、あったわ。彼、吸血鬼狩り《ヴァンパイア・ハンター》から逃げ回っていた私を匿《かくま》ってくれて、食事まで与えてくれたからね。そんな彼が願うことなら……手伝おうかなと思ったのだけど、今思えば、余計なお世話だったわね。やり方も良くなかったし……余裕がないと何事もうまくいかないものだわ……」

遠くを見つめながらそんなことを言うアマポーラ。

彼女自身も色々と必死だったわけだ。

「これからはここで？」

「ええ、ラトゥール家の使用人として、生きていこうと思っているわ。主様には会えていないのだけど……」

「眠っていらっしゃいますからね。そのうち起きる……んですよね？」

リナがイザークに尋ねれば、彼は頷いた。

「もちろんです。ただ、明日なのかひと月後なのか十年後なのか百年後なのかはラウラ様のみぞ知るところですが」

気が長すぎることだが、吸血鬼《ヴァンパイア》というのはそういうものか、と納得したリナだった。

第五章　久しぶりのマルトと鍛冶屋

「……やっと帰ってきたなぁ。王都にそれほど長く滞在していたわけじゃなかったはずなんだが、なんだかかなり久しぶりに感じるぞ」

ロレーヌが幌《ほろ》の向こうに都市マルトの正門が見えてきた辺りでそんなことを呟《つぶや》いた。

確かに俺もそんな気がする。

やっぱり、自分の故郷というか、本拠地という認識がマルトにはあるからかな。

厳密に言えば俺の故郷はハトハラーだし、ロレーヌのそれはレルムッド帝国のどこかなんだろうが、生活の基礎が築かれているのはやはりマルトだ。

少し離れるだけでもこれだけの懐かしさを覚えるのは当然なのかもしれない。

「みんな変わりないかな……？　まぁ、これくらいで大幅に変わったりはしないか」

俺がなんとなく呟くと、ロレーヌは、

「それはな。一年、二年離れていたというのなら誰か知り合いに子供が出来ていた、なんてこともあるかもしれんが、ひと月にも満たない期間では何も変わらんだろう。まぁ、《塔》と《学院》が精力的に活動しているだろうからそういう意味では変化があるかもしれんが……」

《塔》とは、国の魔術研究機関であり、《学院》は国の教育機関だ。様々な国にあり、正式名称は色々と異なるが、俗称としてそういう言い方をする。どんな国であっても、国を引っ張っていく人材を教育し、また魔術を研究する機関というのは不可欠だからだ。

そんな二つの機関から派遣された人々が、今マルトに多く留《とど》まっている。

その理由は、以前の吸血鬼《ヴァンパイア》騒動の中で出現することになった《迷宮》がマルトの地下に存在しているからだ。

《迷宮》とは、様々な魔物が出現するが多くの宝物や素材を獲得することが出来る一種の鉱山のようなものであるが、どのようにして作られたものなのかは未《ま》だ誰もはっきりと断言することが出来ない謎の存在である。

迷宮内部には石壁の通路のように人工物にしか見えない部分もあれば、建物の内部であるにもかかわらず、まるで外であるかのように巨大な空間が形作られている部分もあり、それこそ神が創造したとしか言えないようなところがある。

そのため、様々な学説が錯綜《さくそう》しており、その研究は多くの国家、研究機関で行われているが、やはり真相にたどり着いた者はいない。

そんな中、マルトに突然出現した《迷宮》である。

出現して間もない《迷宮》というのは世界でもかなり珍しい存在であり、中々そんな場所に立ち会うことは難しく、したがってそういった研究機関からすれば喉から手が出るほど調査をしたい対象であるのは間違いない。だからこそ、《塔》や《学院》から大勢の人がマルトに押しかけ、いまやマルトは彼らに半ば占拠された状態にある。

俺とロレーヌはそんな街から逃げるように王都に行ってしまったので、今のマルトがどんな状況なのかは分からない。

ただ、以前のそれとは少なからず変化があることは想像に難くない。

まぁ、揉《も》め事《ごと》の類いは勘弁して欲しいところだが、街を出る前には《塔》や《学院》の研究者が護衛として雇っていた冒険者と小競り合いをしていたのを見た程度だったし、大問題が発生している、ということもないだろう。

だから安心していい……はずである。多分。

「……しかし新しく作られた《迷宮》、か。なんで出来たのかも興味があるが、単純に中に潜って探索してみてぇな。お前らは一応、中に入ったことがあるんだろう？　どんな感じだった？」

俺とロレーヌにそう尋ねたのは、総冒険者組合長《グランドギルドマスター》である、ジャン・ゼーベックである。

相当の高齢であるはずだが、その体は未《いま》だに鍛え上げられ健康的であり、その目に宿る光はマルトの冒険者組合長《ギルドマスター》であるウルフのそれよりも鋭く透徹している。俺がまともに戦ってもまず勝てないような実力を持っているだろうというのはなんとなく分かる。

基本的に心臓を刺されても頭を潰されても死ぬことのない俺であるが、その俺でもこの人にはすぐに殺され尽くして終わるのだろうな、とそんな気さえしてしまうような人だ。

そう考えるととんでもない危険人物をマルトに連れてきてしまったものだ、と思うがウルフの依頼である……責任はすべて彼の肩にのし掛かるべきものであって、ジャンが何をしようとも俺に責任はない……。

まぁ、これでもそれなりに人を想《おも》っているというか、国や人々の生活を壊し尽くしても構わないみたいな危険思想を持っているわけではなく、むしろ秩序を維持する方針で生きている人である。

だからこそ、癖の強い異能者をまとめ上げて王都を裏から牛耳るような組織の長《おさ》も兼任しているのだろうし、そういう意味ではさほど心配はいらないはずだ……。

「……そうだな、私たちが潜ったときは本当に出来たてだったからか、かなり気持ち悪い感じだったぞ。なんというか……人の内部に入ったみたいというか、壁が肉壁みたいでな」

ロレーヌがそう言ったので、俺も頷《うなず》いて後を継いだ。

「確かにそんな感じだったな……その後、ちらっと覗《のぞ》いたときは石壁とか土壁とかが出来ている部分が増えていたし、あれは最初だけああだったのかもしれないな。『迷宮は生き物である』なんて説もああいうのを見た人間がそう考えたのだとしたらそれなりに説得力はありそうだ」

「ははぁ……おもしれぇな。俺もこの歳になると初めて見るものなんてあんまりねぇから楽しみだぜ。魔物や魔道具の類いなんかはどうだ？」

「どちらも気にする間もなく出てしまったからな……そればっかりは自分の目で見て欲しい」

ロレーヌがそう言ったのも当然で、俺たちは当時、シュミニ、という吸血鬼《ヴァンパイア》が変異したものを相手に戦ったくらいで、あの《迷宮》特有の魔物や魔道具、のようなものを相手にする暇も探している暇もなかった。

その後にちらっと覗いた際は、入り口から少し見たくらいで、じっくり探索したわけでもない。

だから、あの迷宮は俺たちにとってもこれから調べられるならそれなりに面白そうな場所ではある。

「そうか……ま、そういう情報をすべてお前らから仕入れてしまったら楽しみも半減するからな。

言うとおり、自分の目で見ることにするか……」

◆◇◆◇◆

馬車を降り、マルト冒険者組合《ギルド》に向かう。

道すがら、俺はジャンにマルト冒険者組合長《ギルドマスター》……つまりはウルフとのことについて尋ねる。

「そういえば、ジャンがウルフを冒険者組合長《ギルドマスター》の地位に就かせたんだよな？」

確かそういう話だったはずだ。

ウルフは当時、冒険者を引退し、田舎に引っ込もうとしていたのだが、それを引き留めたのがジャン・ゼーベックだったというのは有名な話だ。

実際、ジャンは俺の質問に頷いて、

「あぁ、そうだな。当時、あいつは白金級《プラチナ》一歩手前辺りまで行ってたが……目にあれだけの傷を負ってな。歳も歳だし、そろそろ引退するとか言い始めた。そうと決めたら素早いのなんのって、あっという間に準備を終えて、さぁ、旅立つぞってところまで済ませてな……俺が王都からここまですっ飛んできて、止めた。確かに冒険者はその傷じゃ厳しいかもしれねぇと。だが、お前には長年の冒険者としての経験がある、それをこれからの冒険者のために役立ててくれねぇかと。今でこそマルトの冒険者組合《ギルド》はかなり評判がいいがな。あいつが組合長になる前はその辺の冒険者組合《ギルド》と大して変わらなかったからな……あいつを就かせて、大正解だったぜ」

そうしみじみと語った。

ウルフが冒険者組合長《ギルドマスター》となったのは俺やロレーヌが冒険者になる前……十年以上前のことだ。

その頃のマルトの冒険者組合《ギルド》がどんなもんだったかは知る由もないが、かなり酷《ひど》かったのだろう。

一般的な冒険者組合《ギルド》というのは良くも悪くも冒険者の自己責任の比重が大きいものだ。

つまり、助けはしないが奪いもしない、というもの。

至極当たり前、という気もするが、ある程度慣れた者ならともかく、駆け出しにまでこの対応を基本にすると途端に酷いことになる。駆け出しなど、魔物の種類や部位、解体方法もあやしいものだし、植物などの素材についてもよく分かっていない。

鉄級向けの簡単な依頼だからと受けて大失敗、なんてことになるのが目に見えている。

さらに、大失敗で済めばマシな方であり、命まで落とすこともざらだ。

そんな状況を放置しておくのはどうか、と思うが、これは昔からの伝統というやつが強かったが故にそういう状態だったとも言える。

というのは、冒険者の〝自由〟というやつだ。

冒険者は誰にも縛られないものである。

そういう標語染みた思想がまずあり、これを拡大解釈して、俺たちには誰も指図するな、と主張する者たちが少なからずいるわけだ。

それは必ずしも下っ端に限るというわけではなく、それこそ冒険者組合長《ギルドマスター》クラスにもいる。だからこそ、その部分を変えようとしても難しい、そういう体質が、冒険者組合《ギルド》には少なからずある。

ただ、マルトにおいてはウルフが率先してそういう空気を取り払ってきた。

だからこそ風通しが良く、駆け出しだけでなく、ある程度のベテランになっても良い意味で向上心を維持し続けられる気風が出来ている。

そういうものを実現させられる、そう考えて、ジャンはウルフを抜擢《ばってき》したのだろうし、ウルフもそれに応えたわけだ。立派である。

俺？　俺はそれこそ駆け出しに基本を教えてたとかそんなものだしな……。

上の方から意識改革、なんて真似《まね》はやれるはずもない。

まぁそれでもそれが全くの無駄でなく、少しは役に立っているのは、この街の冒険者組合長《ギルドマスター》がウルフだから、ということで間違いないだろう。

「他の街もウルフみたいな冒険者のことをよく分かってる冒険者組合長《ギルドマスター》ばかりになってくれると、駆け出しの死亡率も下がるし、質のいい素材も増えて良いこと尽くめなんだろうけどな。やっぱり難しいのかな？」

俺がそう言うと、ジャンは少し考えて返す。

「……ヤーランの冒険者組合《ギルド》ならば徐々にそういった意識改革をしているところなんだがな。ヤーラン以外まで波及させるとなると難しいだろう。まぁ、手を伸ばしすぎても全部ぽしゃることになるだろうし、少しずつやっていくしかねぇさ。まずは足下の王都からなんだが……それすら簡単じゃなくてな。レント、お前知ってるか？　王都の冒険者は銀級になっても少しマイナーな薬草となれば見分けすらつかねぇ奴《やつ》もいるんだぞ」

「少しマイナーとなると……土三ツ葉と三葉花か？」

俺がそう言えば、ジャンは顔をしかめて、

「……そいつは薬草採取のプロでも目の前で吟味した上で間違えることもあるやつだろうが。そいつを間違えても誰も責めねぇよ」

「マルトの駆け出しはみんな見分けられるぞ」

少なくとも俺が教えた奴は。

そう言うと、ジャンは目を見開き、

「はぁ？　マジで言ってんのかお前」

「本当だよ。というか、あれを見分けられないとやばいだろ。三葉花は食ったら麻痺《まひ》するんだぞ。土三ツ葉は高級食材なのに」

「いや、確かにそうだけどよ……」

「それにしっかり見分けられたら三葉花だって使い道があるしな。少しデカ目の魔物にも効くくらい強力だから汁を抽出して剣に塗れば有用だぞ」

「……マルトの駆け出しはそんなおっかねぇもん使ってるのか……暗殺者顔負けだな」

ジャンが呆《あき》れていた。

おっかないと言っても死ぬことはないし、人間は比較的早く排出することが出来るので誤って自分をそういう武器で傷つけてしまっても仲間がいればなんとかなる。

一人では絶対に使うな、とは駆け出したちには教えているし、大丈夫だろう。実地として実際にその麻痺にかかってもらったし、身をもって危険性は理解しているはずである。

そんな話をすれば、ジャンは、

「おっかねぇのはお前だったか……その仮面、今更ながらひどく似合って見えるぜ……」

と呟いていた。

「……お、着いたな」

ジャンが一軒の建物の前で止まり、そう言う。

冒険者組合《ギルド》建物である。

以前来たことがあるのは話の流れでなんとなく分かったので、当然これがそうだとすぐに分かったのだろう。まぁ、冒険者組合《ギルド》建物というのは用途上、造りが大体決まっているので一目見れば概《おおむ》ねそれだと分かるものばかりだが。

特別なものもないわけではないらしいが、俺はまだ見たことがない。

遠くに行けば、いつか見る機会もあるのかもな……。

「じゃあ、入るか。お前たちも来るよな」

ジャンにそう言われたので、俺たちも続く。

依頼はジャンをウルフのところまで送り届けること、なのでそこまでやらなければ冒険者として依頼を終えたとは言えない。

当然の話だった。

「とりあえずは受付に話を……」

してからウルフに連絡をつけてもらおう、と言おうとした俺だったが、そんな俺たちを置いて、ジャンはずんずんと進んでいく。

その足は冒険者組合長《ギルドマスター》の執務室にまっすぐ向かっていて、誰に話を持って行く気もなさそうだ。

「あ、ちょ、ちょっと……！」

その場にいた冒険者組合《ギルド》職員であるシェイラが止めようとするが、ジャンの顔を見ると同時に、

「……えっ、う、うそ……貴方様《あなたさま》は……？」

と呟いて静止する。ジャンは鼻を鳴らし、

「少し邪魔をする。お前に責任はないから、安心しておけよ」

と言ってから再度進み出し、そして一階から姿を消した。

ジャンを見送りつつ、しかし完全に停止しているシェイラに俺とロレーヌが駆け寄って、

「……シェイラ。大丈夫か？」

「……災難だったな……」

と声をかけると、その瞬間シェイラが再起動し、

「あ、あああの、今の人って……やっぱり……ですよね？」

と聞いてくる。俺はこれに頷き、言った。

◆◇◆◇◆

「……ヤーラン総冒険者組合長《グランドギルドマスター》、ジャン・ゼーベックだな。王都から連れてきたんだよ」

「……やっぱりそうでしたか……」

がっくりと来つつも、一応、安心もしたらしいシェイラである。

眼光と気迫で押し切られてしまったところもあって、本当に本人なのかしっかり確認せずに通してしまったことに責任を感じていたのだろう。

とはいえ、顔を見てその人である、と理解もしていたようだった。

ロレーヌが尋ねる。

「シェイラはあの人と会ったことがあるのか？」

「ええ……一般職員も王都にはたまに研修に行きますからね。その際に、遠目で何度か……。あの雰囲気は、一度会ったら忘れませんよ」

「……確かにな」

その場に立っているだけでも何か覇気を放っているようなところのある人だ。

とはいえ、それは表向きの姿であり、隠そうと思えばいくらでもそういう気配を隠せることを俺とロレーヌは知っている。

そうでなければ王都を根城にする裏組織の頭目なんてやっていられない。ただ、こういう場面においてはそういった気配は隠さない方が便利だからそうしている、ということだろう。

分かりやすく納得してもらえるからな……今みたいに。

「まぁ、ともかく、あの人が冒険者組合《ギルド》の人間だっていうのははっきりしてるから、通しても問題ないってことだ。俺とロレーヌもウルフに報告しなきゃいけないから追いかけるが、いいかな？」

「もちろん構いません。というか、今の執務室に私は行きたくないので……どうぞお二人で……」

シェイラは押しつけるようにそう言った。

ウルフとジャンが出会ったとき、一体どんな感じになるのか想像も出来ないが、少なくとも一般職員が入り込んで楽しいことがあるとは思えないのだろう。

その感覚は正しい、と俺もロレーヌも思った。

しかし、それでも報告までしなければ依頼が完遂したとは言えないから……。

ため息を吐《つ》きつつ、俺たちはジャンの後を追ったのだった。

◆◇◆◇◆

「……おう、ウルフ！　久しぶりだな！」

俺とロレーヌが走って追いついたときには、すでにジャンは冒険者組合長《ギルドマスター》執務室の扉を乱暴に開け放ち、中に向かって笑顔でそう声をかけているところだった。

「……遅かったか」

「まぁ……でもいきなり殺し合いとかするわけじゃないんだし、構わないんじゃないか？　商会長が支店長を抜き打ちで訪ねるようなものだろう」

ロレーヌが冷静にそう指摘する。確かにその通りなのだし、だとすれば問題なんてないはずなのだが、ジャンがトラブルメーカーの気質を持っているのは疑いのないところだ。出来ればもっと穏便に報告したかったというのが正直なところだった。

とはいえ、もう過ぎたことは仕方がない。

ジャンに続いて、俺とロレーヌも執務室の中に入る。

中に入ると、額を押さえて苦い顔をしているウルフの姿が目に入った。

いつも堂々としている彼にしては相当に珍しい姿に、悪いことをしたな、と思う俺である。

ちらり、とウルフの視線がこちらに向いた。責めるような色を感じないでもないが、俺は何も気づかなかった、とふいと目を逸《そ》らし、音の鳴らない口笛を吹いてごまかす。

「……ごまかせてないぞ」

小さな声でロレーヌがそう言うが、知らない。

「ゼーベック総冒険者組合長《グランドギルドマスター》……まさかこんなに早く来るとは思いませんでしたよ……」

ウルフが喉から絞り出すようにそう言うと、ジャンの方は笑って言った。

「お前の魂胆は分かってる。こいつらに迎えに来させたってのは一応誘いましたよって言うためのアリバイ作りで、どうせ職員が断るか先延ばしにしようと考えてたんだろう？　だが、残念だったな。俺は来た！」

「……の、ようですね……。王都の冒険者組合《ギルド》に顔を知られてないレントたちなら、貴方に直接会うというのも難しいと思っていたのに……」

どうやら、ウルフは俺たちに依頼をしつつ、しかし断りの連絡を持って帰ってくることを期待していたらしい。まぁ、連れてこい、とは言われたが、どちらかというと内部的な連絡だったからそれで依頼不達成とかランクが下がるとかそういう話にはならなかった。

だからそれでも俺たちに不都合はなかっただろう。

しかし現実には、俺たちは妙な成り行きでかなり深く関わることになってしまって……。

こんな風に連れ立ってここに来ることになった。

そこまでは流石《さすが》のウルフでも予想していなかったのだろう。

それにしても、ウルフはジャンが裏組織の長であることまで知っているのだろうか？

分からないからとりあえずは知らない体で話した方がいいか……。

「……依頼されたことはこれで完遂したと思っても良いかな？」

二人の間に入って俺がウルフにそう尋ねると、

「……あぁ。構わねぇよ。しかし本当によく連れてこられたな。一体どうやってこの人と会った？」

「色々と成り行きで……でも普通に訪ねても会えたと思うぞ。王都の冒険者組合《ギルド》職員にあんたからの依頼だって言ったら、下にも置かない丁重な扱いを受けたし」

「何……？」

不思議そうなウルフに、ジャンが言う。

「そろそろお前が俺をマルトに呼ばない言い訳に誰か人を寄こすだろうと思ってたからな。お前からの使者が来たら必ず俺に伝えるように、と厳命しておいたんだ。だからだろ」

行動のすべてを読まれていたらしいことをウルフはそれで理解し、大きくため息を吐いて、

「……あんたは変わりませんね……まぁ、来てしまったものは仕方がない。歓迎しましょう」

そう言ったのだった。

◆◇◆◇◆

「……今日は存分に飲んでくれ！　冒険者と、それを支える冒険者組合《ギルド》、そして最高の冒険者組合長《ギルドマスター》ウルフ・ヘルマンに！　乾杯！」

——乾杯!!

と、酒場中に野太い冒険者たちの声が響き渡った。

マルト中の、は少し言いすぎかもしれないが、少なくとも依頼に出ていない冒険者のほとんどが今、この酒場の中に集まっている。その理由は、この街にヤーラン王国冒険者組合《ギルド》を治める総組合長ジャン・ゼーベックが来ているからに他ならない。

「……いきなり来やがったから歓迎会を開く、幹事はあんた自身だ、と言ってみたが……本当に引き受けるとは。相変わらず変な人だぜ……」

ウルフが呆れたような顔でたった今、乾杯の音頭をとった人物の方を見ながら、同じテーブルについている俺とロレーヌにそう呟いた。

「だったら初めから王都なんかに呼びに行かせるなよ……あぁ、アリバイ作りだったか？」

俺が少し恨み節を利かせながらそう言うと、ウルフは頭を下げながら、

「悪かったって……。まぁ、確かに断りの連絡の方を待ってはいたが……面倒だって以上に、あの人は本当に忙しいからな。まともに誘ったところで十中八九来られないだろうって思ってたのもある。本気で来る気だったら俺だってしっかり段取りを整えてたぜ」

口では迷惑そうだったが、実際のところはそうでもないらしい。

まぁ、なんだかんだウルフにとっては上司である上に恩人にあたる人だ。

久しぶりに会えて嬉《うれ》しくないわけもないということだろう。

「確かにかなり色々と仕事がある様子だったな……来るときも、王都の冒険者組合《ギルド》職員を撒《ま》いてきたくらいだし。大丈夫なのだろうか……？」

ロレーヌがそのときの様子を思い出しながらそう言うと、ウルフはふと気づいたらしく、小さな声で言う。

「……お前ら、あの人の仕事を知っているのか？」

つまりは裏稼業のことを言っているのだろう。

俺とロレーヌは頷き、

「変なのを差し向けられて酷い目に遭ったぞ」

「面白い出会いもあったがな……」

と言った。ウルフはそこで初めて納得したような顔をし、

「……つまりはそれであの人と知り合ったわけだ。合点がいった。よく生きてたもんだな……」

「酷い目に遭ったのは確かだが、何かゴタゴタしていたみたいだからな。まともに狙われたわけで

もなかったからそれで済んだんだろう」

俺たちを狙ったあの一連の出来事は、ジャンの組織内部で権力争いのようなことが起こっていたとき、情報が錯綜していた中での中途半端な仕事ぶりだった。

もし仮にジャンが組織を挙げて俺たちを狙っていたとしたらそれこそマルトに生きて帰ることは出来なかっただろう。

つまり、運が良かっただけだ。

「ゴタゴタねぇ……まぁ、その辺りは後であの人に詳しく聞いてみるか。それにしても、王都の冒険者組合《ギルド》職員を撒いてきたとは……後で俺が王都本部から文句を言われるじゃねぇか。胃が痛くなるぜ……」

「それこそ、全部あの人に押しつけたらどうだ？　むしろ率先してとっ捕まえて、王都に送り返すか、王都に連絡して、自らの功績にするなどすればいい」

ロレーヌがそう言うと、ウルフはなるほどと頷き、

「確かにそうすれば言い訳は立つか。あの人が誰かに制御されるような性格をしていないのは冒険者組合《ギルド》職員にとって、特に王都の職員にとっては周知の事実だしな。居場所を報告しておくだけでも感謝されるかもしれねぇ……よし、そうしよう」

と呟いた。それから、話は変わるが、とウルフは続ける。

「……お前たちがマルトを出た後の話なんだが、少し面白いことがあってな」

「なんだ？」

「マルトの地下に新しい迷宮が出来た、それは知っていると思うが……」

「あぁ」

「それ以外にも迷宮が見つかった。東のエテ街道を少し進んだ先、モルズ村の近くに発見された」

「それは……本当か!?　ただの見間違いでは……?」

ロレーヌが驚きつつも、少し疑わしそうにそう尋ねたのには理由がある。

迷宮というのはそうそう見つかるものではないという単純なものだ。

そして大半はただの洞窟をそうだと勘違いした、というだけだ。

広い洞窟であれば魔物が棲《す》んでいることも少なくないし、そういった者たちが溜め込んだ宝物がある場合もある。

そうすれば、一見して迷宮と区別するのは難しいのだ。

だからこそのロレーヌの台詞《せりふ》だったが、これにウルフは言う。

「見つけたのはモルズ村でゴブリンの討伐依頼を受けていた銅級冒険者なんだが、そいつはその迷宮が《拡大》する瞬間を見たらしい。それもまた、迷宮の新生と並んで珍しい現象だが……ただそちらは小さな迷宮ではたまに確認されることだからな。そいつも他の迷宮で一度見たことがあって、だから見間違いではないと言った。ついでに浅い層を少し潜って魔道具を一つ取ってきてな。そいつがいわゆる、迷宮特有の役立たずな品だったのも確認した。絶対とは言わないが、まぁ、信憑《しんぴょう》性《せい》は高そうでな……」

迷宮特有の役立たずな品、とはつまり使い道の分からない魔道具だ。

もしかしたら何か有用な使い道があるのかもしれないが、俺たちの知識や発想ではよく分からない、で終わってしまうようなもの。どんな迷宮でもそれなりに出るそれらの魔道具は、それがあることで迷宮であるという証明にもなる。

まぁ、その銅級冒険者が他の迷宮で取ってきたものをその新しく見つかった迷宮で発見したのだ、と言い張っている可能性もあるが、そこまで言うときりがない。

とりあえずは……。

「確認はしないのか？」

俺が尋ねれば、ウルフは頷き、

「今、しているところだな。今日いない奴らが行ってる。近いうちに報告が来るだろうさ」

「それは楽しみだな……しかし、迷宮が新しく出来た直後に近くに別の迷宮が見つかる、か……。やはりあの仮説は正しかったのかもしれんな……」

ロレーヌが独り言のように呟いた言葉にウルフが反応する。

「仮説？」

「あぁ。といっても、私の師が昔ぽつりと言っていたことなのだがな。迷宮は近くに迷宮を生むことがあると……そんな話だった」

◆◇◆◇◆

「迷宮が迷宮を生む？　また素っ頓狂な話だな……」

ウルフが胡散臭《うさんくさ》そうに眉をひそめる。

「まぁ、気持ちは分かるが、たまに不思議に思わないか？　迷宮が多く密集している場所というのが、世界にはそれなりにある。別にもっと離れていたって構わないのに、まるで動物が群れを作るようではないか、と」

「そいつぁ……あれだろ。迷宮が出来やすい環境ってのがあって、だからこそ集まりやすいって話だろ？　俺も専門家じゃねぇから細かい理論についてはうろ覚えだが、魔素とか地形なんかが特定の状態になったときに迷宮は発生するとかなんとかそんな話だったはずだ。だとすれば、同じ場所に出来やすいってのもおかしかねぇだろ」

これでウルフはそれなりに勉強家である。冒険者というのは基本的に腕っ節を頼りにしているため、学なんか要らない、なんて嘯《うそぶ》く者も少なくないが、見た目はまさにそういうタイプの急先鋒《きゅうせんぽう》のようでいて、実のところかなりのインテリなのだった。

「確かにその説が今の大多数を占めるし、それはそれで納得……というか、私もそうだと思っていたのだが、そこに今回の例だ。ここマルトに新たな迷宮が出来て、それから短期間の間に他にも迷宮が発見された。無関係とは思えない。もしもそれが最近……特にこのマルトの地下に迷宮が出来た後に作られたものなら……。もしかしたら、昔聞いた、迷宮が迷宮を生むという話は、正しかったのかもしれないな、とそう思ったわけだ」

「……まぁ、筋は通っているか。だがなぁ……レントはどう思う？」

完全に納得したわけではないのだろうが、一理ある、というくらいには理解を示しながらウルフは俺に話を振った。

「俺か？　どうなんだろうな……。どっちもありそうな気がするけど。今回のことだって、たまたまここ何ヶ月かの間にウルフの言うような〝条件〟が整って、次々迷宮が生まれるようになったのかもしれないぞ」

そうは言ってみたが、どちらかというとロレーヌの意見が近いのかもな、という気はしている。

しかしそれは、今のマルトの地下に存在する迷宮が魔術によって作られたものだと俺がラウラから聞いて知っているからだ。

少なくとも自然発生したものではない。だからこそ、その後近くに迷宮が出来たとすれば、マルトの地下の迷宮に影響を受けたものだ、と考える方が自然だと思える。

ただそれはウルフは知らないわけだし、詳しく説明するとなるとややこしくなるからな。

どっちつかずの説明にするしかない。

それに、それでもウルフの言う説の可能性もすっかり否定出来るわけでもないだろう。

マルトの地下に迷宮が出来たことで、周囲に迷宮が生まれやすい環境が出来てしまった、ということも十分あり得る。

本当のところはラウラに聞けば一発で分かりそうなものだが、あの人は未だに眠っているからな……。まぁ、仮に起きていても、何でもかんでも答えてくれなそうだというのもある。

どこか世捨て人感があるというか、まずは自分でやらせてみて、それでもどうしようもないときだけ手出しするみたいなところが……母親か何かか？

怒られそうな気がするから面と向かっては言えないな……。

ともあれ、意外に俺の言葉にウルフだけでなくロレーヌもなるほど、と頷いた。

「確かにそういう可能性もあるな……どちらが正しいのかは、保留だ。もしかしたら全く別の論理の可能性もある……しかし、なんにせよ、だ」

「……なんだ？」

少し真面目な顔になったロレーヌにウルフが首を傾《かし》げて尋ねると、ロレーヌは言った。

「これからマルトの周辺では、モルズ村の近く以外にも迷宮が見つかる可能性があるな。ウルフ、貴方の仕事は増えるばかりのようだ……」

それはウルフにはあまりにも不吉な予言に聞こえたのだろう。

そして、すぐにロレーヌの言っていることが正しいという結論に達してしまったのは、ウルフにとってまさしく不幸だった。

「……気づきたくなかった可能性だぜ、それは……しかし言われてみりゃその通りだ。なんでマルトでばっかりこんなことになるんだ……平和でのどかな田舎町だっただろ、ここは……」

なんでだろうな。なんだか俺がこんな体になってから次々に異変が襲っている気がするので、俺のせいかも、と思わないでもなかったが、まさかそんなこともないだろう。

というか、そういう異変の最初の犠牲者が俺なんじゃないかな？

だとすれば俺もウルフと共に色々呪う資格がありそうな気もする。

まぁ、俺の場合、不幸と一緒に幸運も手に入れたから、悪いことばっかりではないが。

魔物の体にはなったけれど、鍛錬すればするだけ身になる体を手に入れられたわけだし。

そう考えると、ウルフも不幸ばかりではないだろう。

そう思って俺は言う。

「冒険者組合《ギルド》としては収入が増えるかもしれないし、悪くはないんじゃないか？　新しい迷宮には新しい素材や魔道具がある可能性もあるわけだし。まぁ、職員の仕事は増えるだろうけど……」

そう、迷宮というのは一種の鉱山だ。

そういう旨《うま》みがあるからこそ、そこに大量の人間が潜るのである。

街の近くに新しい鉱山が突然出現するのは神様からの贈り物と言えなくもないだろう。

しかしウルフは物欲よりも大事なことがあるようだ。

「……俺の休みがなくなるんじゃ、収入なんていくら増えても意味がねぇ！　だがまぁ、仕事が増えるんだ。冒険者組合《ギルド》職員には頑張ってもらわなきゃならねぇよな。冒険者組合職員、にはよぉ」

言いながら、その視線は完璧に俺に向けられていた。

一体どういう……あ。

俺……俺も一応、冒険者組合《ギルド》職員扱いだったか……。

いやでも……。

「仕事を断る権利はあったはず……」

「まぁな。別に断っても構わんさ。不眠不休で働く俺たちを見捨てられる、お優しい精神をお前が持ってるならな……。まぁ俺はいいが……他の職員だって家に帰れないほど忙しくなるかもしれねぇんだぞ。シェイラも泣くだろうなぁ……」

「……おい、言い方が汚いぞ」

そう言われると断れないじゃないか、と思っての非難であった。

しかし、ウルフも本気で言ったわけではないようだ。

「冗談だ。だが、本当に回らなそうなときは少しで良いから手を貸してくれ。どうしようもなくなったらそれこそあの人に頼んで王都から人を回してもらうつもりだが、それには時間もかかるだろうしな……」

「……まぁ、それくらいならいつでも言ってくれ」

「おう、そうさせてもらうぜ……そういえば、お前たちは明日から仕事か？」

世間話に戻ってウルフが尋ねる。

「とりあえず、明日は休みかな。やらなきゃならないことは片付けるけど、依頼には出ないよ」

まず、マルト第二孤児院の院長、リリアンに手紙を届けなければならない。

それと、武器だな……流石にもうそろそろ、以前頼んだ武具が出来上がっているはずである。

それを受け取って……まぁ、その後は迷宮に潜るか、他の依頼を受けるか、そんなところだろう。

いつも通りに戻る、わけだな。

加えて今すぐに、というわけではないがやるべきことというか、やりたいことがあった。

「ウルフ、銀級昇格試験の受験資格をもらったんだが、試験っていつあるんだ？」

◆◇◆◇◆

次の日。

幸い俺もロレーヌも二日酔いにはならずに済んだ。

というか、俺はどう頑張っても二日酔いにはなりようがない体だ。

酒精も一応毒だからな……ロレーヌの方は元々それなりに酒が強いし、無理なペースで飲むようなことはあまりなく、更に言うなら辛いときは魔術や聖気で治癒することも出来る。そういうわけで、今日は二人で連れ立ってマルトの街を歩いていた。

色々と用事を片付けるために、だ。

「……それにしてもひと月後に鉱山都市ウェルフィアか。少しばかり遠いな」

ロレーヌが孤児院に向かう道すがら、俺にそう言った。

何の話か、と言えば昨日ウルフから聞いた銀級昇格試験の話だな。

「まぁ……仕方ないだろ。王都みたいな銀級昇格試験を受ける奴がたくさんいる街ならともかく、マルトじゃな……次は一年後だと言われて、分かった待つことにするよ、なんて言えると思うか？」

つまりそういう話だ。

王都ではそれこそひと月かふた月毎《ごと》に行われている銀級昇格試験だが、マルトでは事情が異なる。

ここはそれなりの規模の街だが、それでもやはり辺境の田舎都市なのだ。

そもそもの問題として、銀級に上がれるほどの腕を持つ人間がそうそう頻繁には出てこない。

だからこそ、試験の行われる頻度は王都のような都会と比べて極端に低下するわけだ。

それで、次の試験はいつか、と聞けばつい先日行われたばかりなので次は一年後だな、と来た。

流石にそれは待ちきれないと言ったら、紹介されたのが鉱山都市ウェルフィアだ。

その名の通り、ヤーランにおける最大規模の鉱山を街の経済の中心に据えている都市であり、当然のごとくマルトよりも遥《はる》かに規模の大きな街である。

したがって、王都ほどではないにしろ、それなりに銀級昇格試験も行われているという。

加えて、ウェルフィアの冒険者組合長《ギルドマスター》はウルフの知人らしく、そういう意味でも信頼に値するので、もし早めに銀級昇格試験を受けたいのであればそこに行けば良いという話だった。

時期はひと月後。

ここからウェルフィアまでは五日も馬車で進めばたどり着ける距離だ。

まぁ、もう少し余裕を見るなら一週間というところなので、十分間に合う。

申し込みそれ自体は前日までにウェルフィアの冒険者組合《ギルド》で行えば問題ない。

ちなみに、銅級試験はマルトでも頻繁に行われているが、それは鉄級から銅級に上がろうとする者は普通にたくさんいるからだ。

銀級になる、というのはそれだけ難しいということだな。

大半の冒険者が銅級で生涯を終えていく。何も俺だけの問題ではないのだ。

とはいえ、俺の場合はあまりにも諦めが悪かったが。

普通は冒険者になって十年も足踏みし続けたら故郷に帰るか別の仕事を探すか、銅級として出来る仕事だけで食っていく覚悟を決めるか、そんなものだ。

俺にはそれが出来なかった……まぁ、馬鹿だったからだろう。

その馬鹿さゆえに今があるから、俺は後悔してはいないが。

「お前の目標へと一歩前進だものな……。一年は、長いか」

ロレーヌがしみじみとそう言う。

しかしそう言われると……。

「今までの十年に比べると待てないというほどでもないような気がしてきた……」

「いや、そこは待てない、で良いだろう。とはいえ、本当に一歩でしかないがな。神銀級《ミスリル》までは遥か遠いぞ」

「分かってるが、言わないでくれ……決心が揺らぐだろ」

「今更揺らぐことなどないくせによく言う……おっと、そろそろ着いたな。このノッカーにも慣れてきたぞ」

ロレーヌがそう言っていつもながら外れるかもしれないノッカーを手に取り、叩《たた》く。

「……おや？」

しかし今日は意外なことに外れることなく、むしろしっかりとロレーヌの力を受け止め、いつもよりも高く響く美しい音が鳴った。

「これは一体……」

困惑していると、扉が開きそこからリリアンが顔を出す。

「……あら、お二人とも、よくいらっしゃいました……？　何か、ありましたか？」

俺とロレーヌが鳩《はと》が豆鉄砲を食ったような顔をしているのがリリアンにも分かったようだ。

首を傾げる彼女に、ロレーヌが言う。

「いえ……ノッカーがなんだか、いつもと違う気がしまして……」

するとリリアンはそれで合点がいったらしい。

「あぁ！　そのノッカー、もういい加減修理しないとと思って、直したのです。といっても、イザークさんがアリゼを送ってきたときに、手早く直してくださったのですが……」

リリアンはしっかりイザークと顔見知りになっているらしい。

東天教の聖女と吸血鬼《ヴァンパイア》が顔見知りに、なんていうと字面的にあまり平和な感じはしないが、実際に行われているのは隣近所の付き合いのような微笑《ほほえ》ましいやりとりらしい。

まぁ、それを言い出したら俺だって屍食鬼《グール》とか《屍鬼《しき》》とかおよそ人間離れした状態でここを何度も訪ねているのであれだが。

気づかぬうちにリリアンを破戒僧にしていないことを祈る。といっても、東天教は比較的緩いというか、マモノスベテコロスみたいな教義ではないので問題ないだろうが。

ロベリア教だったらまずいだろうけどな。そちらには可能な限り近寄りたくないものだ……関係者にニヴがいるのも理由の一つではあるが。

それにしてもイザークがノッカーを修理とは……。

「……あの人は本当に何でも出来るのだな」

ロレーヌが独り言のようにそう呟いた。

俺も同感だ。

あの人の性格的に、生きている年月が半端ではないからこれくらい当たり前と言うかもしれないが、それでも研鑽《けんさん》の日々があったからこそである。

その技術には敬意を表すべきだ。

俺やロレーヌがいくら接着剤で頑張ってもすぐ外れる呪いのノッカーだったからな……。

接着剤でどうにかしようとしてたのがそもそも問題だったか。

外れなくなるとなんだか寂しいような気がしたからそんな扱いだったのであって、俺でも直そうと思えば直せた。ともあれ、これでもうこのノッカーとはお別れ……というわけではないが、どことなく寂しさが胸に募った俺たちだった。

◆◇◆◇◆

「……そうですか、エルザは元気でしたか」

応接室でソファに腰掛け、リリアンと雑談をしている。

俺とロレーヌ、それにリリアンの前にはカップが置かれていて、中には紅茶が入っている。

先ほど、孤児院の子供が持ってきたのだ。アリゼではなかったので彼女はどうしたのか、と尋ねれば今はそれこそイザークのところに行っているらしい。

リナとアリゼの修行を頼んでおいたが、しっかりとやってくれているようだった。

リナについては今、この街にいないようだ。どうも依頼に出ているらしく、そのため、アリゼは今イザークのところで一人で特訓を受けているわけだな。

……なんだか二人ともう、俺より強くなっていたりしてな……ははは、それはないか。ないと思いたい。

才能が豊かな奴が妬ましい……冗談だが。

「ええ、メルとポチも元気そうにしていましたよ。貴女によろしくとの伝言を預かっています。手紙を送ってても返ってこないと寂しがってもいましたよ」

そう言ったのはロレーヌだ。

リリアンから依頼を受けたのはロレーヌだからな。

俺は付き添いとはいえ、リリアンも王都でのエルザやメル、ポチや孤児院の子供たちの様子を聞きたいだろうと思って俺もここにいるわけだな。

「……孤児院に行かれたのですね。そうですか……みんな、元気ですか。本当に良かった……。手紙は確かに返していませんでしたね。私が手紙を送ると迷惑がかかるのではないかと心配していましたから……」

「迷惑？」

首を傾げる俺とロレーヌに、リリアンは言う。

「……私がこのマルトに赴任しましたのは、教団内部で色々とゴタゴタがあったためでしたので……。つまりは左遷です。そういう人間と深く関わっていると知れると、やはり迷惑ではないかと思ったので……孤児院ですから、資金などを断たれるとやっていけませんからね」

なるほど、と思う。

あの孤児院とて、東天教の経営する施設であり、その資金は東天教の本部から出ているものだ。

何があったのかは知らないが、その本部からあまりいい目で見られていない人間と、深く関わっていると知られれば、資金を引き上げられることもあるのかもしれない。

心配しすぎな気もするが、それだけリリアンにとって大事な場所だ、ということだろう。

「ですが、もう返信しても問題ないのではないかと思いますよ。エルザ僧正が貴女を王都に呼び戻す可能性も口にしておられましたから……そうそう、こちら、エルザ僧正からのお手紙です」

「あら……こちらについては……」

「ええ、エルザ僧正から依頼されました。どうぞ、ご確認ください」

「はい……」

リリアンはそれを受け取り、

「この場で読んでも？」

と言ったのでロレーヌが頷いた。

リリアンは封を開くと、やはりリリアンがエルザに送ったそれのように聖気の気配が感じられた。

勝手に他の人間が開けられないように封印されていた、というわけだ。

リリアンは手紙に目を通す。その時間はそれほど長くはなかったが、すべて読み終えたとき、リリアンは何か肩の荷が下りたようなほっとしたような表情をしていた。

「差し支えなければどんなことが書かれていたかお聞きしても？」

「ええ、といっても大したことではないのですよ。みんな元気だ、ということと、王都の東天教本部が落ち着いたのでその気があるなら呼び戻すことも出来る、ということ。そうでなくとも気兼ねなく訪ねてきても問題ないと……」

もうリリアンは東天教の本部に気を遣って行動をせずに済む、ということらしかった。

「王都に戻るおつもりですか？」

ロレーヌがそう尋ねると、リリアンは首を横に振った。

「いえ……一昔前なら、そうしたかもしれませんが、今は……。ここが私の居場所ですから。ただ、一度訪ねてみようとは思います。メルにも手紙を送らなくてはなりませんしね」

この孤児院を捨てて王都に戻ろうとは思わない、ということだろう。

エルザやメルが寂しがるかもしれないが、リリアンの選択である。

納得するだろう。とはいえ、会いに行く程度のことは可能だ。

そのときは……。

「もし護衛が必要なら我々に依頼していただければと思います。もちろん、実力に不安があるようでしたら、他の冒険者でも構いませんが……」

後の方は冗談として言ったのだろう。ロレーヌのそんな台詞にリリアンは笑って、

「もちろん、そのときはよろしくお願いします。実力の方は……これでも私も戦えますから。魔物に襲われて、手に負えないようなことがありましたら、そのときは私が皆さんをお守りしますわ」

と意外なことを言ってきた。

しかし、必ずしも冗談、とは言い切れないと感じる。

というのは、リリアンの身に宿る聖気がそう言った瞬間、少し外に漏れ出したのだが、これがかなり洗練された、大きなものだったからだ。俺もロレーヌも聖気を持っているわけだが、俺たちのそれとは比べものにならない力をリリアンは持っているらしい。

さすがは王都のエルザが将来を嘱望されていた、と言うだけの人であるということだろう。

もちろん聖気の量だけで戦闘能力が決まるわけでもないが、こと不死者《アンデッド》には効果覿面《てきめん》な力である。治癒や浄化など、色々な面で役に立つ能力であるので、戦力になるのは間違いないだろう。

「あぁ、そうそう。他にも、お二人と王都を散策して楽しかったとも書いてありました。なんだかご迷惑をおかけしたようで……幼なじみとして、申し訳なく……」

リリアンが困ったような表情でそう言った。

エルザが寺院を抜け出したときのことも書いてあったらしい。

「いえ、私たちも楽しかったですし、実際に助けられたので……こちら、そのときに購入したお土産です。どうぞお納めください」

ロレーヌがそう言って、王都で買った土産を手渡す。

日持ちする菓子類と、紅茶だな。もちろん、前者は孤児院の子供たちのためである。

紅茶の方はエルザからの情報でリリアンが好むという銘柄を買ってきた。

「まぁ、よろしいのでしょうか？　私は依頼をした立場ですのに……」

リリアンが恐縮しているが、ロレーヌが言う。

「リリアン殿にも、この孤児院にも、私たちはお世話になっていますからね。ですから、これは依頼主への土産ではなく、お世話になったご近所の方へのお土産というわけです」

本気で言っているのだろう。

実際、俺たちとこの孤児院は色々と縁が深い。

これから先も関わることがあるだろうし、そういう意味でも仲良くしておいた方がいいだろう。

恐縮していたリリアンも最後は納得し、お土産を受け取ってくれたのだった。

後で聞いた話によると、渡したお菓子類は即座になくなったという。

子供たちの食欲魔獣のごとし、というわけだ。

◆◇◆◇◆

「……おーい、クロープのおっさん！　いるのか！」

孤児院を後にし、俺は鍛冶屋《三叉《さんさ》の銛《もり》》を訪ねることにした。

どうやらルカは留守のようで、店の奥に向かって俺は叫ぶ。

ちなみにロレーヌはいつの間にやら王都で買い込んできたらしい書物の類いを早めに整理したい

からと家に戻った。ロレーヌが来ても特にやることはないだろうし、問題ないだろう。

まぁ、武器の出来具合については後で見せてくれ、とは言っていたが。

実のところ試作は何回もしてもらっているし、何度かロレーヌもそれを見ているので今回は別にいいか、という感じでもある。

「……あぁ？　お、レントか！　王都から戻ったんだな……」

俺の声が聞こえたらしく、クロープがそう言って顔を出す。

聞こえた、ということは鍛冶はしていなかったのだろう。

もししていれば、たとえいくら怒鳴ったとしても返事などしない男だからな……。

厳密に言えば、聞こえないので返事が出来ない、が正確だが。

「あぁ。つい先日な。あ、これ、王都土産だ」

そう言って、俺はクロープに大きな革袋を手渡す。

クロープは怪訝《けげん》そうにその中身を見て、確認した瞬間、

「おぉ！　こりゃいいな……どれもこの辺じゃ手に入らねぇ素材ばっかりじゃねぇか！」

そう言って破顔した。

クロープに何を土産にしたら良いのか、と考えたところで悩んだ俺とロレーヌだったが、オーグリーと相談した結果、「鍛冶師なんだから素材とか贈れば喜ぶんじゃない？　鍛冶道具でも良いけど、そういうのは自分で選びたいだろうし。ところで、ここにちょうどいい依頼があるんだけど……」と言い、王都近郊にしか出現しない比較的珍しい魔物の討伐依頼をいくつも説明しだした。

結果、すべて受ける羽目になり……まぁ、そのお陰で納品すべき数を差し引いても十分な量の素材が色々手に入ったのでいいのだが、王都にいる間、本当にオーグリーには馬車馬のごとく働かされた気がする。

その代わり、彼には大分迷惑をかけたので文句は言えないが。

「オーグリーと狩ってきたから、どれもしっかりと処理してある。品質の方も問題ないはずだ」

「何？　あいつに会ったのか……懐かしいな。もしまた王都で会うことがあったら、顔を出すように伝えといてくれ」

クロープがそう言うのは、オーグリーもまた、この店の客だったからだ。

俺が紹介したんだけどな、昔。

「あぁ、次に会えるのはいつになるか分からないけど、そのときはそうするよ」

「おう……それで、今日は何の用……ってまぁ、決まってるか。こいつだろ」

クロープはそう言って、店の奥から丁寧に布に包まれた物体を持ってくる。

その中身がなんなのか、分からないはずがなかった。

以前から頼んであった、剣だ。

魔鉄と、タラスクの魔石、それに俺の聖気の影響で生えてきた樹木、俺自身の血液を素材に作ってもらった品だ。……なんだか妙なものが出来てそうな気がして仕方がないラインナップだが、クロープはしっかり作ってくれたはずだし問題ないだろう。

何度か試作をしてもらっているが、流石にタラスクの魔石や魔鉄は無尽蔵にあるわけではないので、普通の鉄を使い、聖気を発する樹木や俺の血液で武器を作ったらどうなるか少し試してもらったくらいだ。

もちろん、クロープの認識だと、俺の血液で作っているわけではなく、どこかから調達してきた《吸血鬼《ヴァンパイア》》の血液のつもりだろうが。

結果として分かったのは、聖気を発する樹木を素材に使うと、武器に聖気を宿しても壊れにくくなり、聖気自体も強化される、ということだった。加えて俺の血液の方は、斬ったものの体力と魔力をわずかながら吸収する効果があることも分かった。

やはり、《吸血鬼《ヴァンパイア》》だ、ということだろうか。

中々に良い効果……というかかなり珍しいらしく、クロープが驚いていたのを覚えている。

ただ、本当にわずかなので、それを振るっていれば無尽蔵に戦えるほどではない。

ラウラの血を使えばそういうヤバい武器が出来そうな気もするが……くれないだろうしな。

それに分不相応な強力すぎる武具を手に入れたところで今の俺は使いこなせる気がしない。

残るは魔鉄とタラスクの魔石を使って作った場合にどれほどの効果があるのか、というところだが、それはこれからのお楽しみだろう……。

「出来の方はどうだ？」

俺が尋ねると、クロープは胸を張って言う。

「会心の出来だぜ……まぁ、本音を言うなら素材はもっといいものが欲しかったが、それを言い始めるとキリがねぇからな。使える素材で、今の俺が作れる最高のものを作ったつもりだ」

「それは楽しみだな……早速、試し斬りをしてみてもいいか?」

「ああ。聖気にどれだけ耐えられるか見てみないとならねぇし、お前には全部乗せもあるからな。あればっかりは使ってもらわねぇとなんとも言えねぇところがあるからな……」

魔力や気、聖気単体での使用や、魔気融合術なら鍛冶師の側にもそれなりの経験の蓄積があるだろう。しかし聖魔気融合術となると、そもそも魔力、気、聖気すべてを持っている者が極端に少ないために そういった特殊な人間向けの武具の経験など、ほとんどの鍛冶師にないわけだ。

だから試行錯誤でやっていくしかない、というわけである。

ただ、色々試作を重ねていく中で、クロープも経験を積み、分かってきたことはあるらしい。

徐々にすべての力の通りが良くなっている気がしていた。

「壊れないといいな」

冗談としてそんなことを言うと、クロープは、

「お前……壊すなよ!?　壊れそうならすぐに力を流すのを止《や》めろよ!?」

と本気で言ってきた。

今までの試作で何本か破壊しているからこその本気の制止であった。

俺としてもそのつもりでやっているのだが、聖魔気融合というのはやはり、難しいのだ。

コントロールがうまくいかない。

やっているつもりでもやれていなかったり、止めたつもりでも出続けていたり。

そんなことが頻繁にある。

しかも一回使えばとてつもない疲労で立てなくなったりもする。

相手の防御力をほとんど無視してダメージを加えられる俺の切り札であるのは間違いないが、失敗したらもう叩き潰されるしかないような諸刃《もろは》の剣でもあるわけだ。

こつこつ練習をしたいのだが、武器が耐えられないのではそれも難しく……。

そのため、今回のこの剣には期待している。

「まぁ、頑張ってみるさ。失敗したら……」

「したら？」

「……ごめん」

「おい！」

そんな軽口を叩き合いながら俺たちは試し斬りの出来る中庭へと向かった。

◆◇◆◇◆

中庭に到着し、クロープから受け取ったそれの布をしゅるしゅると解いていく。

武具を作ってもらうとき、何が楽しみかって初めてそれを目にする瞬間だろう。

もちろん、今回の武器に関しては何度も試作してもらっているから大体こういう感じのが出来る、という推測はしているが、それでもやはり楽しみなものは楽しみだった。

そして……。

「……おぉ！　これはまた、意外な感じ……」

全貌が明らかになったそれに、俺は驚いてそう言った。

クロープも満足そうに、

「そうだろう、そうだろう。まぁ、そんな感じになるとは俺も予想外だったが……多分、お前の聖気で育った樹木を使ったせいなんだろうな。聖樹を使った武器はいくつか見たことがあるが、そんな風になっている奴も見たことがある」

そんな風、とはどういうことか。

柄《つか》を持って、刀身を見つめてみると、まずそこには特徴的な文様が浮き出ていることに気づく。

木目状で、年輪が全体に及んでいるように見える。

とはいえ、模様だけならどこにもないというほどでもない。

クロープはそれに言及する。

「まぁ、聖樹を使わなくても作ろうと思えば作れるんだが……そういうものと比べて異なるのはやっぱり頑丈さだな。小さめのナイフを作って確認したが、五倍以上はある。かといってしなやかさがないわけでもない……」

言われて少し振ってみると、驚いたことにしなる。

金属製の剣らしくないというか、少し硬めの蛇腹剣を使っているようというか。

それでいて折れそうな感じは全くなかった。

「面白いな……だが、使いこなすには少し慣れが必要そうだ」

「まぁ、そこのところは頑張ってくれ。どうしてもそのしなりが嫌だってんなら、作り直してもいいが」

「いや……とりあえず何度か使ってみて、どうしても駄目なら考えるけど、今の感覚だと悪くはなさそうだ」

「よかったぜ」

「にしても……色合いは若干……なんというか、あれだな」

「……邪悪？」

「そう、それだ……」

刀身の模様はまぁいいだろう。しかし色合いがなんというか、邪というか……。

俺の血を使ったからだろうか？

所々赤みがかっており、今にも血を吸いたい血を吸いたいと言っているかのように感じられる。

「まぁ、お前にはいいんじゃねぇか？　似合うぜ」

「……似合っていいんだろうか……」

骸骨仮面がこれを持って襲いかかってきたら冒険者というよりも盗賊か暗殺者だ。

似合っていると言えば似合っているのだろうが、果たしてこれが冒険者として正しい姿なのかと問われると疑問だ……。

少し考え込んだ俺に、クロープは言う。

「まぁ、見た目なんてどうでもいいんだ。重要なのは使い心地だろ。試し斬りしてみてくれ」

そう言っていくつかの人形や丸太を持ってくる。

木や金属、藁《わら》など素材が違うものをいくつも配置してくれているのはやはりこの剣のしなる感じが珍しいから、感覚を摑《つか》んでもらおうとしているのだろう。

「じゃあ、お言葉に甘えて早速……」

配置された人形をまずは一つずつ斬っていく。

最初は魔力などは込めずに素の状態の切れ味と使い心地を試してみた。

やはり、クロープが自信作だと言うだけあって、かなりいい剣だということが分かる。切れ味がもの凄《すご》く、藁や木は言わずもがな、金属の鎧《よろい》を着込んだ人形でさえも真っ二つに出来てしまった。

刃こぼれを確認するが、それも一切ない。

ともあれ、金属の鎧を確認してみるに、若干切り口はギザギザしているし、斬ったときもそれなりの抵抗はあったが。魔物としての身体能力で押し切った感じが強いかもしれない。

しかしそれでも十分だ。

今までの剣でここまで斬れたことはなかったからな……。

「……どうだ？」

とクロープが聞いてきたので、俺は頷く。

「気に入ったよ。しなりも思ったほど気にはならないな。むしろそのお陰で切れ味が増している気もするし……」

「そうか。しかしお前が振るうと何も込めずにここまで斬れるんだな……。相性がいいのか

「……？」

クロープもそれなりに剣術が使えるので試し斬りくらいしてみただろうが、俺ほどは斬れなかったらしい。

相性か。

まぁ、俺の血を使って作られた剣なわけだし、そういう意味では俺専用なのかもしれない。そのお陰で、特に魔力などを込めなくとも、すでにある程度切れ味が増しているとかはあるかも。

そういう、誰か専用の武器、というのは世の中にそれなりに存在するからだ。

分かりやすいものだと聖剣とか聖槍《せいそう》とか言われるような武具で、そういったものは持ち主を選ぶ代わりに、その持ち主が使ったときは絶大な力を発揮する、ということがある。

それに近いところがあるのかもしれない。

「……魔剣なのかな？」

「いや……どうだろうな。そんなものが作れたなら鍛冶師冥利に尽きるが……」

聖剣魔剣の類いはそうそう作れるようなものではない。

大半が迷宮で発見されるか、よほど高名な鍛冶師のみが作り出すことを可能とする品だ。

いかにクロープが腕のいい鍛冶師といえども、それが作れるかどうかは謎だ。

「見分けられないのか？」

「聖剣魔剣の類いってやつは、見てそれと分かることもあるが、分からないものも少なくねぇんだよ。だからこそ、たまにその辺の露店で売ってたりすることもあるからな。そういう話聞いたことあるだろ？」

確かにたまに聞く。

運のいい冒険者が露店で二束三文で購入した剣が実は魔剣で、そのお陰でどんどん強力な魔物を倒すことが出来るようになり、そしてついには金級、白金級《プラチナ》へと上った、なんて話を。

どっかで似たような話を聞いたことがあるような気がしたが、そいつについてはおかしな呪われた仮面を手に入れたのであって、そういう冒険者たちとは持っているツキがまるで違う。

まぁ、運が悪いといっても生きているからいいんだけどさ……。

「確実に見分けるには……やっぱり鑑定神とかに見てもらうしかないのか？」

「まぁ、それが一番確実だな。だが、他に方法がないわけでもねぇ……」

「それは？」

「それこそ、高名な鍛冶師に見てもらう、とかな……。まぁ、その辺りはおいおい俺が考えておく。とりあえず、試し斬りを続けようぜ」

◆◇◆◇◆

次にとりあえず、気を込めてみることにした。

なんだかんだ、人間だったときからずっと一番頼りにしてきた力が気である。

これを活用することによって俺はやっと骨人《スケルトン》やスライムを倒せる程の実力を発揮出来たのだ。

そこから考えると大分遠くまで来た気がするが……。

今なら素の身体能力のみでそれらの魔物は普通に倒せるだろう。

まぁ、上位種とか特異個体とかになってくるともう無理なのは相変わらずだが。

ただ、瞬殺されることはまずなくなったのは大きい。

王都で吸血鬼《ヴァンパイア》に瞬殺されたけどね。

「……おい、どうした、ぼーっとして？」

「あぁ、悪かった。ちょっと考え事をな……」

「まぁいい。人形も並べたしやってみてくれ」

気を取り直し、剣に気を込めた。

すると……。

「……見た目は変わらないな……」

気や魔力を込めることによって、見た目が変化する武器というのは世の中にそれなりに存在する。

そういう武器は見ているだけでなんだかわくわくしてくるので、俺的にはそうなってくれたら嬉しいな、とちょっとだけ思っていたが期待を外された格好だ。

まぁ、そういう武器というのは見た目で何をしようとしているのかがバレるのでそれこそ使いこなすのが難しかったりするため、戦闘のことを考えると何も変わらない方がいいのだけどな……。

そう思いつつ、剣をとりあえず素振りしてみると……。

「……お。なるほど、そういう変化か……」

「何か変わったか？」

クロープが尋ねてきたので、俺は答える。

「あぁ。なんだかしなりが少し……弱くなった気がするな」

「そうか？　俺にはあまりそうは見えねぇが……」

「わずかしか気を注いでなかったから振ってみないと分からないレベルだったのかな。もっと気を入れてみる……」

なんとなくの推測だったが、実際、気を注げば注ぐほど、しなりは弱くなっていった。

気を入れると、硬い剣になる、というわけだな。

しかしこれはいいことなのか……。硬くなれば切断力は上がるかもしれないが、折れやすくなったり欠けやすくなったりしないか怖いな。

いきなりぶっ壊したらそれこそクロープが泣く。

このまま試し斬りして良いのか悩んだが、クロープは、

「……まぁ、別に普通の使い方して壊れるようなら俺が作ったのは失敗作だったってだけだからな。いいぜ、その状態で試し斬りして」

と真っ当なことを言う。

まぁ……当然と言えば当然か。

別にクロープは飾り物を作っているわけではないのだし、ここで壊れても怒りはしないだろう。

俺はクロープに頷いて、試し斬りに移った。

木と藁についてはやはり簡単に切断出来た。

これらについては流石にこの硬さでも欠ける心配はしていなかった。

切断面を見てみたが、先ほどまでよりもずっと滑らかだった。

やはり切断力が上がっているのは分かったが……。

「金属の鎧はどうかな……っ！」

言いながら、それを纏《まと》った人形に俺は斬りかかる。

剣の重さ自体は変わっていないので振りやすいことは間違いない。

ただ、しなるときとは反動が違うので、この辺りもよくよく慣れておかなければならないだろう。

人形に向かって剣を振り切るとき、やはり少し不安だったが、それでも剣先をぶれさせないように迷わず振り切った。

その結果……。

「……どうやら、問題なさそうだな」

クロープが走ってきて剣の刀身などを検分し、全く問題ないことを確認するとほっと息を吐いた。

鎧人形の方はと言えば、木や藁のそれと同様、先ほどよりも滑らかに切り裂かれていた。

それでいて剣の方は全く問題ないのだから素晴らしい。それにこれだけの切れ味ならスライムなどの不定形の魔物の核を貫くときにもかなり有用そうに思えた。

スライムは未だにいい小遣い稼ぎだからな……。

「次は、魔力だな」

素早くクロープが次の人形を用意してくれている間に俺は俺で魔力をとりあえず通してみる。

するとと、何か不思議な感覚がした。

「……これは……」

地面に何か感じるというか……そこが手足の延長のように思えるのだ。

試しに動かしてみると……。

――ぼこり。

と、中庭の地面の土が一部、盛り上がった。

俺の意思に従って、である。

何度か試してみるがやはり結果は同じで、どうやらこの剣に魔力を通すと地面に干渉出来るようだ。地面というか……土とか砂とかかかな？　なんだか畑を耕すのに便利そうだな……。

肥料には事欠かないし、冒険者を引退したら農家に転身すべきと神様が言っているのかもしれない……などと益体もないことを考えていると、

「……そいつは多分、大地竜《アース・ドラゴン》の魔力に浸った魔鉄を使ったからだろうな……土や岩……大地に由来を持つような魔物の素材を使って作ったとき、出来が良ければつくことがある効果だ。まぁ、そこまで珍しくはねぇが……どこまで出来るかは疑問だな」

準備が終わったらしいクロープが、俺が地面で遊んでいるのを見てそう言った。

俺もこういう類いの武器は知っている。

似たようなものだと炎を出せたり氷を出せたり、それらを武器に纏わせたり……とかな。

要は、魔術師でなくとも魔力を武器に通せさえすればそれと同等の術を使えるようになるという感じだろうか。

クロープの言う通り、それほど珍しいわけではないが、こういう品を店売りで買おうとするとちょっと考えられないような値段だったりすることがざらだ。

かといってそれに見合うだけの高い効果を持っているかと言えば、微妙なものも少なくない。

だから俺はあまりこういったものは使ってこなかったが……。

「どこまで出来るか、か……。魔力を強めていって試すか」

今はやはり、とりあえず弱く魔力を流した状態で試していたので、魔力を強めていけばもっと大きなことが出来るかもしれない、と思ってのことだった。

実際、やってみると予想通りの結果になる。魔力を強めるにつれて操れる土や砂の量が増えていき、また何もない空間に岩の弾丸を生み出すことも出来た。

かなり自由度が高い効果だと言えるだろう。

これなら、戦闘の幅が広がる。

ただ、燃費はそれほど良い感じはしないから……やはり、練習して使いどころを考えられるように慣れていかなければならないだろう。

この剣、使いこなせるのか不安になってきたな……。

◆◇◆◇◆

次に聖気だな。

俺は考えを切り替えて剣に聖気を注ぐ。

見た目は……なんだか刀身がもやもやとした青い炎を纏ったような、そんな感じになった。

ただ……。

「……おい、もう聖気流してるのか？」

クロープが剣を構える俺を見てそう聞いてきたのは、彼には俺が明らかに視認出来るこの炎が見えていないからだろう。

理由として考えられるのは……やはり、この炎が聖気によるものだから、ということだろうか。

改めて思い出したくもないことを無理矢理思い出してみるに、狂気の吸血鬼狩り《ヴァンパイア・ハンター》ニヴ・マリスが俺に浴びせてくれた聖炎も、聖気を持たない者には見えなかった。

つまり、今この剣が纏う炎もまた、それと同様ではないか。

もちろん、俺は以前、聖気の基本的技術を学んだ際に、聖気を持たない者にも聖気を可視化する方法を一応、教えてもらい身につけている。

だから、今、クロープに分かりやすいようにそれをしてやることにした。

「お。刀身が……燃えている、か？」

「そういう風に見えるな。ただ、多分……熱くはないと思う」

実際、剣を持っている俺からしても熱気を感じない。

加えて、実際に自分でそうっと刀身に触れてみても、特に熱は感じない。

「あんたも触ってみるか？」

とクロープに尋ねると、やはりちろちろと燃える程度とはいえ、明らかに炎にしか見えないそれに触れることを少し怖がっていたが、最終的には好奇心が勝ったようである。

彼はゆっくりと刀身に手を伸ばした。

「……本当だな。熱くねぇ。この色の炎はかなり高い熱を持ってるはずなんだが……」

と、触れると同時にクロープは鍛冶師らしい台詞を呟く。

炎に慣れ親しむ者として、どう見ても燃えているようにしか見えないのに、触れると全く熱くない、というのは奇妙な感じがするのだろう。

なんだか、俺がニヴに燃やされているところを是非目の前で見せてやりたくなった。

さぞかしクロープには面白いか、恐ろしい光景に映ることだろう……。

当然、俺からすればあんなの浴びせられるのは二度とごめんだが、クロープを脅かすためにならもう一度くらいやってみてもいいかもしれない。

「……ただ、あまり何か変わった感じはしないな。しなりもそのままだし、何か操れそう、という感じでもないし……とりあえず、切れ味を試してみるかな……」

剣の品評に戻りつつ、俺はそう呟きながら構えて、試し斬り人形へと向かう。

聖気を注いだ剣で、先ほどまでと同様の間合い、振り方で斬りかかってみるが……。

「……切れ味は上がっているが、上昇率は普通の剣に注いだときと変わらないような気がするな……。この炎には一体どんな意味が……」

そんな疑問が生まれた。

試し斬り人形はいずれも滑らかに斬れたし、そこについては特に文句はない。

普通の剣に魔力、気、聖気を注げばそれに見合って切れ味や耐久性は上昇するし、この剣でもその基本的な性能の向上は起こっている。

加えて、魔力や気のときはこの剣特有の効果が発生していたし、それが感覚的にも理解出来た。

しかし、聖気を注いだ場合は……。

他に何か、効果があるようには感じられない。

見かけ上は明らかに普通の武器に聖気を注いだときとは異なる反応を見せているので間違いなく何かあるはずだが……。

こんな風にちろちろ燃えながら飾りですと言われたらちょっと剣をへし折りたくなる。

もちろん、そんなことをすればクロープはキレるだろうし……いや、言っただけで泣くかもしれないから口にはしないが。

それ以外の疑問点について俺が口にすると、クロープが尋ねてくる。

「何も思いつくことはねぇのか？」

効果に結びつきそうなインスピレーションはないのか、とそういう質問だろう。

俺は少し考えてみて、思い出す。

「……強いて言うなら、以前、聖女が放っていた力と似ているから……吸血鬼《ヴァンパイア》を燃やせるかもしれないとかかな……？　だけど流石にそれはここで試すってわけにもいかないしなぁ……」

もちろん、ニヴのことだ。ニヴの聖炎。規模はかなり小さいが、似ているのは間違いない。とすると、やはり効果が似ていてもおかしくない。

ただ、ここでは試せそうもないが……俺自身に、というわけにもいかないしな。

俺に聖気は効かないからだ。

しかし、ここでなければ試せそうではある。

イザークに頼むとか、ラトゥール家の誰かに受けてもらうとか。

だが、もし本当に想像通りの効果があって、結果として彼らが消滅しては問題がある。

ラトゥール家の恨みなんて死んでも買いたくない。

それでも、イザークが見れば何か分かるかもしれないというのはあるし……。

とりあえず、そのうち見てもらうくらいしかないかな……。

「吸血鬼《ヴァンパイア》となると、試し斬り用にその辺でちょちょいと捕まえてくるってわけにもいかねぇだろうしな……。だが吸血鬼《ヴァンパイア》系統に効きそうってんなら、不死者《アンデッド》系に効くってことじゃねぇか？　だとすれば……骨人《スケルトン》くらいならそれこそ《水月の迷宮》に行けば会えるんだ。試してみても良いだろう」

「確かに」

クロープが良い提案をしてくれたので俺は頷く。

ニヴは聖炎を使うにあたって、とにかく吸血鬼《ヴァンパイア》だったら燃える吸血鬼《ヴァンパイア》だったら燃えると楽しそうに言っていたが、本来聖気の力、浄化の力というのは不死者《アンデッド》系統全般に大きな攻撃力を持つ。

この剣が纏っている炎は、まさにそういう力ではないか、と推測することは出来る。

そしてそうだとするなら骨人《スケルトン》には効果覿面のはずだ。

幸い《水月の迷宮》は、俺が長年狩り場としてきた、言わば庭のようなところ。

怪しげな存在があそこにいることは分かっているが、奥の方に行かない限りは流石に許してくれることだろう。

というか、あれ以来何度も見に行ったりしているが、以前行けたあの謎の空間には全くたどり着けていない。あの空間で出会った謎の女によれば、他に正規ルートがあるような口ぶりだったのを覚えているので、いつか行けるかもしれないと思っていたが……無理なようである。

まぁ、とりあえず、今度、骨人《スケルトン》を狩りに行ってみるとするか……。

◆◇◆◇◆

基本的な使い方は概ね分かった。

残るは魔気融合術と聖魔気融合術、だな。

どちらも剣に負担をかける代わりに切り札となり得る大きな破壊力を得られる技術である。

これらがあればこそ俺は今まで、少しばかり厳しいかもしれない、という相手にもなんとか勝ててきた。それに加えて何度かは死ねるこの体をもってすれば、自分より格上の相手でも少なくとも即死はしない程度に対抗することが出来る。

全然駄目だ、というときに最悪死んだふり戦法が出来るのも、非常に気が楽だ。

本当に最悪の最悪という場合には、わざわざ戦わずに死んだふりをしてしばらくしたら逃げるとかもありだしな。

無理をしてでも立ち向かっていかなければならないときが男にはあるものだが、そうでない限りは無理そうだなと思ったらすぐに逃げるのが俺のモットーである。

命あっての物種なのだ。

「じゃあ、次行ってみるか」

クロープが再度、試し斬り人形を用意して下がり、そう言ったところで俺は頷いて自らの剣に魔力と気を同時に注ぎ始めた。

何度となく繰り返した行為だが、それでもやはり、何度やってもそう簡単には入っていかない。

まるで破裂しそうな革袋に水を無理矢理詰め込んでいるかのような圧迫感を感じるのだ。

だからこそ、剣が対象に触れたとき、命中した部分が破裂するのかもしれなかった。

今では破裂させる、というやり方だけでなく剣の表面に魔力と気の両方を薄く張り巡らせ、魔力か気を単体で注いだときよりも切れ味を増加させる、という使い方も出来るようになっているが、なんにせよどちらも持続時間はかなり短い。

これからも精進あるのみ、といったところだろう。

そんなことを考えつつ、剣に魔力と気を完全に注ぎ込めたところで剣を見てみれば、剣の硬度は増し、そして同時に土や砂を操れる感覚もあるのが理解出来た。

気単体では硬度が増し、魔力を注げば土砂を操ることが出来る。

そういう剣なのだから、両方の力を同時に注げばそうなるというのはある意味予想通りであった。

ただ、それぞれの力を単体で使ったときと異なるのは、どちらの効果も単体で使ったときより増している感じがすることだろう。

実際にその状態で人形を斬りつけてみれば切断面は極めて滑らかで、そして土砂を操ってみればその土砂の総量はかなり多く、かつ流麗に扱えることも分かった。

更に魔力と気の注ぎ方を少し変え、再度人形を斬りつけてみれば、爆発させる効果もしっかりと生じた。

つまりは概ね、今までの効力の延長線上にあり、しかもそれぞれを強化した状態を維持出来る感じなのだろう。

これならばずっとこの状態で戦えれば一番良さそうだ、すぐにそう思ったが、物事というのはそんなに簡単に運ばないのが世の常である。

というのは、魔気融合術を継続するにつれ、疲労感は等比級数的に増えていったのだ。

具体的に言うなら、十秒程度なら全力でダッシュしたくらいで済むが、三十秒も維持しているとしばらく立ち上がることすらも出来ないほどになった。

「……使い勝手悪すぎだろ、これ……」

少なくとも、一般的な剣で魔気融合術を使ったときは疲労こそすれ、ここまでではなかった。

やはり、剣に硬化と土砂操作の効力を同時に発生させ、かつ剣の性能を上昇させる、という状態を維持するというのが相当な負担になってしまっているのだろう。

三十秒を超え、それでもずっと使い続けたら、剣そのものが壊れる前に俺自身が壊れてしまうかもしれない。

不死者《アンデッド》である俺ですらこれなのだ。

普通の人間が使ったら干からびるんじゃないか？

そう思ってしまうくらいに危険な剣だった。

地面に大の字で倒れ込むように寝転んで疲労回復に励む俺を見下ろしながら、クロープが心配そうに言う。

「……大丈夫か？」

「……まぁ、疲れただけだからな。別に体のどこかに問題が生じてるわけじゃない」

「そうか……魔剣の類いには、人に何か代償を求めつつ、剣自体の効力を強化していくやばいやつも少なくないからな。それがそういう剣じゃないかと心配したぜ」

確かに世の中にはそういう剣もそれなりにある。

「……参考までに、クロープが思うやばい魔剣って、例えばどんなのだ？」

鍛冶師から見て危険な剣とは、と、ふと気になって尋ねると、クロープは少し考えてから答えた。

「……そうだな。分かりやすいのだと寿命を削る系だな。使えば使うほどに命が削られる。その代わり、死が近づくにつれて剣の力はどんどん上昇していく……そして持ち主は狂気に駆られて敵と味方が分からなくなっていくとか……俺が以前、見たことある珍しいのだと、手に持つと柄の部分から針みたいなのが無数に出てきて、持ち主の手をグサリと突き刺す。そしてその針から持ち主の血を吸って剣の能力を強化するとかいうのもあったな。まぁ、いずれにせよろくなもんじゃねぇと思うが、強力な剣なのは間違いない。そしてそういう武器は色んな持ち主の手を転々として、有名になっていくもんだ。今言ったやつなんかは聞いたことくらいあるだろ？」

確かにどちらも聞いたことがある。

冒険者仲間の間じゃ、酒のつまみにするような話だ。

手に入れれば栄光を得られるかもしれないが、破滅の運命も同時に内包する魔剣たち。

持ち主の名前が語られることもあるが、多くが短い期間で変わっていく。

たまに長期間所持している者がいれば、それこそ英雄として語られる。

だが、そんな英雄たちにも最期には大抵、非業の運命が待ち受けているものだ。

それを冒険者は吟遊詩人たちが謳《うた》う物語の中で知る。

自業自得だとか、俺ならもっとうまく使えたはずだとか、そんなことを言い合いながら。

それでも魔剣を欲しがる冒険者は後を絶たない。

理由は簡単だ。

つまり、ただの……いや、未来の見えない銅級冒険者だった頃の俺みたいな話だ。

いつまでも夢を諦められずに、ただひたすらに手を伸ばして、その先に絶望があっても更に伸ばさずにはいられない。

そんな冒険者がいつの時代だって少なくない数、いる。

そして本当にそれを摑んでしまう者もそれなりに、いる。

だからこそ詩が残る。

成り上がりと、その先に転がる破滅の詩が。

物語の終わりと共に誰かの墓標代わりに突き立てた剣は、それをいつか他の誰かが引き抜き、継いでいく。

破滅の運命と共に。

俺のこの剣もそういうものと同じなのだろうか？

俺が不死者《アンデッド》でなければ……。

分からない。

ただ、今の俺にとってかなり頼りになりそうな相棒なのは確かだ。

必ず使いこなして……それが詩にでも残ったら面白いのにな。

そう思った。

◆◇◆◇◆

さて、最後は聖魔気融合術である。

「……こればっかりは剣が壊れてしまわないか、怖いな。もしそうなったら、本当に悪い……クロープ」

一応、先んじて謝っておく俺である。

クロープの自信作だ。

無残に散らせるのは心から申し訳ない気持ちになる。

しかしこれに対してクロープは、

「なんだかんだ必死に止めはしたが、実際はな……それで壊れるようなら俺はお前の要求水準に達してない武器を渡したってことになっちまう。それは俺の鍛冶師としての仕事の失敗を意味する。つまりそんなことになったら、そもそも俺が悪いってこった。だから気にする必要はねぇよ。俺はただ、そいつが耐え抜くことを信じるだけだ」

そう言って首を横に振った。

確かに俺が求めたのは聖魔気融合術に耐えられるような性能を持つ剣である。

とはいえ、そんなものを注文するような客などそうそういないだろう。

クロープにもほとんど経験はないはずだ。

全部持ち、というのはそれだけ珍しい。

たとえ俺程度の力の持ち主でもだ。

それで失敗したからといって責められるいわれはないと思う。

ただ、俺としては出来る限りすべての力を十全に使えるようにしておきたいのは間違いない。

もちろん、全部持ちだからといってそれが直接強い弱いと関係するわけではないが、色々な力を使えるとアドバンテージになるから、俺にとってはありがたいことなのだ。

魔力が通じない相手もいるし、気では押し切れない相手もいる。

聖気が特に効く相手もいるし、防御力が高すぎるが故に何か特殊な攻撃方法……魔気融合術や、聖魔気融合術がどうしても必要になってくる相手もいるだろう。

そのいずれに対しても最低限、対応することが出来れば俺がこれからも冒険者を続けていく上で非常に便利なことだろう。

もちろん、どんな力も使いこなせなければ宝の持ち腐れでしかないが。

俺も器用さにはそれなりに自信があるが……驕《おご》らず磨いていかなければならないだろう。

そんなことを考えつつ、俺は剣に聖気、魔力、気を注いでいった。

先ほど魔気融合術を使ったときは革袋に水を入れていくような感覚だったが、今度はさらに入れにくくて困った。

ひどく硬い鉱石を無理矢理圧縮しているかのような感覚がする……。

どう頑張ってもそんなこと出来そうもない、そう思ってしまうような強い圧力を感じる物体に無理矢理力をねじ込んで押し固めていくのだ……。

もちろん、入る力の総量は大したことない。

魔気融合術で注いだ力の十分の一にも満たないかもしれない。

注ごうとしている力は倍以上あるのに……かなり力を無駄にしている、ということだ。

そしてそれでも、すべての力をこの剣……同じところに注ぎ込むことによって得られる力は俺の持つ手札の中で最も強力なのだ……。

この手段を諦めて捨てるわけにはいかない……。

「……よし」

俺はなんとかやりきって、剣に力を込めるのに成功する。

間髪容《い》れず、俺はクロープが用意した人形たちにさっそく取りかかることにした。

維持しているだけでガンガン気力がすり減っていくので、手早くすべての人形に斬りつける。

すると……。

斬りつけた木の人形と藁人形はいずれも小さく圧縮され、ころりと地面に落ちた。

大きさは……概ね、手のひらで包み込める程度、だろうか。

加えて、その周囲を土と植物のツタが締め付けるように覆い尽くしていたのが新しく見られた現象だろう。

鎧人形についてもある程度、原形は理解出来るし、剣によって切り裂かれた部分も分かるがそれでもどこから力が加えられたのか分からないほどに全体がひしゃげてしまい、ほとんど球状になっている。

土とツタによってギリギリと締め付けられるように包まれているのは木の人形と藁人形の場合と同様であり、圧縮、という元々の聖魔気融合術が持っていた性能をさらに強化したような効果になっていると言えるだろう。

「……えげつねぇな……。しかもこれ……根はどこだ?」

一応、植物が生えているので、それが気になったらしいクロープは圧縮されたそれらの物体を矯《た》めつ眇《すが》めつ眺めて植物の根がどこに続いているのかを探した。

　すると……。

「見る限り、中に巻き込まれるように続いているから……圧縮されたものから栄養を得ようとしている……んじゃねぇか？　だとすりゃ、ほんとおっかねぇな……しかもこの植物自体は圧縮されてねぇのか、それとも圧縮されても問題ないのか……よく分からんが、元気そうだな」

「だが、木と藁に鎧だろう？　どこからも栄養を得られないんだ。すぐ枯れそうだな」

「まぁ……そうかもしれねぇが。生き物にこれを使ったときにどうなるか気になるぜ……。やられる方の身になってみりゃ、くしゃくしゃに圧縮されて、植物の栄養にされたんじゃたまったもんじゃやねぇが……」

「……まぁな」

　やっぱり、俺が吸血鬼《ヴァンパイア》系統の存在だからだろうか。

　他の生き物から命を奪い、長らえるような性質が剣にもついてしまうのは聖魔気融合術の場合も同様だったようだ。

　この効果がどれくらい有用なのかは謎だが……。

　使い勝手もどうなんだろうな。

　斬りつけるたびに木を生やすのもよくよく考えると微妙な気がする。

　元々聖気を注いだ剣で斬りつけるとそうなる傾向があったのは事実だから気にしなければいいといえば気にしなければいいのだが……。

どうにかある程度コントロール出来ないものだろうか？

……まぁそれはどの効果についても同じことか。

その辺りの修練がこれからの課題なのかもしれないな。

今まではとにかく破壊力優先でそれ以外の効果とか現象については気にしない方針でやってきた。

俺にとって、それこそが人生で最大の問題であったからだ。

しかし、地力の成長が望めるようになった今は違う。

ここからはその辺りも考えなければならないだろう。

たとえば切り口を見たら俺がやったことが丸分かり、なんていうのは困ることも出てくるだろうからな。

もちろん、剣に強化をかけずに、もしくは気や魔力単体による強化のみで押し切ればそれでそういう心配は必要なくなるだろうし、今までもそうしなければならないときはそうしてきたが、それは今まで戦ってきた相手の大部分がそれでなんとかなっていたからそうしてこられただけだ。

しかし、これから俺が戦わなければならない相手はそういった対応だけでは不十分なくらいに強くなっていくだろうと想像出来る。

神銀《ミスリル》級に近づくというのはそういうことだ……まだまだ遥か遠いにしても。

特に今度は銀級試験を受けるわけだから、今まで戦ってきた相手よりもさらに強力なものを敵としなければならないのは自明だ。

一応、ロレーヌとオーグリーと一緒に銀級相当、もしくはそれ以上のかなりの強敵も相手にしたことがあるが、それを改めて一人でやれと言われると……やはり出し惜しみなどしていられないだろう。

そしてその場合、今回クロープに作ってもらったこの剣を使っていく限り、倒した相手に俺だとサインを残していくような形になってしまう。

それはよろしくない。

別に裏の仕事をしようというわけではないので基本的には問題ないかもしれないが、秘密裏に、と頼まれることだってあり得る。

そういうときのためにも、この剣の効果のコントロールはどうしても必要だ。

幸い、魔力や気、聖気単体で使っているときに効果の増減のコントロールがある程度出来ることは確認している。

となれば、魔気融合術の場合も、聖魔気融合術の場合も出来るはずだ。

どうしても無理だったら諦めて他の方法を探るしかないが……とりあえず、挑戦してみなければならない。

そう思った俺だった。

◆◇◆◇◆

「……ところで、剣の方は無事か？」

俺が剣の効果をしっかり確認した後、改めてクロープが気になったようでそう尋ねてきた。

彼からしてみれば剣が果たして俺の力に耐えられたかどうかが最も重要なことなのは勿論《もちろん》だろうが、その前に俺にとってはこの剣で一体どんなことが出来るか、の方が大事なことだ。

しかし、たった今まで、そのことを尋ねようとしなかったのは……使い手である俺の気持ちを優先し、気を遣って鍛冶師としての欲求を抑えてくれたということだろう。

けれど、剣の効果の確認を一通り終え、一段落した今に至ってはそんな必要はないからじっとりとした目で見つつ、尋ねてきたわけだ。

俺は改めて自分の剣の状態を確認し、クロープに答える。

「……見かけ上は、特に問題はないようだ」

少なくとも今までクロープに借りたり、他の鍛冶師から仕入れた品で聖魔気融合術を使用したときのような、今後もう二度とこの剣は使えないな、と思ってしまうような致命的な傷は存在しないように見える。

けれど、俺から見てそうだとしても、本職の鍛冶師から見てもそうだとは限らない。

聖魔気融合術を使ったときの負担によって、たとえば内部に罅《ひび》が入っていたり、剣自体の耐久性が極度に低下している、ということも考えられないではないからだ。

その辺の数打ちであれば俺でもある程度、品質について分かることもあるが、今回俺が使った剣は言わずもがな、クロープが全身全霊を込めて作り上げた、おそらくは魔剣に近いほどの品である。

そんなものについて、正確な品質の見極めなど俺に出来るわけもなかった。

だから、それこそ本職にしっかりと確認してもらうべく、剣をクロープに改めて手渡す。

クロープはそれをしっかりと受け取り、柄を見て、刀身を覗き、そして振ったり軽く叩いたりしながら作りに不具合はないか時間をかけて丁寧に確認した。

その結果……。

「……どうやら、本当に問題ねぇようだな」

そう俺に告げる。

「ということは……聖魔気融合術に耐える剣が出来た、ってことでいいんだな？」

だとすれば、極めて喜ばしいことだ。

今までは一度使ったらもう二度と使えないという覚悟をして、最後の切り札にしてきたのだ。

もし、二度でも三度でもいいから、複数回使うことが出来たのなら、俺の戦闘にはかなりのバリエーションが出てくる。

つまり、勝ちを拾いやすくなるというか、圧倒的な負けに瀕《ひん》することが少なくなる。

俺は潰されようとも容易に死にはしないわけで、ギリギリ生きていられるような戦いを演じられる可能性が増えるのは、極めてありがたいことなのだ。

俺の質問にクロープは、

「あぁ……とは言っても、どのくらいの回数を耐えられるかは、はっきりとは分からないがな。何せ、聖魔気融合術、なんて奇妙なもん使う奴は俺が知る限りお前くらいしかいねぇ。他に使い手がいりゃ、もっと試行錯誤も出来るんだろうが……こればっかりはなぁ。全部持ちなんて珍しい奴は、俺の知り合いにはお前しかいねぇからよ。悪ぃな」

クロープは申し訳なさそうにそう謝ってくる。

鍛冶師として実にまっすぐな男だが、どう考えても悪いのは俺の方だ。

「そんなの全然……こんなおかしな体質の冒険者に根気よく付き合ってくれる鍛冶師なんてあんたくらいしかいないんだ。謝る必要なんてないさ」

それは正直な気持ちだった。

彼がいなければ、俺は武器を手に入れることすらも苦労していたことは想像に難くないから。

「そうか？　お前みたいなおかしな客が来たら、面白がって情熱を注ぐような奴は何人も頭に浮かぶぜ。そしてそいつは、お前という人間に俺みたいな奴を引きつける何かがあるからだろうよ。だから気にすることなんか何にもねぇんだ。もしそれでも気が引けるって言うんなら、むしろ、どんどん面白い仕事を俺に持ってこい。いくらでも引き受けてやるからよ」

頼もしい台詞だった。

こんな体になった俺にとって、気兼ねなく鍛冶仕事を頼める相手は本当に限られる。

吸血鬼《ヴァンパイア》もどきとなり、見かけ上はほとんど人間と変わらないとはいえ、いつ、どんなきっかけで俺が魔物だと露見するか分からない。

そういう場合に、俺を官憲に突き出さない、もしくは官憲に突き出されたとしても、もうそれはそれで諦めがつく、と思えるような相手などほとんどいないのだ。

クロープは俺がそんな風に思える、数少ない人物の一人だ。

出来ることなら何か、返せるものがあれば返したいところだが……。

俺はそんなことを思いつつ、クロープに言う。

「そう言ってもらえると嬉しいが、俺はあんたに何も恩を返せてない。もし出来ることがあれば、いつでも何でも言ってくれ。珍しい素材を狩ってきてくれ、とか、そういうことならいくらでも出来るからさ」

本当に心からそう思っての言葉だった。

しかし、これにクロープは首を横に振って、

「お前がそんなこと気にする必要はねぇんだよ。お前はただ、俺に武具を作らせてくれりゃ、それでいいんだ……。まぁ、なんか頼むってのは絶対にないとは言えねぇから申し出はありがたく受けさせてもらうがな。後で俺が取り立てに行ったとき、忘れてたとか言うなよ？」

と、軽口を叩く。

俺はそれに笑って答える。

「あんたが困ってるなら、そのときはどんなに忙しくとも時間を作って御用聞きに来るさ。あんたも、大したことじゃないな、とか思って遠慮するんじゃないぞ？」

「俺がそんなみみっちい遠慮をするような人間に見えるか？　そんときゃ、せいぜい盛大に恩着せがましく頼んでやるぜ。だから覚悟しておけ」

そう言ったのだった。

◆◇◆◇◆

しばらくの間、雑談したあと、レントがほくほく顔で剣を手に帰宅してから、鍛冶屋《三叉の銛》にクロープの妻であるルカが鍛冶師組合から帰ってくる。

「今帰ったわ、貴方……」

「おう、遅かったな。心配したぜ……何だ、妙な顔だな。何かあったか？」

いつも微笑みを浮かべている妻にしては妙に深刻そうな表情をしていることに気づき、クロープは首を傾げてそう尋ねる。

これにルカは、

「……貴方、これ……」

そう言って、一枚の手紙を差し出した。

クロープはそれを受け取り、封を切って中の手紙を熟読する。

そして読み終えて、

「……どうやら早速、レントに頼まなきゃいけねぇみたいだな……あんな言い方した手前、話しにくいが……ちょうど良いかもしれねぇ」

そう言って頷いたのだった。

第六章　とある依頼

次の日。

俺は冒険者組合《ギルド》に来ていた。

理由は簡単だ。

昨日、クロープに剣を納品してもらったので、その試し斬りのために《水月の迷宮》に行く予定なのだ。ただ、何も依頼を受けずに行くのもあれというか、時間の有効活用のために何か手頃な依頼はないものかと思って探しに来た。

試し斬りついでに金稼ぎである。

なんだかこういう貧乏性の性格はいつまで経《た》っても変わらないな……。

「……スライムの粘液二リットルの納品……骨人《スケルトン》の魔石を三つ……まぁ、この辺りかな」

《水月の迷宮》に出現する魔物は皆、低級に過ぎない。

スライム、骨人《スケルトン》、それにゴブリンとか……。

他にもいくつかいるが、代表的なのはそれらだな。

そして人間だった頃の俺が飯を食えていたのもそいつらのお陰である。

ある種恩人みたいなもので、そういう奴《やつ》らを剣の露落としに使うのはなんだか罰当たりなような気が一瞬しないでもない。

だが、これぱっかりは仕方がない。

冒険者とはそういう職業だからな……それに放置して増えすぎても問題だし。

ゴブリンなんかは場所によってはまともに人間と交流を持っていたりするものもいるが、迷宮に出現するのはほぼすべて、人を襲うものだけだ。

慈悲をかけてやる必要はない。

その中に俺みたいなのがいたら気の毒だが……。

実際どうなんだろうな。

俺がかつて倒した魔物の中に、俺のような存在はいたのだろうか。

考えるとなんだか陰鬱とした気分になってくる話だ。

これ以上これについて考えるのはやめておくことにする。

「それで依頼を、っと……あ」

どちらでもいいからとスライムの粘液採取の方の依頼を取ろうとしていたら、他の冒険者にさっと取られてしまう。

「……悪いな」

「いや……」

取った時点では気づかなかったようだが、振り返って俺が手を伸ばしたことに気づいたらしい冒険者に謝られる。

ただし、依頼を譲ってくれるつもりはないようで、そのままそそくさと受付まで行ってしまった。

こうなったら仕方がない。

どこか同族意識が強くて積極的に金にする気が起きなかった骨人《スケルトン》の依頼の方にするか……。

そう思って再度、俺は依頼票に手を伸ばしたのだが、

「……え」

「あ、ごめんなさいね、お兄さん……でも、これは私たちが受けるから」

「あ、ああ……」

今度は三人組の女性パーティーにそれを取られた。見ない顔だったのでちらっと確認してみると身につけているものから《学院》の生徒らしいと分かる。

彼らは迷宮の調査に来ているため、冒険者が本職というわけではないのだろうが、この街を生活の拠点にしているために、冒険者として依頼を受けている者も少なくないのだろう。

そもそも《学院》の少なくない生徒が在学中に冒険者として登録し、依頼に出るものだと聞くしな……。

金のため、というよりは経験を積むために。

その性質上、魔術を扱えるものしかいないためにそれなりに有用らしい。

冒険者組合《ギルド》としてもある程度は歓迎しているようだ。

とはいえ、それでも本職の冒険者よりは色々な部分で劣る。

だからこそ、《学院》の人々は迷宮探索にあたって、この街の冒険者を雇っているわけだ。女性パーティーはそしてこちらを振り返りもせずに立ち去り、やはり受付へ向かった。

狙っていた依頼をすべて取られてしまった俺は途方に暮れる。

今日の目的はあくまでも魔物相手の試し斬りだったために、そんなに必死になって依頼を探す必要もないだろうと遅めの時間に家を出てしまったのが徒《あだ》になった。

今、依頼掲示板に残っている依頼は少なく、そしていずれも俺の希望に合致しないものばかりだ……。

たとえば、『ギスト峡谷の崖の上にしか生えない花を取ってきて欲しい』とか言われてもな、という感じだ。

魔物は確かに色々出現するが、あそこは確か場所柄、空を飛ぶ魔物が多かった記憶がある。

そして俺が試したい骨人《スケルトン》は出現しないのだ。

そもそもこの国の国土には不死者《アンデッド》が出現しにくいからな。

理由は王城で聞いたが、あれをすんなり信じられるほどにそういう傾向がある。

流石《さすが》に迷宮の中についてはその限りではないので《水月の迷宮》には普通に出現するんだろうが。

しかし、絶対に出ない、というわけでもない。

それについてはあの王女殿下も言っていた。

実際に俺も迷宮の外で不死者《アンデッド》に遭遇したことは普通にあるからな。

たとえば、俺の故郷、ハトハラーに行く途中の森の中から腐肉歩き《ゾンビ》が出現したときのように。

あの辺りに行ってみるか？

いや、でもあそこの奴らは結局すべて消滅させてしまったから、行ったところでな……しかも遠い。

やっぱり迷宮か……何も依頼を受けないというのはやっぱり貧乏性の俺にとってはなんだかもったいないな、と思ってしまう話だがこればっかりは仕方がないかな……。

そう思ったところで、

「……そんな。どうして無理なのですか!? 以前はこの金額で問題なかったと聞いたのに……!これ以上はどうやっても……」

受付の方からそんな声が聞こえた。

振り返って見てみると、そこにはシェイラと、そして彼女に懇願するように何かを言っている一人の青年の姿があった。

青年にはかなり多くの傷が見え、服も破れているようだった。

何かにやられたのだろう。

気になって、しばらく立ち聞きしていると、シェイラが青年に言う。

「それはその通りなのですが……あくまでこの街に迷宮が出来る前まで、の話です。今、マルトの冒険者はかなり引く手あまたというか、《塔》や《学院》の依頼に出てしまっている状況で、この金額ですと、おそらく受ける冒険者はいないのではないかと……もちろん、依頼自体は問題なく受理しますが、受ける人がいない可能性を呑んでいただく必要が……」

かなり心苦しいようだ、というのがシェイラの口調で理解出来る。

マルトは田舎だ。

冒険者はそれほど多くない。にもかかわらず、多くの冒険者を必要とする状況が突然に出現した。

要は需要過多であり、数が足りていないのだ。

今、冒険者組合《ギルド》はかなり閑散としているが、それは大半の冒険者がすでに依頼に出てしまっているためだ。

迷宮が出来る前は、冒険者組合《ギルド》の中で飲んだくれている冒険者なんかもちらほらいたのに。

そんな状況の煽《あお》りを直接受けてしまうのが、あまり依頼料を払えない依頼主、というわけで……。

あの青年はそういう人物なのだろうな、と想像がつく。

放置しても良いのだが……やっぱり。

こういうのはタイミングだろう。

俺は運悪くすべての依頼を取られてしまったわけだし、運が悪い者同士、傷をなめ合うのも悪くはない……。

そう思って、俺はシェイラと青年の方へと歩き出した。

◆◇◆◇◆

「……騒がしいみたいだが、何かあったのか？」

俺は何食わぬ顔でシェイラと青年に向かってそう、話しかけた。

「レントさん……」

シェイラはそれで俺が聞き耳を立てていたことを察したようだ。

青年の方は怪訝《けげん》そうに振り返ったが、骸骨仮面にローブ、という俺の格好を見て、

「貴方《あなた》は……冒険者の方ですか？　でしたらどうか、僕の話を聞いてください！」

そう言った。

……こんな見た目の俺を即座に冒険者だと察知出来るその眼力は大したものだと思う。

いや、冒険者組合《ギルド》にこんなのがいたら冒険者以外の何者でもないか。

仮面を被《かぶ》っている冒険者はそれなりにいるものだしな。

しかし随分と必死な様子だ。

そんな青年にシェイラは、

「リブルさん……冒険者には基本的に自ら依頼を決める権利があります。無理強いはしないでください
ね」

そう言って宥《なだ》めた。

俺が自分から近づいたのでなければシェイラはもっとはっきりと止めただろう。しかし、なんと
なく事情を理解して俺が近づいてきた、ということを分かっているためこの程度で済ませたのだ。

依頼者は冒険者にとって必要不可欠な存在だが、何でもかんでも言うことを聞かせられるわけ
じゃないし、どんな依頼も押しつけられるわけでもない。

だから依頼者は冒険者に無理強いしてはならない、というのが基本だ。

そのため冒険者組合《ギルド》はある程度冒険者を依頼者から守る。

ある程度、というのは限界があるし、また事情もそれぞれあるからな。

うやむやになることも少なくないということだ。

ある意味、冒険者組合《ギルド》らしい対応だ。

とはいえ、このマルトの冒険者組合《ギルド》はその辺り誠実な方である。

ウルフが組合長だからなのだろう。

デキる上司がいてありがたい限りだ。

たまにおかしな仕事を回されさえしなければの話だがな。

さて、それよりシェイラにリブルと呼ばれた青年の話だ。

「……まぁ、俺もたった今暇になったところだ。なにせ、受けたかった依頼を全部先に取られてしまったからな……かといって何も依頼を受けないというのも微妙だなと思ってたところだ。話くらい聞いても構わないぞ」

俺がリブルにそう言うと、彼は切羽詰まっていた表情を少しばかり緩め、口元をわずかに綻ばせて、

「ほ、本当ですか……!? ありがとう！　助かります……！」

そう言ったのだった。

◆◇◆◇◆

場所を移して、冒険者組合《ギルド》併設の酒場のテーブルにつく。

メンバーは俺と青年リブルだ。

シェイラは「依頼を受けられるんでしたらすぐに呼んでくださいね！」と言って別の仕事に手を付け始めた。

今日の彼女の業務は基本的に受付のようだったので、本来なら他の業務はあまりないのが以前のマルトでの〝普通〟であったのだが、今のマルトにその理屈は通用しないらしい。

やらなければならない仕事が山積みで、部署を問わず手空きのものが手を付けるべき仕事がその辺に大量に転がっているらしい。

ウルフが俺の手を借りようとするわけだ……。

そういえば、先ほどシェイラの目元にはクマが見えたような……。あまり突き詰めて考えると俺も結局手伝う羽目になりそうなのでこれについては今は忘れることにしよう。

願わくは冒険者組合《ギルド》職員に近いうちに休みが与えられますように……。

「ところで、リブル……といったか。どんな依頼をしようとしてたんだ？　シェイラ……職員から断られてたっていうか、誰も受けないとか言われてたみたいだが」

詳細については聞いていないので、まずはそこから、ということになる。

これにリブルは苦笑して、

「あぁ、そこから聞いてたんですね……はい。確かにそういう風に言われてしまって。僕が頼もうとしていたのは、村の周囲に出現した骨人《スケルトン》の討伐で、すぐに誰か受けてくれると思っていたのですが、期待が外れてしまいました……」

そう言った。

骨人《スケルトン》。

この時点で俺の心はちょっと動く。

というのも剣の試し斬りの相手にちょうど良いからだ。

聖気を注いだ剣で斬ったらどうなるのか、知ることが出来る良い機会だ。

普通に何の効果もなかったら嫌だが……まぁ、そのときは何も意味がないと知れたということで納得するしかあるまい。

ともあれリブルの話は、俺にとって試し斬りと依頼受注の両方を満たす良さげな話に聞こえた。

ただ、他の冒険者にとっては全くそうではないのだろうということもこれで分かった。

骨人《スケルトン》なんて獲物として全く美味《おい》しくない相手だからだ。

《水月の迷宮》にも出現する低級魔物であり、取れる素材は魔石と少し丈夫な骨くらいなもの。

それを倒しにあえて近くにある《水月の迷宮》ではないどこかへと遠出しなければならない理由はない。

それでも以前……このマルトに迷宮が出来る前なら受ける者はいただろう。

大幅な黒字にはならないまでも、依頼による報酬がもらえるならただ骨人《スケルトン》を倒して素材を売り払うよりもずっと実入りがいい。

あまり級が高くない冒険者なら、十分受けるに値する依頼だ。

しかし、今のマルトでは……。

低級冒険者でも《塔》や《学院》が好待遇で雇ってしまっている。

その状況では今までの報酬程度では中々人が集まらないだろう、というわけだ。ずっとこんなことが続くとは思えないが、今のマルトは冒険者にとって軽いバブルのようなところがある。

結果、リブルの依頼は見向きもされない状態に陥ってしまった、というわけだ。

「まぁ……運が悪かったな。そういう日もあるさ。俺だって今日は似たようなもんだ。さっき、受けたい依頼を連続で他の冒険者に取られてしまった……いつもならそんなことは滅多にないのに。ついてない日はついてないのが人生だ……」

「なるほどそんなものなのかもしれませんね……」

お互い顔を見合わせて、ずーん、とした感じになる。

しかし、俺は顔を上げて、

「まぁ、ついてない者同士、今日出会ったのは何かの縁だ。そう思ったからあんたの話を聞こうと思った。だから、必ずしも悪いことばっかりじゃないさ」

「そういうことだったのですか……。なら……貴方の……」

「レントだ」

「レントさんの不幸に感謝しないといけませんね。依頼を受けていただけるかどうかは分かりませんが」

「それは内容次第だ。ただ骨人《スケルトン》の討伐、と言われても判断出来ないからな。詳しい話を聞かせてくれ」

「はい」

そして、彼は詳細を話し出す。

「……僕が住んでいる村は……いや。住んでいた村、ですね……そこは、何もないけど平和で、穏やかな村でした……」

リブルの話はそんな言葉から始まった。

◆◇◆◇◆

本当に何もない村ではあったが、それでも極端に貧しいということはなく、冬場や不作を乗り越えるための蓄えも計画的に行っており、代わり映えはしないが幸せな生活のある村だったという。

人口は百人もおらず、小さな家屋が数十軒連なっている程度だが、それでもやっていけたのは魔物の出現が比較的少ない地域だったためだという。

「……ちなみにその村ってどの辺だ？」

「クラスク村はマルトから西に向かって一日で着きます。ネリス川沿いで……あぁ、この辺りですね」

俺が途中で地図を広げて見せると、リブルは頷《うなず》いて一点を示した。

マルト近くの村や町はだいたい頭に入っているのだが、このクラスク村について、俺は聞いたことがなかった。

「あまり聞かない村だな？　俺もこの辺りの村の地理なんかは定期的に確認するようにしてるんだが……」

「……そもそもマルトに村の人間が来ることがほとんどありませんでしたし、村の作物や特産品は行商の方にすべて取引を任せていましたから、知っている人がほとんどいないのかもしれません。村の中ですべて事足りてしまっていたので……なんというか、交流もあまりなくて……近くの町との間に少しあるくらいでした」

「なるほどな……」

閉鎖的な村、ということかな。そういうことなら俺が知らなくても仕方がないというか、誰の口にも上らない村の場所までは流石に仕入れようがない。

しかし、マルトにかなり近い立地なのに、本当に意外だ。

確かにその辺りならマルトよりも近い町があるから、それ以上遠出しようとしなかったというのは理解出来るが……。

まぁ、存在すら現地の人間しか知らないような村、というのは少なからずある。

町ほどの規模になればその存在を隠しようがないが、森の奥にある村ではな……。

ただ、今回知ることが出来たのは良かった。

もしもこの辺りに何かの用事があって行くことになったら、休憩出来る場所として頭の中に入れておくことにしよう。

「しかし、そんな状態でよく行商人に買いたたかれなかったな？　蓄えに心配が少ないということは、そこそこ対等に取引をしてもらえてるってことだろう？」

そういう小さな村、というのは行商人との間に知識的な格差が存在するため、不当な値段など不利な条件での契約を呑《の》まされやすいものだ。

他に来るような商人もいない以上、そんなやり方でも独占出来てしまうというのもある。そういう村をいくつも抱えることが出来た運の良い行商人はいずれ金を貯《た》め込み、そして商会を構えられるようになっていく……。

褒められたやり口ではないが、世の中は世知辛いものである。

知らない、知ろうとしない方が悪い、というわけだな。

やろうと思えば町に出て、適正な基準を知り、行商人と交渉するなり、自ら大きな町へ行って売るなり出来るのだから。

それにしても、リブルの村のような状態ならそうなってしまうのが大半なのに、今まで豊かとまでは言わないまでも満ち足りた生活を送ってきたことが意外だった。

俺の質問はそういう意味だ。

これにリブルは、

「来てくれている行商の方が非常に誠実なのです。僕たちもそこまで馬鹿ではありませんから、取引の金額や条件については町での商品の売値なんかも調べた上で色々相談しました。そういうことを鑑みても、僕たち村の人間にかなり有利な条件で取引してくれていることが分かったので……」

「へぇ、そりゃ運が良いな」

まぁ、世の中にはそういう、馬鹿正直な人間もたまにはいる。

だからこそ冒険者組合《ギルド》にだって銅貨一枚の依頼が貼られることもあるわけだ。

「それで……そんな村に魔物が……。骨人《スケルトン》だったか？」

「ええ。僕が見たのは骨人《スケルトン》でした。最初は一体だけだったので、村の有志で武器……というか農具を手に取ってなんとか倒したのですが、その後、もっといることが分かって……気づいたときには手遅れでした。最後に見たのは五体でしたが……流石にそれだけの数となると村人だけでは相手にならないので……村を放棄することに……今は、女子供は近くの町や村に分散して逃げてもらっています。男連中は、村を遠くから監視していて……」

ありがちな話だ。

魔物には一体見たら複数体の存在を疑うべき種というのが結構いる。

ゴブリンなんかはその典型だ。

そして骨人《スケルトン》もそうだ。

迷宮でならまた事情が異なるのだが、外にいる場合はそういうことになる。

というのも、ゴブリンは群れを作って増えていくものだし、骨人《スケルトン》は不死者《アンデッド》……つまり、彼らが生まれやすい条件が整ったが故にそこに出現している存在だ。

だから、一体いる、ということは他に何体も生まれている可能性が高いわけだ。

どういう理由かは見てみないと分からないが、リブルの村の周辺のどこかで、そういう環境が整ってしまったのだろう。

一体目を見つけた時点で冒険者組合《ギルド》に依頼しておくべきだったな、と思う。

それでも被害が大きくなる前に村を捨てたのは英断だろうな。

多くの場合、村を捨てる決心がつかずに、村人一丸となって立ち向かって、皆殺しに、なんてことになるからだ。

魔物の恐ろしさというものは村人も分かっているのだが、それでも自分たちの先祖伝来の土地を捨てられない。

人間の行動は理屈ではないということだ。

そういう例に比べれば、リブルたちは極めて賢い。

女子供を逃がしたこともだ。

最悪、逃がした先に居着いて、そこの住人となることまで見越しているのだろう。

男については……やはり村への未練だろうな。

リブルはそんな村人を代表して最後の望みをかけて冒険者組合《ギルド》に来たということだろう。

まぁ、これで大事なことは大体聞いたか。

村に出現した骨人《スケルトン》数体の討伐。

ただし問題は他にもいる可能性があること。

根源を調べて断つ必要がある。

無理な場合は応援を呼ぶことも頭に置いておいた方が良いだろう……。

今の冒険者組合《ギルド》は忙しそうでそれも簡単ではないだろうが、俺にはロレーヌがいるからな。

どうしようもなければ頼むことも出来る。

そこまで考えて、俺はリブルに言った。

「……よし、分かった。リブル、あんたの依頼を引き受けるよ」

と。

◆◇◆◇◆

「……ここまでにしておいた方がいいんですよね」

リブルがそう言って馬車を止めたのはマルトから西へ進んだところにある一つの町だった。

ここが一番彼の村、クラスク村に近いらしい。

だが、ここからは歩いてクラスク村まで行かなければならない。

これはリブルの考えではなく、俺の提案だ。

元々クラスク村までは馬車一台くらい通れる道はあるというが、今はその辺りにも骨人《スケルトン》が出現する可能性がある。

馬車と馬を失いたくないなら直接村まで乗り付けるのはやめた方が無難だ。

俺もリブルだけならともかく、馬車と馬まで守れる気はしない。

村の近くには村人の中でも若い男が監視に残っていると言うし、それを考えれば馬車はやはり置いていった方が良い。

「村までは半日も歩けば着くんだろう？」

俺が尋ねると、リブルは頷いた。

「ええ、そうですけど……まさか今から向かうんですか？」

彼から依頼を受けたのが昨日、そして一日かけて野宿をしつつ、ここまで来た。

時間は昼を回った頃だ。今から向かえばおそらく夕方になるだろうから、そこから骨人《スケルトン》たちと戦うのはやめておいた方がいいだろう。

となると、今日はこの町で休み、それから……というのが常識的な選択だろうが……。

「あぁ、今から行く」

俺はその反対を取る。

リブルは驚いて、

「でも着いたところで辺りは暗くなってしまっていると思いますが……？」

それで戦えるの？

と言いたそうな顔をしているリブル。

まぁ、これに対する俺の答えははっきりしていて、戦える、と言える。

なぜなら俺の目は普通の人間……いや、生き物よりも遥《はる》かに夜目が利くからだ。

むしろ、夜の方が他の生き物たちがまごつく分、戦いやすいと言える。

ただ、今回は別にそうするつもりはない。

早く行く理由は他にあるのだ。

俺はそれをリブルに言う。

「村を監視している村の男たちがいるんだろう？　早く行って、彼らの安全を確保しておかないとならないからな。まぁ、俺一人行ったところで、と思うかもしれないがこれでも銅級冒険者だ。いないよりはマシなはずだ」

するとリブルは感動したらしく、

「……そこまでしていただけるなんて……！　ありがとうございます。じゃあ、すぐに向かいましょう！」

と言ってきた。

「提案した俺が言うのもなんだが、リブルは体力の方は大丈夫か？　無理なら明日に回してもいいんだが……」

出来れば早めに着きたいが、無理することもない。

しかしリブルは首を横に振って、

「いえ、大丈夫です。安全なところにいた僕よりも、村のみんなの方が消耗しているでしょうから……早く行って安心させてあげたいですし」

疲れが全くない、というわけではないだろう。

だが、言葉通り、村まで行く程度の体力は十分にありそうだと判断して、俺は頷き、

「じゃあ、行くぞ」

そう言って二人、町を出た。

◆◇◆◇◆

「……あの辺りにいるはずですが……」

小さな村を見下ろす小高い丘。

その少し下辺りを指さして、リブルがそう言った。

町を出てからかなり時間が経ち、空は闇の帳《とばり》が下りかけている。

夕日が世界を橙《だいだい》に照らし、どこか郷愁と恐怖を人の本能に訴えかけていた。

そんな中、リブルが示した辺りは村からは見えない位置にあり、監視する際は丘に上って行うのだろう、と思われた。

静かに気配を隠して近づいていくと、確かにそこには五人の男が屯《たむろ》して座っているのが見える。

服はリブルと同様のボロであるし、顔は煤《すす》けていてかなり消耗しているのが見た目で分かる。

そんな彼らのうち一人が、近づいてくる俺たちの気配……というか、リブルの気配に気づいて、こちらを向いた。

リブルの顔を確認し、それから俺のことも目に入ったあと、安心したようにわずかに微笑《ほほえ》んだのが見えた。

安心したらしい。

「……リブル。よく戻ってきたな……」

話せる距離まで近づくと、男たちの中でも特に年配の男がリブルの肩を叩《たた》いてそう言った。

リブルは頷きながら言う。

「はい……しっかりと冒険者の方にも来てもらうことが出来ました。もう安心です」

促されて、俺も口を開いた。

「……銅級冒険者のレントです。今回の骨人《スケルトン》の討伐依頼を受けてここに参りました」

「おぉ……私はクラスク村の村長のジリスと申します。それにしても……銅級ですか。よくいらしてくださいました。リブルがマルトに発ったあと、町の人間から聞いたのですが今、マルトでは冒険者が不足していると……あの金額では鉄級も厳しいかもしれないと聞き、心配していたのです」

年配の男がそう言う。

ここで監視している、と言っても食料の調達やらで町には定期的に誰か向かっているのだろうな。

流石に森で自給自足を続けているわけでもあるまい。

ただ、情報が少し遅かったようだ。

だからこそリブルの持っていた依頼料は迷宮出現以前の基準に準拠するものだった、と。

それればかりでもないようで年配の男は続ける。

「本来でしたら、可能な限り金をかき集めたかったのですが……多くは村に残ったままでして。手持ちの金のほとんどを集めてもあれ以上は出せませんでした。それなのに来ていただいて……。ありがたいことです」

「リブルが大変、必死な様子でしたので……目に留まったのです。討伐に当たっても全力を尽くさせていただきます。どうぞ、ご安心を」

「礼儀もしっかりしていらっしゃる……リブル、本当にいい冒険者を連れてきてくれたな。お前も疲れただろう。まずは休むといい。レント殿も……それとも今すぐに討伐を？」

「いえ……今はもう日が落ちかけていますから。不死者《アンデッド》は夜目が利きますので、不利になるでしょう。討伐については明日の朝から昼にかけて行うつもりです」

俺は特に夜目がよく利くので問題ないが、打ち漏らしがここにいる村人たちに向かっても困るしな。彼らが逃げられる程度の視界が得られる時間帯の方がいいだろうというのもある。

「そうですか。そのときは私たちも加勢いたします」

ジリスはそう言うが、俺はこれには首を横に振った。

「いえ……基本的には私一人で行いますので」

そう言うと、ジリス以外の村人たちが乗り出してきて、

「しかし……私たちの村です！　私たちも何かさせていただかなければ……！」

と言ってくる。

別に無理な要求をしたい、というわけではなく、盾にでも何にでも使って欲しい、という自己犠牲に近い感覚で言っているようなのは彼らの表情から理解出来た。

けれど俺はここにいる全員にしっかりと生き残ってもらうつもりだ。

だから出来れば彼らにはここで見守ってて欲しかったのだが……この感じだと納得しなそうだな。

何か考えないとならなそうだ……。

◆◇◆◇◆

次の日の朝。

食事をしながら作戦を練った。

食事については保存食ばかりだな。

少し先の村にスケルトンたちがいるので、ここでたき火のようなことをしてしまうとまずいからだ。

俺もそうだが、不死者《アンデッド》は熱源を見る。

ここに数人の人間がいる、程度であればこれだけ離れていれば丘で隠れて見えないのだろうが、たき火をしてしまうと煙が上がる。

流石にそれではバレる。そのことは村人たちも理解しているようで、だからこそ彼らの持っていた食料は干し肉とかそういうものだけだ。

町に戻れば温かい食事が取れるだろうに、見張りのためにその苦労をいとわない姿勢には好感が持てる。

村一つが魔物によって占拠される、滅ぼされる、ということは少なくないが、そういう場合には村の規模にもよるが、小さい村ならそのまま放棄してしまって村人は散り散りに、ということが多い。

こんな風に取り戻す気で労力を注ぐということはあまり多くない。

金もかかるし、命の危険もある。

ならば小さな村など放棄した方がいい。

そう判断することを責めることは出来ないだろう。

実際、合理的な判断でもある。

「……さて、それでは皆さんも討伐に参加されるということですが……」

俺が議長よろしく本題を口にすれば、村長ジリスが、

「はい。私たちの村です。私たちも率先して立ち向かわなければと……」

そう言う。

だが、それが本当に出来るのであれば最初からそうしていればいいだけの話だ。

厳しい言い方だがやらなかったのは彼らに戦う力がないからだ。

それでも今、こうしてそれを言い出しているのは、冒険者である俺が来た今、盾にでも何にでもなった方が村を取り戻せる確率が高くなるからだろう。

しかしそこまでの自己犠牲は求めていないし、必要ない。

だから俺は、彼らが出来ることを考えた。

「皆さんのお気持ちは分かりました。しかし、剣を持って至近距離で戦えば、正直なところ邪魔です」

まずはっきりとその点を認識してもらう。
盾になる。
言うは易《やす》いがこれは意外と難しい。
適切なタイミングで適切なところに飛び込まなければそんなことは出来ない。
そんな技能が彼らにあるとは思えない。
そうなると、却《かえ》って邪魔になる。
俺が振り下ろした剣とスケルトンの間に急に飛び込まれる可能性だってあるのだ。
そんなのは無駄死にだ。
端的な事実の指摘。
しかし、ジリスたちには厳しく聞こえたようだ。
それでも食い下がる彼ら。
「……しかし私たちは……！」
もちろん、彼らの気持ちは分かる。
だからこそ、俺は提案する。
「……そこに弓がありますね。皆さん、お使いになられるのですか？」
護身用か、狩りのためか。
彼らの足下には鍬《くわ》などの武器になりそうな農具の他に、弓が置いてあった。
突然それを指摘した俺にジリスは首を傾《かし》げ、

「え、ええ……一応は。特にリブルと……こっちのズットガは村でも一、二を争う狩りの名手です」

と答えた。

それを聞いて俺はリブルも狩りがうまいのかと意外な感を覚える。ただ、彼がマルトまでの使者に選ばれたことを考えればそんなにおかしい話でもないかとも思った。

彼の体力と方向感覚がしっかりとしているからこそ適任だということになったのだろう。

俺はジリスに頷いて言う。

「それはいいですね。他の皆さんも？」

「ええ。我々の村は……あまり外とは交流がありませんでしたからな。もしものときは食料を自分たちで確保しなければならなかったので、狩りは必須だったのです。もちろん、魔物を倒せるようなものではありませんでしたが……全員それなりには扱えます」

人口が少ない村だと仕事を専門分化させにくいからな。

皆、万能というか器用貧乏な技術を身につけている、ということはよくある話だ。

今回はそれが役に立ちそうだ。

俺は言った。

「では、皆さんは遠くからスケルトンを狙って矢を放っていただけますか？　出来るだけ固まって欲しいのですが……」

するとジリスは言う。

「遠くから……？　しかしそれではレント殿の助けにならないのでは……。私たちにも覚悟はあります。魔物の前だろうと戦えますぞ」

俺が彼らを気遣って、もしくはその勇気を疑ってそのような仕事を任せようとしている、と思ったのだろう。

実際、それは正しい。

が、はっきりとそう言ってしまうと反発されるので……。

俺は違う理由を告げた。

「いえ、皆さんのお覚悟を疑っているわけではありません。しかし、先ほども申し上げた通り、近くに戦いに慣れていないものがいると、やはり邪魔なのです。ただ、皆さんには死をいとわない覚悟がある。それを前提に皆さんの役割を考えると……私は、おとり、が一番いいのではないかと思ったのです」

「おとり、ですか……？」

「ええ。おとりです。スケルトンに大した知能はないとはいえ、近くにいる生き物の危険性や、大まかな強さ弱さは判別出来ます。そして、最も殺しやすいものを初めに狙う……魔物というのはそういうものだということは、皆さん、ご存じですね？」

「え、ええ……」

物騒な話に少し腰が引けているジリスたち。

このままやっぱりやめる、と言ってもらった方がいいのだが、言い出した手前、もうそうは言わないし言う気もないだろう。

だから俺も続ける。

「私がスケルトンに突っ込んでいけば、おそらく彼らは全員で私一人に向かってくるでしょう。しかしそうなると少しばかり……立ち回りが難しい。五体いる、とのことですが、五体の攻撃をかいくぐりながら戦うとなると……敗北する可能性もないとは言えません。しかし、そのうちの何体かの意識を他に向けてやれるなら……戦いは格段に楽になり、討伐の達成が容易になります……」

「そのために……私たちに遠くから矢を射込んで欲しいと……そうすれば、私たちにスケルトンの意識が向くから、というわけですな？　出来るだけ固まって、というのは……」

「その方がスケルトンの向かう方向を限定出来ますから。背を向けたスケルトンを私が狙いやすくなります。当然のことですが……この作戦は皆さんにとって極めて危険です。それこそ、死ぬ可能性もあります。それでも……受けられますか？」

死なせるつもりは全くないし、五体くらいならまとめて倒せると思うが、危険性がゼロではないのは本当だ。

だから本当に断っても構わないのだが、ジリスたちの答えはやはり決まっていたようだ。

「もちろん、受けさせていただきます。みんな、やるぞ！」

ジリスが他の村人たちにそう言うと、皆、力強く頷いたのだった。

◆◇◆◇◆

一応、昨日の夜にもちらっと確認しておいたのだが、朝になって状況が変わっているかもしれないと、まずは丘の上から村の様子を確認する。

見張りはジリスほか村の男たちが夜の間も交代で行っていたのは知っているが、やはり彼らは基本的にただの村人だからな。

狩人《かりゅうど》の経験がある程度あるといっても特に夜目が利くというわけでもないし、俺が自分の目でしっかりと確認しておくべきことだろう。

事前にリブルから聞いていた情報通り、村は二十軒に満たない家屋がある程度の間隔を保って建っているくらいの規模でしかない。

その家々の間を歩き回る落ちくぼんだ眼窩《がんか》を持つ白い物体の姿が丘の上からはよく見えた。

村人のいなくなった村を、ただ骨だけを構成物とする存在がゆっくりと闊歩《かっぽ》する姿は何か虚《むな》しいような、恐ろしいような不思議な気分になってくる。

この世の終わりを見ているようでもあるし、もの悲しい夢の中にいるようでもあった。

ともあれ、そんな感傷に浸っていても始まらない。

まずは骨人《スケルトン》たちの人数を数えてみる。
一、二……三、四……五、と。
短い時間で確かに五体の骨人《スケルトン》の姿が俺の目にも確認出来た。

ただ……。

「……これは……五体だけじゃないな。弓を持ってる奴と槍《やり》を持ってる奴が、他にそれぞれ一体ずついる……」

俺は独り言のようにそう呟《つぶや》く。これは事前の情報にはなかったことだ。

ジリスも俺の横でうつ伏せになって村の様子を見つめ、俺が指さした辺りを確認すると驚いた顔で頷いた。

「……確かに、おりますな！　なぜ……昨日まではあんなものはおりませんでした。皆もそれは確認しております」

「昨日今日で増えたということですか……。放っておくともっと増える可能性が高いですね」

「そ、それは困ります……どうにかなりますでしょうか!?」

「あそこにいる骨人《スケルトン》に関しては先ほど決めた通りにやれば大丈夫でしょう。幸い、あの弓と槍を持った二体は骨兵士《スケルトン・ソルジャー》です。通常の骨人《スケルトン》より強力な魔物ではありますが……それほど心配はいりません」

人だった頃の俺ならまず言えなかった台詞《せりふ》だ。

骨人《スケルトン》が数体いればそれだけで逃げることを考えなければならないような力しかなかったからな。

しかし今なら……なんとか出来ると言える。

もちろん、油断してはならないが。

付け加えて俺は言う。

「ただ、弓持ちですから……皆さんの危険は増えたと思ってください。弓持ちの個体についてはなるべく先に倒しますが、絶対とは言えませんので……」

「はい……承知しました。みんな、聞いたな」

後ろを振り返って、戦う準備を整えた村人たちにジリスはそう言った。

それにしても骨兵士《スケルトン・ソルジャー》は誤算だったな。

特に弓を持っている奴だ。

通常の骨人《スケルトン》は錆《さ》びた剣や短剣程度しか持たず、その技量の程度も低い上、戦い方は単調で読みやすいものばかりだ。

しかし、骨兵士《スケルトン・ソルジャー》は……。

人に近い合理性を持った戦い方をする存在が増えてくる。槍や弓の技量もそこそこあり、他の骨人《スケルトン》に対する指揮能力も持ち始める。要はパーティーリーダーのような個体なのだ。

ただの骨人《スケルトン》が十体いるよりも、骨人《スケルトン》五体と骨兵士《スケルトン・ソルジャー》二体の方がずっと手強《てごわ》いだろう。

心してかかる必要がある。

俺一人ならある程度、致命傷を受けても回復出来るから一気に突っ込んで倒す、ということも出来るだろうが、ジリスたちが見ている前でそれをするわけにはいかないし、彼らも参加する気満々だからな……。よくよく注意しないと……。

ともあれ、敵の戦力は大体分かった。

見る限り、他にはいないようだし……。

「……では、そろそろ行きましょうか。皆さんは手はず通りに」

そう言って俺は先導するように歩き出した。

村人たちも足音を立てないように静かについてくる。

この辺りの技量はやはり森で生活する村人らしい。

◆◇◆◇◆

一人で村の中に入る。

ジリスたちは村の外の少し離れた位置から俺の動きを注視している。

骨人《スケルトン》が襲ってきたら矢を放つためだ。

まぁ、それでも出来る限りジリスたちに参加させることなく終わらせる方が望ましいので、そちらの方をまず試すつもりでいる。

ジリスたちには色々言ったが、結局それが一番だからな……。

幸い、村には隠れ場所になるところがたくさんある。

骨人《スケルトン》たちも、骨兵士《スケルトン・ソルジャー》たちにそういう指示をされているのか、それとも自主的なのかは分からないが、村をバラバラに見回っていて、うまくいけば全員個別に倒せそうな感じだった。

とりあえず俺は家屋の陰に隠れつつ、最初の骨人《スケルトン》が近づいてくるのを待つ。

——カラカラ……。

と、骨と骨がぶつかり合いながら動く、骨人《スケルトン》特有の音色が近づいてくる。

家屋の角からちらりと見つめてみれば、そこからはゆっくりと近づく骨人《スケルトン》の姿が見えた。

何かに気づいている様子はなく、これなら目の前に来ると同時になんとか出来そうに思える。

一撃で倒す必要があり、かつあまり音を立てない方がよいだろうと剣には気を注いでおく。もっとも剣に切断力を与えられるのは気であるからだ。

魔力の方でも同じくらいの切断力を与えることは不可能ではないが、消耗が激しく、ただ切れ味を追求するなら気の方が合理的なのだ。

もう少し……もう少し近づけば……よし、今だ。

そう思った俺は家屋の角に隠れていた俺に気づかず素通りした骨人《スケルトン》の背後から飛びかかった。

それから剣を振りかぶり、その頭蓋をなで切りにする。

ちょうどその中には骨人《スケルトン》の動く原動力なのだろう魔石が収まっていて、素早く剣でえぐるように抜き取ってしまう。

そうすると、骨人《スケルトン》の体は今まで接合を保っていたのが嘘《うそ》のように動きを止め、バラバラと崩れ落ちた。

簡単だな……。

音もさほど鳴らなかった。

地面がマルトのような町と違ってむき出しの土だからな。

衝撃を吸収してくれる。

ただ、ここに骨を放置しておくと他の骨人《スケルトン》が見回ったときに気づかれてしまうだろうから……。

剣に魔力を込め、土を操って骨人《スケルトン》の亡骸《なきがら》を地面に簡易的に埋めた。

それなりに素材として使えるので後で分かるようにあまり深くは埋めないが。

俺は特に必要ないというか、持って帰ったところでさほど金にならないからいらないのだが、村の再建には使える建材だろうからな……。

こうして村の中を歩くと分かるが、骨人《スケルトン》たちにそれなりに荒らされているのが目立つ。

建て直しが必要な家屋も複数あるし、素材はいくらあっても足りないだろう。

「……じゃあ、次行くか……」

そして俺は次の建材を確保するため、再度骨人《スケルトン》から身を隠しつつ、次の獲物探しへと向かった……。

◆◇◆◇◆

二体目は確認出来る限りの他の骨人《スケルトン》の位置から大分離れたところを見回っていたため、俺はちょうどいい獲物を見つけた、と喜ぶ。

何のためにちょうどいいかと言えばそれは勿論《もちろん》、試し斬りのためだ。

一体目も新しい剣での気の運用を見るのに十分役に立ったが、本来は聖気を注いだ場合に不死者《アンデッド》に何か効果があるのかを確認するために受けた依頼である。

予想外の村人たちの熱意という名の横やりというか、想定外の事情が挟まってしまったために安全性を考えて挑戦出来ないかも、と思っていたがこいつ相手なら多少音がしても他の骨人《スケルトン》には気づかれないだろう。

そう思って俺は剣に聖気を注ぎ、骨人《スケルトン》が近づいてくるのを待った。

そして目の前に来ると同時に飛び出し、聖気で何も起こらなかったとしても剣の基本性能で十分に破壊出来るように力を込めながら武器を振り下ろした。

すると、剣は俺が考えていたよりもずっと軽い手応えで骨人《スケルトン》の体に入っていく……というか、剣が触れた部分から骨人《スケルトン》が灰になっていった。

剣を完全に振り下ろした時点で、骨人《スケルトン》の体は頭部から真っ二つになっていて、しかも切り口から徐々に灰化していき、数秒の後、全体が完全に灰となって風に流れた。

残ったのは魔石だけだ。

骨部分も素材として使えるので残しておきたかったことを考えると、少しばかり問題かもしれないが……まぁ、そちらの方はついでやっていたことだし、これはこれでいいだろう。

それにしてもやはり、この剣に聖気を注いだ場合、発揮される効果は不死者《アンデッド》に対する強力な加護、ということらしい。

もちろん、骨人《スケルトン》以外にも使ってみなければ不死者《アンデッド》全般に効くとは言い切れないし、相手の力によっては効果のほどが異なることもあるだろう。

しかし、今回の依頼においてはかなり有用そうなのは間違いない。

なんといっても何の音もさせずに骨人《スケルトン》を滅ぼすことに成功したのだ。

こんなことなら初めからこちらを使っておけば良かったかな、という気がした。

「あぁ、でもそんなに都合良くは行きそうもないか……」

一人、小さな声でそう呟いたのは、消費した聖気の量を把握してのことだ。

あまり燃費の良さそうな力ではないのである。

骨人《スケルトン》一匹にこの消費、となるとそうそう多用もしていられなそうだ。

元々、俺の聖気の量自体が大したことなく、結構な割合で伸びていると感じられる魔力や気と比べると増加量もわずかだという問題がそもそもあるので、この辺りは難しい。

やはり普段は魔力や気を基礎に据えて戦い、不死者《アンデッド》などが相手である場合に限って聖気を使っていくのが正しいだろう。

ともあれ、今回、この村の中の掃除についてはここからも聖気を使っていくつもりではある。

なんといってもほぼ無音で敵をやれるというのは今この状況において最善手であるし、試し斬りという意味でもある程度、多様な使い方を試して経験を蓄積しておきたいからだ。

そう思った俺は一旦、剣から聖気を抜き、後方に隠れている村人連中に合図を送りながら三体目を探し始める……。

◆◇◆◇◆

「……うわぁっ！」

三体目は残念ながら俺が見つけるよりも先に、村人を見つけてしまったらしい。

そうと知れたのは、後ろの方からそんな叫び声が聞こえてきたからだ。

大分離れた位置にいたし、可能な限り村の中には入らずに外側にいるように指示を出しておいたので大丈夫なはず、と思っていたがそれは油断だったらしい。

ただ、振り返ってみる限りそれほど危機的な状況でもなさそうだ。

確かに村人は見つかったようだが、それでも位置は大分離れている。

もたもたと弓を番《つが》えて射ようとする余裕もあるようだ。

そんなことをしている間に、俺が彼らの方へと走り、村人と骨人《スケルトン》の間に割り込んだ。

骨人《スケルトン》はどうも、村の中からではなく、村の外……森の方から来たようだ。

というのは、骨人《スケルトン》の背後にしか通れるような場所はなく、村全体を簡易的にだが覆っている人の背丈ほどの木の杭《くい》が破壊されているような様子もないからだ。

やはりこの近くに、骨人《スケルトン》が発生するような場所があると思って間違いないだろうが……村の中ではなく、外のどこかなんだろうな……。

後々、この骨人《スケルトン》が来た方角を調査することを頭に入れつつ、俺は剣に聖気を注ぎ、振りかぶる。

骨人《スケルトン》も今回は正面からなので俺に対抗すべく、持っている錆びた剣をゆっくりと持ち上げたが、流石に普通の骨人《スケルトン》に速度で負けるようなことはない。

ちょうど振り下ろそうと力を入れかけた骨人《スケルトン》の腕と一緒に、俺はその頸骨《けいこつ》を横薙《よこな》ぎにして切り離した。

聖気に満ちた剣の一撃はやはり、骨人《スケルトン》の体の直接触れた部分を一瞬にして灰化させ、さらにその灰化現象は体全体に広がっていった。

骨人《スケルトン》の体すべてが完全に灰化し、最後に残されたのは骨人《スケルトン》を動かしていた魔石だけだ。

地面にぽとりと落ちたそれを拾い、村人たちを振り返って俺は言った。

「……少し遅れて申し訳なかったです」

それに対して、やっと弓に矢を番え終えてぽかんと構えていた村人たちの中で、ジリスが言う。

「い、いえ……私どもも油断しておりました。次は必ず……」

「無理しなくても大丈夫です。それよりも周囲の警戒の方に意識を注いでください。敵を倒せずとも命さえあれば次があります。しかし死んでしまってはおしまいですから……」

実際のところ、俺の場合死んでしまっても次があるわけだが、そんなことは余程運が良くない限り……いや、悪くない限り、か？　どっちとも言いがたいが、そんな感じでない限りあり得ないことだ。

もちろん、人生には命懸けで挑戦しなければならない瞬間もあるが、この村人たちにとってそれは今ではないだろう。

村を取り戻すのは重要であろうが、それは俺がやる。

村人たちがやるべきは、あくまでも自分の命を守ることで、俺の補助はついででいいのだ。

もっと言うと俺の補助などやらなくてもいいのだが、その辺りは人の心は難しいというもの。

何かやりたいという彼らの気持ちを無下にする気にもならない。

だからといって無茶させるつもりもないが。

実際に命の危険に遭遇した直後の俺の若干説教染みた台詞がこたえたのか、ジリスは肩を落として、

「……肝に銘じます。本当に申し訳なく……」

そう言って謝ったのだった。

◆◇◆◇◆

とりあえず村人全員が落ち着いたところで次を探し始めたが……。

「……もう行くしかなさそうだな」

村の中、その中心に広場があった。

そこは村で何かしらの祭りや集会があるときに使われる場所なのだろう。

俺たちは今、そこを家屋の後ろに隠れながら覗《のぞ》いているのだが、骨人《スケルトン》が全部で五体いるのが見える。

三体は通常の骨人《スケルトン》であり、事前に情報があったものだろう。

そして残り二体が朝、新たに見つけた骨兵士《スケルトン・ソルジャー》だ。

朝に確認した通り、弓と槍をそれぞれ持っていて、油断なく周囲をきょろきょろと見つめている。

通常の骨人《スケルトン》はそんな骨兵士《スケルトン・ソルジャー》を守るように囲んで、骨兵士《スケルトン・ソルジャー》と同様に、しかし少し鈍く周囲を警

戒していた。

なんであんな体制になっているのか、と言えばその理由はなんとなく想像がつく。

俺がひっそりと三体の骨人《スケルトン》を倒したからだろう。

いずれの骨人《スケルトン》も倒された痕跡が見つからないようにしっかりと処理したわけで、埋めた骨人《スケルトン》の体や灰になったそれを見つけた、というわけではないと思う。

しかしそれでも奴らは気づいたのだろう。

どうやってか、と言えば人間の見張りと同じだな。事前に見回りルートを決めておけばそこを通って戻る時間が概《おおむ》ねどのくらいなのかはなんとなく分かる。

にもかかわらず戻ってこなかった、しかも一人のみならず数人が、となればもうこれは誰かにやられたのだろうと推測して当然というわけだ。

骨兵士《スケルトン・ソルジャー》の知能がどの程度なのかは個体によって大きく異なる。

少なくともある程度の武術や指揮能力を持っていることは確かだが、そういった戦略的思考が出来るか否かについては個体によると言われる。

今回の骨兵士《スケルトン・ソルジャー》については出来るタイプ、だったようだ。

そうなると個体としての戦闘能力も高い、ということが多い。

運が悪いことに定評のある俺だが、やはりそれは正しいようだ。

もっと弱いタイプの骨兵士《スケルトン・ソルジャー》の方が遭遇確率が高いというのに……。

まぁ、それでもいるものはいるので仕方がないだろう。

それに、相手が強いなら俺のいい経験にもなる。

相手の力を吸収出来るこの体、相手が強ければその効率も間違いなくいいのだ。

問題はやはり、村人たちのことだが……可能な限り、弓使いの骨兵士《スケルトン・ソルジャー》を早めに片付けるしかないだろう。剣や槍持ちの奴とて武器を投げてくる可能性はあるが、手放せば戦闘能力が下がることくらいは通常の骨人《スケルトン》でも理解しているからかあまりそういうことはない。

村人にとって一番危険なのは、やはり弓使いだろう。

問題はどうやって、ということだが……。

セオリー通り、しっかりと後衛の位置にいるんだよな……。

回り込んで後ろから、というのは広場の中央の開けたところにいるから難しそうだ……。

出たとこ勝負で行くか？

というのも一瞬浮かばなくもなかったが、流石にそれは危険だ……俺が、ではなく村人たちが。

しかし、状況的には一見それしかなさそうである。

こうなれば、多少不安であってもやれそうな手段に頼るべきだろう。

実のところ、さっき聖気を剣に込めた際にちょっと変わった手応えがあった。

なんとなく、行けそうだな、という手応えが。

試しに剣に聖気を通してやってみると……やはりなんとかなりそうな感じだ。

ただ消耗は激しそうなので一発勝負になりそうだが。

まぁ、そもそも失敗したらしたで出来るだけ速攻で全部倒すしかないのだし、腹をくくることにしよう。

俺は後方にいる村人たちに今から突っ込むと合図する。

村人たちが頷いたのを確認し、俺は骨人《スケルトン》の集団へと飛び込んだ。

◆◇◆◇◆

やはり、しっかりと警戒していたらしく、すぐに骨人《スケルトン》たちは俺を発見してこちらに向かって構えた。

特に弓持ちの骨兵士《スケルトン・ソルジャー》はすぐに弓を構えて俺に放ってくる。

かなりの技量だ……が、ロレーヌが魔術を放つよりもずっと遅い。

最近、たまに火弾《フォティア・ボリヴァス》を至近距離で撃ってもらったりして、避けたり弾《はじ》いたりする練習をしているのだ。

それに比べれば全然……ここだな。

矢が目の前に来たところで俺は剣を振って叩き折った。

魔術であってもある程度のレベルなら弾けるようになっている俺だ。

普通の矢であれば余裕……とまでは言えないが、危なげなく対処出来る。

そして、弓持ちの骨兵士《スケルトン・ソルジャー》が次の矢を番える前に俺は骨人《スケルトン》の集団の前へとたどり着く。

もちろん、目の前に来てしまったので骨人《スケルトン》たちは俺に向かって剣を振り下ろそうとするが、俺はその前に剣に聖気を込め、そして目の前の骨人《スケルトン》に向かって思い切り突いた。

狙いは首筋であり、俺の剣は吸い込まれるようにそこに入っていく。

骨人《スケルトン》の首が飛んだ。

本来であればここで一旦、剣を引くべきだ。

次の一手のためにである。

しかし俺はそこから更に、剣を押し込んだ。

その先には弓使いの骨兵士《スケルトン・ソルジャー》がいる。

二体まとめて、倒すつもりだった。

けれど俺の持つ剣の間合いでは、どうやってもそこまで届かない。

そのことを弓使いの骨兵士《スケルトン・ソルジャー》も理解したようで、矢を番える行動を落ち着いてこなそうとしていた。

恐怖をまるで感じない骨人《スケルトン》の恐ろしさは、ピンチに陥っても慌てるようなことがほとんどないことだろう。

こういう乱戦の中で最も怖いのは、混乱して普段の行動がまるで出来なくなることである。

しかし骨人《スケルトン》にはそういうことはあまりない。

単純に技量不足でとか、魔力で骨と骨の接合を保っているのでそれが乱れてしまって武器を落としたり転んだりということはあるけどな。それで慌てている、と見ることもあるが……本質的に彼らにはそういう感情の動きはないわけだ。

まぁ、そう思っているのは俺たち冒険者の側だけで、本当は慌てているのかもしれないが。

少なくとも俺が骨人《スケルトン》だったときはそういう感情の動きがあったわけだしな。

俺と同じような存在ならそういうこともあり得なくはないだろう。

ただし、今目の前にいる彼らにはそういうことはなさそうだ。

骨弓兵士《スケルトン・アーチャー》が矢を番える。

しかし、あとほんの数秒で放たれる、と思われたその矢先、決して届かないはずの俺の剣先が骨弓兵士《スケルトン・アーチャー》の頭部に突き刺さった。

◆◇◆◇◆

周囲からはきっと奇妙に見える光景だろう。

何せ、骨弓兵士《スケルトン・アーチャー》に突き刺さった俺の剣に物理的な刀身はないのだから。

にもかかわらず、確かにその突きは骨兵士《スケルトン・ソルジャー》の頭部に命中し、そしてそこから骨兵士《スケルトン・ソルジャー》の体全体を灰化させていった。

それはつまり、その剣の刀身が聖気によって作られた擬似的なものであることを示している。

これこそが俺が挑戦してみようと思った方法で……俺は聖気によって、剣のリーチを伸ばしたのだ。

もちろん、クロープのところで試し斬りしていたときにはこんなことが出来るとは思わなかった

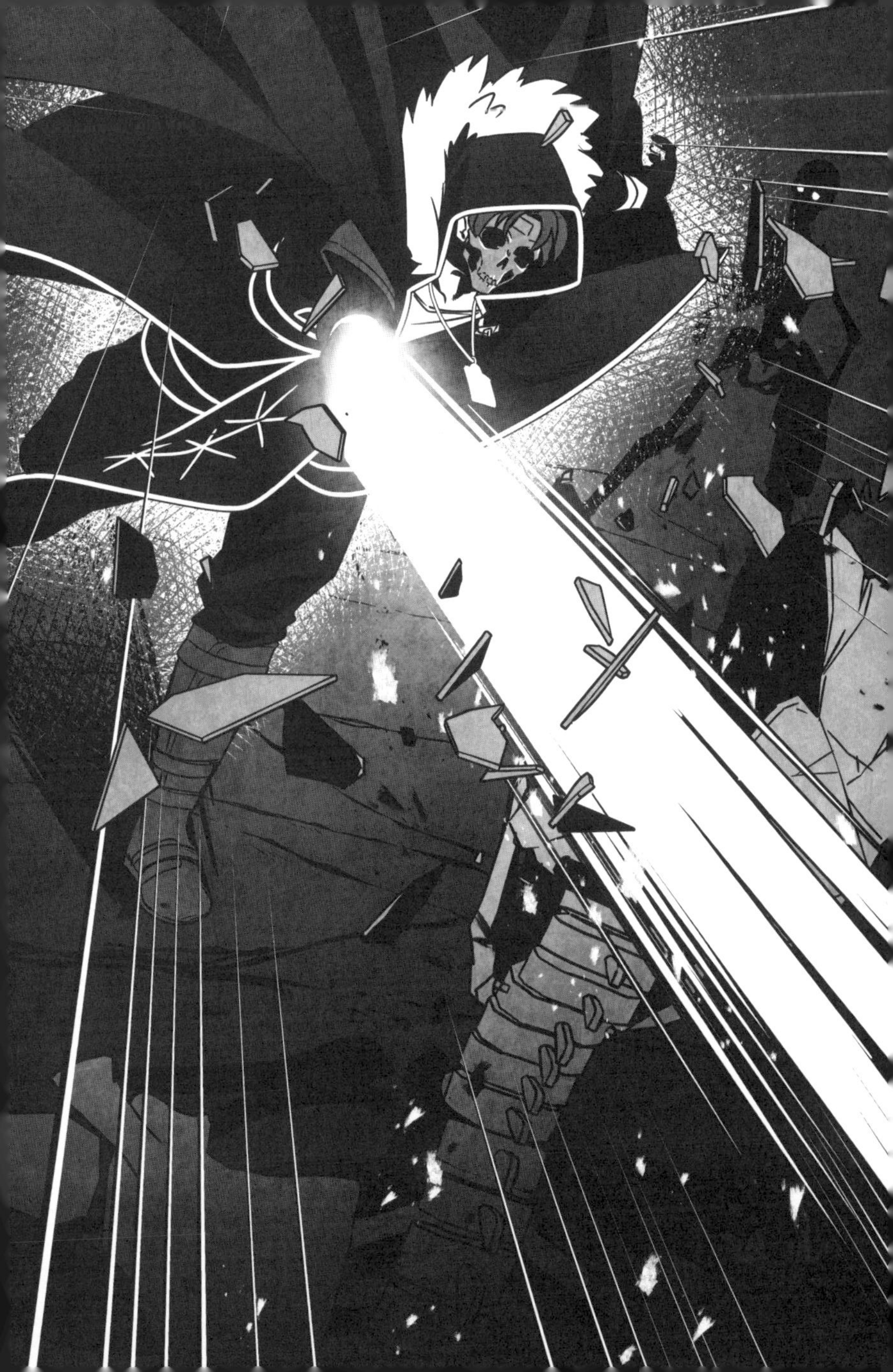

が、先ほど思いつきでやってみたら出来そうなことが分かった。

発想自体も決してそんなに突飛なことではなく、同じことをロレーヌが魔力で行っているところをよく見ていたため、聖気でも同様のことが可能ではないか、と思ったところから来ている。

ハトハラーでも俺の気の師匠であるカピタンがやはり《気》で同じようなことをやっていたのを見たというのもある。

それで試しに聖気でもやってみたところ実際に出来たわけだ。

今のところ《気》ではそれほど自在に形状を操れるところまでいっていないので出来ていないが、魔力でも聖気でも出来た、ということはコツをちゃんと摑《つか》めば《気》でも同じことがそろそろ出来てもいいはずだ。

《気》の力は人に宿る生命エネルギーを基礎とするため、体から遠く離すこと自体が難しいので難易度が高いわけだが……練習する価値はあるだろう。

そのうち練習してみることにしよう。

その際には、ハトハラーに行って俺の《気》の師匠であるカピタンに相談してみてもいいかもしれない。何せあの人は実際にやっていたからな……。

そんなことを思いつつも、俺は体の動きを決して止めない。

一体の骨人《スケルトン》、それに骨兵士《スケルトン・ソルジャー》を確かに仕留めたことを確認すると、とりあえず俺は少し引くことにした……といっても、引き際にまだ剣が届く位置にいたもう一体の骨人《スケルトン》に斬撃を加えるのを忘れない。

聖気はやはり消耗が激しく、残念ながらもうほとんど残っていないので、《気》に切り替えての攻撃だ。

しかしそれでも通常の骨人《スケルトン》に対して十分な攻撃力を持つのは言うまでもない。

俺が人間だった頃から《気》は骨人《スケルトン》の頭部を砕くくらいの力を俺に与えてくれていたのだから。

昔から使ってきた力は信頼性があっていいものだな……。

ちなみに今回命中したのは頭部ではなく胸部であったが、これはこれで問題ない。

なぜならその骨人《スケルトン》の魔力の源たる魔石は頭部ではなく胸部に、まるで心臓のように収められていたからだ。

実のところ彼ら骨人《スケルトン》の魔石の位置は、必ずしも頭部とは限らないのである。

動物型の魔物は大抵、魔石の位置は同じだが、それは彼らが肉の体を持つが故に、臓器の位置などがある程度決まっているためだ、とロレーヌに聞いた記憶がある。

しかし、骨人《スケルトン》にはそういった縛りはないというか、臓器なんて初めから持たないが故に空いた空間のどこに収めても問題ないということなのだろうと言っていた。

ただ、それでも頭部に収まっていることが一番多いのは事実で、それは彼ら魔物にも大事な器官は最も丈夫なところに置いておくべきだという本能というか感覚というかそういうものがあるからなのかもしれない。

まぁ仮説だな。

バラバラと崩れ落ちる骨人《スケルトン》を前に、俺がさらに引いて間合いを取ろうとすると、骨人《スケルトン》と槍使いの骨兵士《スケルトン・ソルジャー》がそんな俺との距離を詰めるべく前に踏み出す。

骨人《スケルトン》はともかく、やはり骨兵士《スケルトン・ソルジャー》は中々の速度だ。

だが、そんな彼らの進路を阻むように、彼らに向かって横合いから矢が放たれる。

二本の、しかしそれほど破壊力を持たない矢の攻撃であり、しっかりと骨人《スケルトン》の頭部に命中したにもかかわらず、まるで金属製の盾にぶつかったように、カン！という高い音を立てて弾かれてしまった。

けれどそれでも全くノーダメージというわけではないようで、二本の矢は骨人《スケルトン》の体を構成する骨を多少、削り取った。

狩りの腕がある、と言ったのはどうやら本当のことのようだなと思った。

骨人《スケルトン》も骨を削り取られたことを察したようで、ぐりん、とその頭部を動かして、矢が放たれた方
……つまりは、数人でまとまって弓を構える村人たちの方を、その恐ろしげな落ちくぼんだ眼窩で睨《にら》みつけ、そして方向転換をしてそちらに走り出す。

村人たちを先んじて倒そうとしているわけだ。

もちろん、その選択はあまり正しくないだろう。村人には結局大した攻撃力はない。

一撃で骨人《スケルトン》たちを戦闘不能にし得る俺の方が骨人《スケルトン》の立場からすれば危険なはずだ。

翻って骨兵士《スケルトン・ソルジャー》の方はと言えば矢が当たってないから、というのはもちろんだが、俺より村人の方が危険性が低いことをしっかりと理解しているのだろう。

俺の方をしっかりと見て、決して目を離さず、さらに走り出す骨人《スケルトン》に身振りで戻るように指示し

ていたくらいだ。

しかし骨人《スケルトン》の判断力は低い。

その指示に従うことはなく、俺に背を向けた。

もちろん、そんな大きな隙を俺が見逃すわけもなく、即座に地面を踏み切り、がら空きの背中に向かって剣を振り下ろし、骨人《スケルトン》の体を両断する。

骨人《スケルトン》は何が起こったのか理解出来ない様子で体の動きを止め、しかし最後に少し俺の方に首を動かして、その骨で構成された体が崩れ落ちたのだった。

骨兵士《スケルトン・ソルジャー》はそんな中、ギリギリまで骨人《スケルトン》を救うべく俺の方に詰めていたが、骨人《スケルトン》が一撃で崩れると一転、後退して俺との間に距離をとった。

骨兵士《スケルトン・ソルジャー》が骨人《スケルトン》を助けようとしていたのは何も骨人《スケルトン》に対して親愛の情があるから、などというわけではなく、戦力の低下を抑えたかったからだろう。

しかし、こうしてやられてしまった以上は、一騎討ちで決着をつけるしかない。

それを理解して下がったわけだ。

極めて冷静な骨兵士《スケルトン・ソルジャー》に、生前はそれなりの戦士だったのだろうか、と考える。

骨人《スケルトン》が発生する理由は様々だが、生前、通常よりも高い魔力を持った生き物の骨が、何らかの理由で不死者《アンデッド》として新たな命を得て起き上がるというのはその代表例だ。

だからこそ冒険者の肉体は放置すると危険で、冒険者組合《ギルド》はその生死についてしっかりとした確認を為すべく、死した者の冒険者証を集め、見つけた者に報償を与える。

特に元々強い力を持っていた者が、さらにその死に際に深い恨みを残して死ねば、強力な不死者《アンデッド》と化す場合もあるからだ。

……俺もその亜種なのだろうか？

とたまに思うこともあるが、不死者《アンデッド》として新たに生まれ落ちた者に生前の記憶は残らない。別のものになるのだ……。

俺は一体何なのだろう。

いくら考えても分からないその疑問。

しかし、今は目の前の魔物を倒し続け、いずれ人へと戻るしかないのだ……。

構える骨兵士《スケルトン・ソルジャー》にも、俺のような意識があったら……。

そんなことを相談出来たのかもしれないが、判断力はあってもやはり、人に仇《あだ》なす者。

俺は慈悲を一切加えることなく、身に宿る力を《気》で強化し、骨兵士《スケルトン・ソルジャー》へと走り出す。

この村にいる魔物はこいつで最後。

残った力を出し惜しみすることなく飛びかかった俺の一撃に、骨兵士《スケルトン・ソルジャー》は反応することが出来ずに、その頭を飛ばされたのだった。

あとがき

皆様、お久しぶりです。

丘野優です。

まず、この本を手に取っていただき、ありがとうございます。

望まぬ不死の冒険者をこのように十二巻まで出版出来ているのは、出版社の方、イラストレーターの方、漫画家の方、それに何より読者の皆様のお陰です。

本当にありがたく思っています。


正直なところ、あとがきにおいて伝えたいことは、毎回それだけなのです。

けれどなぜか一、二ページもくれるものですから、一体何を書いていいやらと今回も悩んでいます。

近況を語ればいいのかなとまず思うのですが、私の人生において面白いことはさほどありません。

あるとすればこうして本を出せていること、続けられていることくらいなのですが、それはこの本を手に取ってくださっている皆様からすれば自明のことであるため、ここに書いても仕方ないことだろうなと思い、また何を書こうかと考えることになります。

最近凝っていることとかはどうか、と思いますがこれもまた面白くもなく、ダイエットと料理くらいなものです。

料理はダイエットするために自炊することが最適であるために、必要に駆られてやっている部分もあるのですが、昨今の物価高や増税の影響により、出来る限り節約をしたいという思いもあり、頻繁に行うようになりました。

出来ることなら全ての食事を外食か宅配で賄いたいくらいにズボラな人間なのですが、どちらもとにかく高く、小市民である私には残念なことに月に一度か二度出来るかどうかの贅沢《ぜいたく》になってきます。

かといって手の込んだ料理も非常に面倒くさくて、もっぱら十五分から三十分以内に用意出来る簡単なものばかり作ります。

何よりもスープ系が最も楽で、色々と材料を入れてコンソメなどを投げ込むだけでいいのでそればかりになりつつあります。

人類が作ったものの中で、トップクラスに入る良い発明ですね、固形スープのもと系は。

発明といえば最近、色々と取り沙汰されているＡＩ関係を見てますと、色々と脅かされるものがあるなと思います。

少し前までは、ＡＩによって取って代わられることがなさそうな仕事の中に小説家が入っていましたが、もうそうは言い切れないような感じになってきたな、とそう思うのです。

かと言って、全て即座にということもないでしょうが、そういった技術に精通するよう努力しなければ、即座に置いてかれてしまうなと思い、色々と学んでいこうと思う今日この頃です。

と、ここまで書いて思いましたが、意外と書けることはありましたね。

取り留めのないことを語るような感じになってしまいましたが、あとがきのページ埋めとしては悪くはないだろうと思って、この辺りで失礼したいと思います。

最後にもう一度となりますが、この本を手に取っていただき、本当にありがとうございます。

また出来れば次の巻で。

それでは。

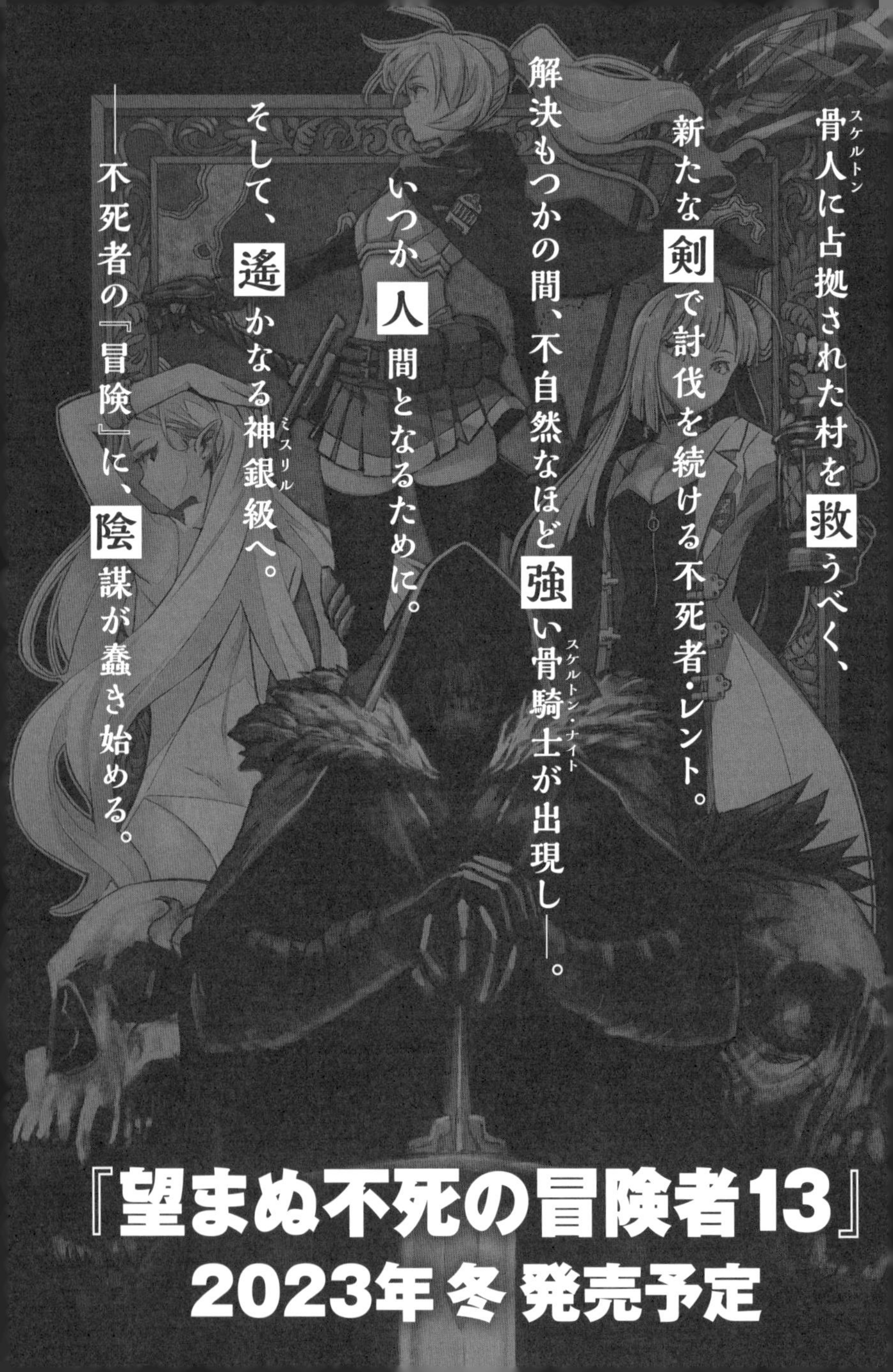
骨人《スケルトン》に占拠された村を救うべく、
新たな剣で討伐を続ける不死者・レント。
解決もつかの間、不自然なほど強い骨騎士《スケルトン・ナイト》が出現し——。
いつか人間となるために。
そして、遥かなる神銀《ミスリル》級へ。
——不死者の『冒険』に、陰謀が蠢き始める。
『望まぬ不死の冒険者13』
2023年冬 発売予定

『望まぬ不死の冒険者』
漫画／中曽根ハイジ
原作／丘野 優
キャラクター原案／じゃいあん
ごごんにぢヴぁっ おおでヴぁ れんど…
ひいっ！
コミカライズ連載中!!
望まぬ不死の冒険者 11
第11巻 同時発売！
コミカライズ最新情報はコミックガルドをCHECK!
https://comic-gardo.com/

OVERLAP NOVELS

望まぬ不死の冒険者 12

発行　2023年5月25日　初版第一刷発行

著者　丘野 優

イラスト　じゃいあん

発行者　永田勝治

発行所　株式会社オーバーラップ
〒141-0031
東京都品川区西五反田 8-1-5

校正・DTP　株式会社鷗来堂

印刷・製本　大日本印刷株式会社

ISBN 978-4-8240-0503-8 C0093

【オーバーラップ　カスタマーサポート】
電話　03-6219-0850
受付時間　10時～18時（土日祝日をのぞく）

作品のご感想、ファンレターをお待ちしています

あて先：〒141-0031　東京都品川区西五反田 8-1-5 五反田光和ビル4階　オーバーラップ編集部
「丘野 優」先生係／「じゃいあん」先生係

スマホ、PCからWEBアンケートにご協力ください

アンケートにご協力いただいた方には、下記スペシャルコンテンツをプレゼントします。
★本書イラストの「無料壁紙」　★毎月10名様に抽選で「図書カード（1000円分）」

公式HPもしくは左記の二次元バーコードまたはURLよりアクセスしてください。
▶ **https://over-lap.co.jp/824005038**
※スマートフォンとPCからのアクセスにのみ対応しております。
※サイトへのアクセスや登録時に発生する通信費等はご負担ください。

オーバーラップノベルス公式HP ▶ **https://over-lap.co.jp/lnv/**